中国散文 60 强

叩问沧桑

王充闾 / 著

北京联合出版公司
Beijing United Publishing Co.,Ltd.

图书在版编目（CIP）数据

叩问沧桑 / 王充闾著. -- 北京 ： 北京联合出版公司，2024. 8. --（中国散文60强）. -- ISBN 978-7-5596-7780-8

Ⅰ. I267

中国国家版本馆CIP数据核字第2024CF6129号

叩问沧桑

作　　者：王充闾
出 品 人：赵红仕
出版监制：张晓冬
责任编辑：管　文
特约编辑：和庚方　张　颖
封面设计：立丰天

北京联合出版公司出版
（北京市西城区德外大街83号楼9层　100088）
三河市同力彩印有限公司印刷　新华书店经销
字数150千字　650毫米×920毫米　1/16　14印张
2024年8月第1版　2024年8月第1次印刷
ISBN 978-7-5596-7780-8
定价：65.00元

"中国散文 60 强"丛书

编委会

丛书总策划

    张　明　著名出版人

编委主任

    邱华栋　全国政协常委

            中国作家协会副主席、书记处书记

编　委

    叶　梅　中国散文学会会长

    陆春祥　中国散文学会副会长

    冯秋子　中国作家协会原社联部副主任

    吴佳骏　《红岩》编辑部主任

    张　英　资深媒体人

    文　欢　作家、资深编辑

中华散文的文脉与发展

——"中国散文 60 强"总序

邱华栋

　　中国是诗的国度，亦是散文的国度。

　　穿越千年时空，从明清至唐宋，再由魏晋南北朝至两汉先秦一路回溯，汉语言文学中的散文实乃根深叶茂，硕果累累。无论是"唐宋八大家"之雄文美文，还是骈俪多姿的辞赋，以及名垂史册的《史记》《左传》，均为中国文学史上的璀璨明珠。"散文"与"诗"一道，成为中国文学的"嫡系"。尽管，后来从西方引进嫁接技术所催生的"小说"，大有"喧宾夺主"之势，终究还得"认祖归宗"，血脉和基因是无法改变的。

　　在中国散文流变历程中，曾出现过两次鼎盛期。一次是被文学史家所公认的"先秦散文"时期。其时，伴随着春秋时期的思想解放，诸子蜂起，百家争鸣，一大批散文家以饱满的气血、驳杂的学识和破茧的精神，创造出了散文的繁荣和辉煌局面，对后世产生了极大的影响。

　　到了"五四"时期，中国散文迎来了第二次鼎盛期。白话文如劲风激浪，吹刮和涤荡着神州大地。沉睡的雄狮醒来了，偃卧的小草开始歌唱。许多学贯中西的进步文人，肩扛文化变革的大纛，冲锋陷阵，掀起了一波又一波的新文学浪潮。《新青年》上刊载的散文，犹如一束束亮光，不但给人以希望，还给人以力量。"五四"以来的散文作品，无论是观念和主题，还是形式和风格，都跟以往的散文迥然不同。最具代表性的，当属鲁迅先生的散文（包括杂文），其刚健、凌厉的文质，疗救了中国散文长久以来颓靡不振、钙质疏流的顽疾。此外，周作人、郁达夫、朱自清、萧红、沈从文等一大批作家的散文创作亦各具特色，呈一时之盛，影响深远。

时代的前行催生了文学的发展，然而文学与时代有时并不同步甚至充满了"张力场"。"五四"的个性解放虽然催生了一批个性鲜明的散文精品，但这样的生态并未持续多久，中国散文的波峰出现了向低谷滑行的趋势。有论者指出，"散文在50年代既是对解放区散文文体意识的放大，又是对五四散文文体精神的进一步偏离。这种放大和偏离表现在个体性情的抒发让位于时代共性或者时代精神的谱写，政治标准优先于艺术标准，批判性为歌颂性所取代等诸方面。"（董健、丁帆、王彬彬《中国当代文学史新稿》）1960年代初，散文创作一度出现了活跃，"专业"从事散文创作的作家群凸显出来，刘白羽、杨朔、秦牧相继登场，迅速成为散文界的三位名家。但他们的作品后人评价褒贬不一，认为其中颂歌式的写法较为单向，这种模式化的写作，不但对散文的建设毫无益处，反而扼杀了散文的个性和神采。

"文革"十年，中国散文更是一片凋零和荒芜，乏善可陈。1970年代末，一些历经浩劫的作家开始复血，解除思想枷锁，重新拿起笔来写作，中国散文才又凤凰涅槃，焕发生机。加之各种文学刊物纷纷复刊和创刊，以及大量西方文化读物的译介出版，更为这些饥渴、桎梏太久的散文作者提供了登台亮相的舞台和瞭望世界的窗口。

1980年代初期，伴随改革开放的热潮，思想解放大旗招展，文化随之繁荣，诸多承续"五四"精神的作家以笔为旗，抒发胸中压抑既久之块垒，出现了一批抒情性质浓郁的散文，使得现代散文这块"百花园"芳菲争艳，蔚为大观。特别是1980年代中期，随着作家主体意识的不断强化，中国文学开始呈现出一个崭新局面，作家从"集体意识"中抽身而出，重新返回"个体"，注重对生活的体察和内在情感的表达。这一时期，散文的艺术性得以强化，文本的精神内涵和表现空间得以拓展。

进入 1990 年代，社会发展日新月异，城镇化进程锐不可当，文化领域亦呈多元格局。各种文学思潮相互碰撞，人文精神的讨论更是打开了作家们的创作思路。"大散文"概念的提出，引发了散文界对散文的内涵和外延的重新讨论和界定。风靡一时的"文化散文"热，成为文坛上一道靓丽的风景。"新散文""原散文""后散文""在场散文"等散文流派"你方唱罢我登场"，争奇斗艳，各领风骚。

及至二十世纪末，一批深具先锋意识和文体自觉的新锐作家，像一头公牛闯入瓷器店，使散文天地发生了激烈的碰撞和变化，形成一股新的散文潮流，提升了散文的审美品质和精神向度。

纵观 1978 年至 2023 年四十多年来，中华大地在"改开"的黄金时代中，社会生活奔涌激荡，各种思潮风起云涌，散文创作更是云蒸霞蔚、气象万千，涌现了众多成就斐然、风格各异的散文作家和具有思想深度、艺术上乘的散文作品。岁月的流水冲走了枯枝败叶和闲花野草，中流砥柱却巍然屹立。时间留住了新时代的散文经典，经典在时间的长河中绽放光芒。以沙里淘金的经典散文向"改开"的时代致敬，是我们不可推卸的责任和义务。

别看散文的门槛貌似很低，要真正写好，却实属不易。优质散文是有难度的写作，它不但需要作者的智识、胸襟、眼界、修养和气度格局；更需要写作者的态度、立场、慈悲、良知和批判勇气。遗憾的是，散文创作繁荣和光鲜的另一面，却是大量平庸甚至低劣之作的泛滥，不但败坏了读者的胃口，而且造成了物质和精神的极大浪费。散文作家层出不穷，散文作品汗牛充栋，可真正能让人记住的散文佳构却凤毛麟角。

散文要发展，文学要前行。发展和前行就要从平庸的樊篱中突围。在突围的过程中，散文作家不可太"聪明"，不可太世故，要永存对文学的敬畏之心。一言以蔽之，散文的尊严来自散文作家的尊严。也可以说，要想散文繁荣，首先需要有一批人格健全，品德高尚，铁肩担道义的散文作家。什么样的人写什么样的文章。特别是写散文，最容易看出一个作家的内在品质和境界涵养。一个人格不健全的人，哪怕他作文的技法再高妙，也很难写出撼人心魄、抚慰灵魂的散文来。作家精神品质的高低，直接决定其作品的精神向度。

为了散文写作的突围和发展，为了建设独具特质的当代散文，也是为了更好地从经典散文中汲取营养，我认为有必要正视和重申一些常识性的思考。高头讲章的理论是灰色的，常识之树却葳蕤常青。

一、作家的个体精神决定散文的优劣。常言道，散文易学而难攻。难在什么地方，不是难在技巧，而是难在作家个体精神的淬炼上。倘若作家的个体精神不够丰富，不够深刻，不够清澈，纵使他手里握着一支生花妙笔，也写不出令人称赞的散文。那么，如何才能做到个体精神的丰富性呢，这就要求作家时时刻刻不背离生活，要知人情冷暖，体察人间百态，关心民瘼，有忧患意识，不要做生存的旁观者。一个冷漠甚至冷酷的人，是不适合从事散文创作的。

二、真诚是确保散文品质的基石。散文创作跟作家的生存经验息息相关，可以说，真正优质的散文，无不牵连着作家的血肉和心性。作家的喜怒哀乐，悲欢离合，都或隐或显地暗含在他的作品中。假如在一篇散文作品中，读者既看不到作者的体温，又看不到作者的态度，那这篇作品或许就是失败的。说明这个作者在他的作品中"说谎"或"造假"，缺乏真诚之心。作家一旦失去真诚，为文必定矫揉造作，作品也必定会失去生命力。因此，真诚是散文的"生命线"，也是"底线"。

三、个性是促进散文生长的养料。人无个性便无趣，文无个性便平质。当下，每年都会诞生数以万计的散文篇章，但能够让人记住，且读后还想读的作品并不多，何故？概在于这些数量庞大的散文，无论题材，还是语感都千篇一律，像是从"模具"中生产出来的，缺乏辨识度。散文要发展，必须要求作家具有"个性意识"。"个性意识"不是标新立异，更不是哗众取宠，而是一种"创新意识"和"审美意识"。但凡在散文创作方面被公认的那些大家，都是"文体家"，他们以自觉的写作实践，开创了散文写作的新路径。不合流俗方能独步致远，推动散文的建设和繁荣。

当然，以上几点并非创作散文的圭臬，谁也没有资格去为散文"立法"。

散文是自由的创造，散文精神即自由精神。我之所以提出来，仅仅是希望引起散文同行们的重视和参考，共同为中国当代散文的发展尽力增光。

我们策划、编选"中国散文60强"（1978—2023）的初衷，旨在对新时期以来的中国散文创作作出梳理、评价和选择，试图精选出风格各异的代表性散文作家，以每位一部单行本的形式，呈现出中国新时期优质散文的大体样貌。此项目的发起人为资深出版人张明先生。多年来，他一直追求做高品位的纯文学书籍，也曾连续多年与中国散文学会、中国小说学会合作，出版年度《中国散文排行榜》和年度《中国小说排行榜》。2023年他策划出版了《中国小说100强》，反响不俗。身处喧嚣、纷杂的环境，能以如此情怀和心力来为文学做如此浩大的工程，不能不令人钦佩！

感谢张明先生邀请我和叶梅、冯秋子、陆春祥、吴佳骏、张英、文欢组成编委会，共同遴选出60位作家。我们在召开筹备会的时候，即将作品的思想性、艺术性、代表性以及影响力作为编选的基本原则。在确定入选作家名单时，我们认真商讨，反复研究，生怕因为各自的眼力、审美和趣味之别，造成遗珠之憾。好在我们的工作得到了作家们的积极回应和鼎力支持，惠风和畅，大地丰饶。

60位入选的作家，既有令人尊敬的文学大家，如孙犁、张中行、汪曾祺、史铁生、邵燕祥、流沙河、刘烨园、宗璞、贾平凹、韩少功、张炜、梁晓声、阿来、冯骥才等。这批散文大家的作品，文风质朴、清朗、刚健，充满了"智性"和"诗性"。无论他们是写怀人之作，还是针砭时弊，歌咏风物，都有着鲜明的文化立场和审美取向。他们或出入历史，借古观今；或提炼人生，洞明世事，输送给读者的都是难能可贵的"精神营养"。

也有被散文界公认的名家，如李敬泽、王充闾、马丽华、周涛、冯秋子、叶梅、筱敏、张锐锋、周晓枫、于坚、鲍尔吉·原野等。这些作家的散文作品，特色鲜明，风格独特，诚挚内敛，从内容到形式，都作出了各自的探索和尝试，为当代散文注入了活力。从他们的作品中，我们不但能够领略汉语之美，更可以借此反观生活与存在，寻找人之为人的价值和尊严。

还有散文界的中坚力量和青年才俊，如彭程、谢宗玉、江子、雷平阳、任林举、塞壬、沈念、傅菲、吴佳骏、周华诚等。从他们的作品中，我们见到的，不只是中国散文的文脉传承，更是自由精神的张扬。他们文心雅正，笔力锋锐，不跟风，不盲从，始终保持着独立的思索和判断，在各自所开辟的散文园地中精耕细作，以崭新的姿态参与和推动当代散文的变革。

其实，细心的读者不难发现，入选本丛书的老、中、青三代作家都有个共性，即他们均在以自己的作品审视心灵，心系苍生，弘扬真善美，鞭挞假恶丑，充满了正义感和人道主义精神。这自然与时下众多书写风花雪月，一己悲欢，充塞小情趣、小可爱的散文区别开来。正是因为有他们的存在，中国当代散文才呈现出一幅绚丽多姿的长卷。

需要说明的是，有些重要的散文家，如张承志、余秋雨、王小波、苇岸、刘亮程、李娟等人，由于版权或其他不可抗原因，未能将他们的作品收录进来，我们深以为憾。

我们还要感谢北京立丰天文化传播有限公司的资金支持，感谢北京联合出版公司的精心编校，他们慷慨和无私的义举，对于繁荣中国当代散文创作、对于赓续中华优秀散文文脉、对于中国新时期的文化积累，均具重大价值和意义，可谓善莫大焉。这套丛书的出版意义将同《中国小说100强》一样，旨在给读者以经典的指引，这既是一项重要的原创文学工程，同时也是助力推动全民阅读和研究传播文化的公益工程。

郁郁乎文哉，中国散文有幸！

是为序。

2024 年 5 月 12 日星期日

（作者为全国政协常委，中国作协副主席、书记处书记）

目 录
Contents

叩启鸿蒙

一

佛经上有"浮屠不三宿桑下"的说法，为的是在一棵桑树下面连续住上三宿，僧人会产生眷恋的情怀。也许事实果真是这样。"黄莺久住浑相恋，欲别频啼四五声。"——唐诗中如是说。鸟犹如此，号称"感情动物"的人，自然更不必说了。

我就有这样的实际体会。近日，在贺兰山下住过了几天，一种流连忘返之情渐渐地潜生心底。

这里地处流光溢彩、飞金洒银的河套平原，贺兰山绵亘数百里，宛若一列壁立千仞的天然屏障，拦阻了西面蒙古高原的卷地风沙和凛冽寒潮；东面是南北流向的滔滔滚滚的黄河，连同开凿于一两千年前的秦渠、汉渠、唐徕渠，为浩茫无际的沃野平畴输送了川流不竭的充足水源。所以，自古就有"天下黄河富宁夏"的民谚。

眼下正值"天凉好个秋"的丰收季节，连续多日都是弹得出声音、照得见身影的响晴天。金黄的稻海浮荡着万顷微澜，把一个偌大的银川平原装点得光华灿烂；山麓、草场上游走着一群群雪团、棉絮似的身躯臃肿的肥羊。与展现在高远无垠的湛蓝天宇上的层层片片的云罗霞锦，上下交辉，遥相映衬，织成一幅丽景天成、悠然意远的图画。

应该说，这里的山川确实雄浑壮美，大地也是富丽丰饶的。然而，我之所以流连无限，却并非着意于此。真正使我动心动容、感发奋起、兴会淋漓的，乃是贺兰山的岩画——这形成于混沌初开的鸿蒙时代，被称作"人类早期艺术的活化石"，"游牧民族用艺术形象描绘的史诗"。

对此，早在公元五世纪，我国北魏学者郦道元就在他的名著《水经注》中作了记载：黄河所经的石山上，"悉有鹿马之迹"，"山石之上，自然有文，尽若虎马之状，粲然成著，类似图焉，故亦谓之画石山也"。

贺兰山岩画属于北方草原文化类型，是由不同的游牧人群按照不同的心理意向，先后凿刻在绵延数百里山崖上的文化遗存。经"地衣测年法"鉴定，岩画的制作时间上自远古狩猎时代，下迄宋、元与西夏末叶，跨度将近万年。已经炸毁、剥蚀的不算，现今尚存五千余组，个体形象多达数万，最大的画幅长十余米，最小的仅一二厘米。穷形尽相，光怪陆离，构成了一个含蕴无穷的造型艺术的大千世界。

作为历史文化的载体，岩画从诞生，就紧密地同人们的社会生活、经济活动、宗教信仰、风俗习惯交织在一起。可以说，每一组岩画，都闪现着远古先民智慧的灵光，承载着他们在大自然面前既无能为力又并不甘心的痛苦抉择，记录着他们筚路蓝缕、与时共进的艰辛历程。

二

此刻，我正站在一幅构图奇异、耐人寻味的岩画前。

画面上，左右两旁各有一个左手印，左边手印下刻着一只低头的山羊和一只前腿下跪的牛，右边手印的上下方各有一个人面像。两只手印的中间站着一个双臂扬起的人，上面的显著位置刻有一个环眼圆睁的桃形人面像。画图十分生动有趣，可是，它的意蕴究竟是什么呢？端详了半晌也未得其解。

后来经过向专家请教，才弄清楚原来这是一份具有"契约"性质的文件——以岩画的形式确认了古代两个部落之间的隶属关系。手印是象征着权力的。左边那个部落已为右边部落所征服，随之它的人口与牲畜也全部划归右边部落所有。桃形人面像象征着神祇。有神、人共鉴，石画为凭，这份"契约"自然具备着无可置疑的效力。

在向阳的山崖斜坡上，我还看到一幅凿刻得很精致的射猎图。画面上，一个人正在弯弓射箭，七只硕壮的山羊惊惶逃窜，其中五只向东奔跑，两只向西逃逸，而猎犬却回身伫望着主人。猎人形象凿刻的很小，表明他所在的位置距离羊群较远。由此可以看出，那时的先民已经注意到了运用透视关系来进行构图处理。也说明，在很古的时代，水草丰美的银川平原就已成为各游牧民族世世代代繁衍生息、劳动创造、游牧狩猎的理想乐园，也是各种家畜和野生动物的繁衍、栖迟之所。

一组游牧风情图的宏大画面上显示，牦牛、骆驼、花斑马、梅花鹿、北山羊散放在原野里，有的在欢乐地角抵、奔逐，有的在静静地低头吃草，有的在悠然闲卧。旁边站着一个游牧人，顶上的头发盘结起来，腰间斜插着一根木棍，胯下拖着一条又长又大的尾巴。身后跟随着一只猎犬，懒洋洋地呆望着主人。画图的右边，聚集着一队歌舞腾欢的人群，男人头上有的装饰着兽角，有的插着羽毛，有的戴着尖顶或圆顶的帽子；女性则长发下垂，也有绾着发髻、装着头饰的。场上，翩翩的舞影，忘情的啸歌，衬着多姿多彩的穿戴和装饰，渲染出原始艺术粗犷、质朴的特色。

为浓郁的生活气息所吸引，此刻，我也仿佛置身其间，随着欢乐的人群手之舞之、足之蹈之，尽情尽兴，和先民们一起发出欢腾的吼声。此间，气候温暖湿润，雨量充沛，大自然焕发出勃勃生机。丛林掩映中，一些平生未曾寓目、而今多已灭绝的动物蹿跃其间；一队前额低平、眉骨粗大、目光迷茫的人，正在咿唔呼啸着追奔射猎。回望山崖，发现那里还有一些人在紧张地劳作着。趋前细看，他们手持石刀、铁錾，或凿或敲或磨或刻，正全神贯注地制作着各种人面和动物的图像，一幅幅生动的画面在他们的手下赫然展现出来……

　　我正在忘情地欣赏着这一切，不料，稍微一愣神，忽然发觉山崖上的人形已经淡出、隐没了，逐渐逐渐地幻化成山垭口处一伙凿石垒渠的人。伴随着各种敲击的繁响，一道清溪从山坳里冲出，顺着渠道滔滔汩汩地流淌下来，使人顿觉遍体生凉，神清气爽。于是，我也憬然惊寤了。

　　心头的意念一收，时间的潮水，哗——哗——哗，一下子流过了几千年，我也随之而返回到现实生活里。

三

　　贺兰山岩画本身就是一部文化传承的史书。它是地处祖国西北的许多少数民族共同创造的精神财富。现在，人们一提起银川，就把它同西夏联结起来，漫步街头，随处可见"昊都大酒店""西夏贡酒""昊王宫"等与西夏王国有关的商标、名号，这固然有其重要的依据。但是，严格地讲，它仅仅是一部分，而并非全体。

　　早在数千年前，就有许多少数民族在这一带游牧、畋猎，繁衍生息。见诸史籍的，商周至春秋战国时期，贺兰山下主要游动着猃狁、羌、戎等部族；秦、汉至南北朝时期，先后有匈奴、鲜卑、氐、羯等族；隋唐两代，突厥、回鹘、吐蕃等族聚居于此；迨至两宋、西夏时期，这里主要是党项族；元代则为蒙古族所领有。他们一个跟着一个进入这个地区，跃上历史舞台，次第更迭，薪尽火传，演出了一幕幕威武悲壮的历史活剧。

随着时序的推移，他们有的迁徙了，有的变化了，有的消失了，像成群结队翱翔于万里秋空的候鸟一般，忽刺刺地飞来，又急匆匆地逸去，许多重大活动，文字都没有记载，甚至皇皇正史上也尽付阙如。事实上，当然并非落地无痕，杳无踪影，而是一站接着一站传承着社会文明的熊熊爝火，为建构整个中华民族的伟大文明传统做出了应有的贡献。

这遍布贺兰山上，由五千多组岩画连缀而成的艺术长廊，就是绝好的历史见证。

我们怎能不由衷地感激那些伟大的民间艺术家——成千累万的无名的岩画制作者！是他们以其独特的艺术创造，为后世人民留存了形象鲜明、信息丰富的时代屐痕，提供了极其珍贵的研究古代文明史的第一手资料。

高尔基说得好："人，按其本性来说，就是艺术家。他无论如何处处力求给自己的生活带来美。"游猎的先民在浩瀚无垠的荒原上，通过与大自然的艰苦拼搏，培植了粗犷豪放的性格，也播下了信念、追求与热望。他们在呼啸、奔逐、游牧、畋猎之余，借助于岩画的创作，把自己的喜怒哀乐、忧思感奋、所见所闻——凿刻于山石之上，以获取心理上的满足与快感，达到抒发情感、愉悦身心、恢复体力、消解疲劳的目的。

岩画开创了人类艺术的先河，是一部融汇着理性与野性、现实与幻想、稚拙与灵动的无声的交响乐。同时，又是一个活的解释系统，它无异于一部古代游牧民族的百科全书，向后人展示着先民对于自然、社会与人类自身的认识，把他们敬仰的神灵、崇拜的图腾、朦胧的遐想、放牧狩猎的经验以至于七情六欲等深层次的内涵如实地记录下来。

四

黄河，这祖国的母亲河，历史之河，文明之河，在她的身边，岩画与神话并存。它们作为人类精神活动、艺术实践的智慧之果，都深深植根于民族文化本原的沃土之中。那些借助于想象与幻想，把自然力加以拟人化，反映远古先民对于世界起源、自然现象、社会生活的原始理解的神话传说，在贺兰山岩画中同样有所展现。

关于伏羲、女娲这两位始祖神的传说，散见于《山海经》《楚辞》《淮南子》等古籍，同时，广泛流传于黄河流域一带的民间。与两位始祖神"本为兄妹""蛇身人首、尾部相交"等传说内容相对应，贺兰山口一幅极为古老的岩画上也有他们的造像——人面蛇身，交尾于一条长蛇之上。画像要早于伏羲、女娲其他造像几千年，极为简单、原始，却是鲜活动人的。

就一定意义上说，神话原是某种风俗、习惯、信仰和宗教的反映；而岩画则是从艺术的角度予以形象的记述与描绘。二者相辅相成，相得益彰。《山海经》中有关"戎，其为人，人首三角"的记述，实际上，指的是人头顶上的兽角装饰，贺兰山口的人面形岩画中就有这种头戴三角的装饰形象。岩画与神话互为印证，表明古代一个时期西戎族的先民曾在这一带生活过。

《史记》和《竹书纪年》中都有关于"感生神话"的记载，如说周始祖后稷之母姜嫄在野外见到巨人的足迹，心忻然悦，践之，遂有身孕，及期生子。这在岩画中亦有所反映。据专家解释，所谓"践巨人足迹"云云，原生状态乃是一种生育舞蹈动作——男女相伴而舞，踏着轻盈的脚步，然后野合做爱，从而得怀身孕。贺兰山的岩画就是这样表现的：在一对脚印旁边，一双男女在纵情地狂欢、跳舞、拥抱，集中反映了原始先民对于生育的崇拜与渴望，以艺术形式给予"感生神话"以精彩的图解和印证。

原来，原始人的思维处于人类思维的童年形态，带有"巫术性"的成分。他们所处的文化环境，是一个相信万物有灵、凡事迷信前兆的世界。在他们看来，世界上的一切都受着超自然的力量支配，诸如日月的升沉，四时的更迭，草木的荣枯，动物的繁殖，人世的生老病死、穷达休咎，背后都有一种超自然的力量在操纵着。他们既满怀畏惧，却又不甘心任其摆布，总想通过一种特殊的行为来影响它、利用它，于是，便产生了巫术。

在先民的心目中，岩画中的动物就是生活中的实物。因此，只要在山崖上凿刻出交媾与生殖的画面，就能实现人畜兴旺的愿望。同样，为了扩大狩猎的战果，便在岩石上不厌其烦地制作着大量的动物图形和游猎场面，他们确信，只有把动物的形象画在山石上（有的还要用箭镞射中它），才会产生游猎预期的效果。

看着这些千奇百怪的画面，也许有人会觉得它们过于粗糙、简单，甚至荒诞无稽。可是，远古的先民正是凭借着这些普通至极的线条与符号，描绘出了整个的万有世界，一如音乐的七个音符，可说是再简单不过了，靠着它们却能谱出情动三军、绕梁终日的万曲千歌。

五

当然，也毋庸讳言，作为史前社会的文化遗存和符号系统，作为图腾艺术的物化载体，贺兰山岩画尽管意蕴之深邃、视野之闳阔为世人瞩目，但它们全由图像组成这一共同特点，却是振古如兹、一成未变的。千年前的也好，万年前的也好，线条、画面、构图、命意，几乎看不出太多的变化。无论其为象形图式，表意图式，还是情感图式，都一无例外地以图像寄寓意义。单就"不确定性"这一点来说，与文字也存在着显著的差别。

历史在这里似乎经久地原地踏步。

时间在这里似乎凝固了。

人生易老，年寿有时而尽，对于时间的飞逝，现代人总是特别敏感的。几度花飞叶落，一番齿豁头秃，常使人感慨重重，蓦然惊悚。

当年，党项族的首领建立大夏国之后，仿照中原王朝的模式，不仅在都城和林峦佳处建起了金碧辉煌的玉宇琼楼、离宫别馆，还选定了贺兰山东麓为其历代君王夜台长眠之地，在五十平方公里的地面上留下了数百座大大小小的"金字塔"。

时间仅仅过去了几百年，于今，当日的千般宏丽，万种豪华，已经踪迹无存，只剩下几盔荒冢、数堆瓦砾，萧条破败，零落在秋风里。相反，当人们面对这些"粤自盘古，生于太初"的岩画，——这些远古游牧时代的文化遗存，想到它们阅千古而长新，历万劫而不磨，神奇地存留到今天，又怎能不为之而感到惊异、感到庆幸、感到振奋呢？

可以说，解读岩画就是在叩启鸿蒙，等于翻检一部已经失传了的史前典籍。画面上的犀牛、野马、北山羊、单峰骆驼等珍稀动物，不是在一两千年前就已绝迹了吗？而那幅岩画上的大角鹿，据古生物学记载，原是百万年到一万年前的远古孑遗呀！沧桑迭变，岩画长新。时间峻厉无情，然而却又是万分公正的，它善于选择，它并没有吞噬一切。

时间，时间，我们现代人在这里真正感受到了时间！

当年，大诗人白居易曾经一往情深地咏赞西湖："未能抛得杭州去，一半勾留是此湖。"现在我却要说："未能抛得银川去，全部勾留是此图。"

通过解读这些变形夸张、耐人寻味的岩画，不仅获得一番值得永生忆念的艺术享受，而且，接受了一次认识生存根基、启发生态自觉意识的教育——拨开重重的朦胧烟雾，可以重温人类蒙昧时期的宿梦，聆听远古历史微弱的回声，透视原始先民与生物环境同生共存的真实景象，进而悟解人类在自然生态系统链中的恰当位置，克服诛求无限、为所欲为的狂妄心态，真正实现回归家园、认清本源的觉醒。

君王乎？苦工乎？

一

从文友的一次谈话中，偶然听说大禹的故里在今四川省绵阳市北川羌族自治县，是一处重要的远古文化遗迹。于是，又平添了一层牵挂——北川属于汶川地震灾区的重中之重，"禹王故里"会不会深埋于废墟之下？

大禹，在后世人民心目中，其崇高地位可以媲美于他的高祖父、中华民族的"人文初祖"黄帝。南宋著名词人辛弃疾那首《生查子》词，道出了人们的共同心声：

> 悠悠万世功，矻矻当年苦。鱼自入深渊，人自居平土。　红日又西沉，白浪长东去。不是望金山，我自思量禹。

"我自思量禹"，旨哉斯言！禹王以解倒悬、抒民困为己任，身先士卒，栉风沐雨，十三年如一日，奔波于山川田野之间，"三过家门而不入"，鞠躬尽瘁、死而后已的献身精神、人格魅力、丰功盛烈，其典范性、普世意义与人文价值。足以铭彝鼎而被弦歌，彪炳千秋，垂范万世。可是，不无遗憾的是，作为历史话题，当代学人关于大禹的言说，较之古代却相对很少。也许是认为，茫茫禹迹在当时就已如轻烟淡霭，玄渺无凭；而随着世代暌隔，更是前尘淹忽，难寻鳞爪。

诚然，大禹的身世与功业，距今已四千余年，可谓悠哉邈矣。但他自始就不是以神话传说中的虚幻形象现身，更不像后来某些疑古学家所说的只是一条虫，而是作为一位真实的有血有肉的历史人物，生活在现实之中。经夏商周断代工程研究确定，禹在位十年，葬于会稽时，为公元前2062年。先秦文献中，最早记叙大禹行迹的是《尚书》；继而有《诗经》《左传》《国语》《论语》《墨子》《孟子》《庄子》《荀子》《韩非子》《吕氏春秋》等，不仅述其言行，而且于其盖世勋劳尽皆交口称赞。许多文献中在"禹"字前冠以"大"字，译成现代文字，便是"伟大的禹"。

儒家向来以出言有据、执事严谨自持，孔夫子是"不语怪力乱神"的；可是，关于大禹的德业，却是反复多次地引述，并且予以高度赞扬："巍巍乎，舜禹之有天下也而不与焉！"贵为天子，富有四海，却长年累月地为百姓勤劳，一点也不为自己。这真是崇高得很啊！

儒家另一位代表人物孟轲有言：

> 当尧之时，水逆行，泛滥于中国，蛇龙居之，民无所定，下者为巢，上者为营窟。……使禹治之，禹掘地而注之海，驱蛇龙而放之菹，水由地中行，江淮河汉是也，险阻既远，鸟兽之害人者消，然后人得平土而居之。

在《孟子》一书中，像这样谈论大禹，多达三十处。

《庄子·天下篇》引述墨子的话：从前，禹堵塞洪水、疏导江河而沟通四夷九州，大山三百，支流三千，小溪无数。禹亲自拿着盛土器和锄头，骤雨淋身，强风梳发。禹是大圣人，而为了天下，竟这般地劳苦。

"悠悠万世功，矻矻当年苦。"前一句歌颂大禹劈山浚河，治平水土，教民稼穑，划分九州，使百姓安居乐业的盖世勋劳；后一句状写他的奉献精神。二者合在一起，完整地概括了大禹一生的德业。

二

关于大洪水的传说，在古代神话系列中，带有极大的普遍性。除了非洲、北欧与东亚外，几乎遍布于整个世界。这当是由于洪水所带来的巨大灾难，留给世人历久不磨的伤痛记忆。这种记忆又是群体性的，经过一代代的流传、丰富、夸大、加工，遂逐渐积淀而进入群体创造的神话。在这里，宗教信仰起着积极促进的作用，以致把它归因于神对于人间充满罪恶十分不满，要用大洪水消灭掉他的全部创造物——而这些创造物，正是上帝用泥土造出的人类始祖亚当、夏娃，犯了原罪，被逐出伊甸园而一路发展来的。

但是，在中国，华夏民族关于大禹治水的传说，却没有洪水毁灭人类和惩罚原罪、人类再造的主题。大禹的后面没有宗教和神的存在；在对于洪水成因的阐释上，也与世界其他地方迥然不同，充分显示了它的科学性与现实性。据中国古文献记载，当时中原地区比现在要温暖得多，加之，森林草原茂密，雨量充沛，导致雨季江河泛滥，洪水横流，成为威胁人民生命安全的一大祸患。因而，治水的大禹便更多地具有现实中英雄人物的形象，其艰苦奋斗精神也就更具现实意义与人文价值。这一类论断，已为近代气象学、地质学所证明：中国从五千年前的仰韶时代到三千年前的殷商时代，黄河流域的气候比现在温暖、潮湿得多，河水的径流量和洼地的蓄水面积剧烈增加。亚热带的雨水偏多，造成了这一地区洪涝灾害的频发，加之海侵的影响，便有了尧舜禹时期"汤汤洪水方割""浩浩滔天"的记载。

从中华体系的神话传说中可以看出，华夏民族的神化英雄，既不像古希腊超人赫拉克勒斯那样，从天神那里派生出来，最后又回归到天神那里去，也不像由上帝派遣，像耶稣那样，始终遵循和体现上帝的意志；而是凭借自身的聪明才智、道德表率力量和悲天悯人的情怀，以牺牲与奉献精神造福世人。他们主观能动地应合于"天命"，竭尽一己之力，而不做一切听命于天神的消极被动角色。大禹属于这一类英雄人物的典型。

古籍中记述的大禹，是一个智者的形象。他不仅身体力行，勤于劳作，而且充满了人生智慧。他并非光凭一腔热情，只知挽起裤腿带头苦干，而是首先通过调查研究，制订符合实际的治水方案。吸取乃父鲧阻障洪水导致失败的教训，根据水流就下的特性，确定了"以疏为主、疏堵结合"的治水方略。《淮南子》说："禹之决渎也，因以水为师。"以水为师，就是按照水流运动的客观规律，因势利导，疏河导川。他把很大精力用于实地查勘，为的是准确掌握河道流经地域的地形地貌情况。《禹贡》中记载，禹在查勘水情时，"左准绳，右规矩"，"行山表木，定高山大川"。就是使用类似今天的垂线、角尺、圆规之类的测量工具，随地以堆石或刻记树木的方式作为测量的记号。看来，当时已经掌握了原始的数学与勘测知识。

说到大禹的智慧，古籍《战国策》中记载了这样一桩逸事：臣工仪狄酿造出了美酒，把它进献给夏禹。禹王饮后，认为十分甘甜，但从此就疏远了仪狄，也不再饮酒了。他说：我们应该记住，后世一定会有因为嗜酒而招致亡国的君主。讵料，此言竟然一语成谶。大禹去世后，由他的儿子启继位，晚年的夏启，"淫溢康乐"，饮酒无度，导致了国运衰颓；他的儿子太康尤其荒淫，沉溺于饮酒、打猎，最后失位；待到末代王夏桀，竟然构筑酒池、糟丘，宴饮时，最多达到三千人，像牛群饮水一样，在鼓声中一齐从岸上向酒池伸下脖子，狂吸痛饮。夏桀淫靡无度，却自比太阳。民众诅咒说：太阳啊，你快点亡吧！我们情愿跟你一起亡呀！夏代饮酒之风颇盛。这从二里头出土的陶器中各种酒器占有相当的比重，可以得到证实。

殷商得国之后，便流传下来一句铿锵作响的话："殷鉴不远，在夏后之世。"可是，酒色财气，这些关系到基本人性的东西，世上是谁都无法禁绝的。结果，说归说，落到实际上，嗜酒、群饮之风照样炽烈，到了最后，殷纣王把它推向极点，以致其庶兄微子悲叹："沉酗于酒"，"殷其沦丧"！周初，接受夏、商纵酒败亡的严重教训，立国伊始，便发布《酒诰》，把戒酒同成败兴亡联系起来，下令严厉禁酒，彻底制止"群饮""崇饮"，违者处以死刑。

夏商周三代以及秦汉以降，历朝历代层出不穷的"以酒而亡其国"的惨痛教训，都一齐验证了大禹见微知著的惊人洞察力与预见性。

三

如果说，关于大禹存在的真实性及其巍巍之德、赫赫之功，在历代典籍中迄无异议的话；那么，对于他是如何得天下的，亦即继位的途径与方式，则各异其辞。大别之，有三类：

禅让说。相信舜之于禹同尧之于舜一样，都是通过禅让，亦即由各部落首领推举并经过考核，认为可以胜任才正式就位的。

攘夺说。认为在实现所谓"禅让"之前，曾经历过剧烈的权力争斗。禹之所以能继承帝位，是"臣逼君"的结果。"禅""擅"同音，"让""攘"通借。"禅让"其名，而"擅攘"其实。

虚构说。认为史无其事，只是一种虚言、传说。全然否定禅让的存在。

细检古代文献，发现其中关于禅让的记载，从《尚书》到《史记》至少在十五种以上。而且，近年出土的文献《郭店楚墓竹简》也进一步予以证实。可见，禅让之事，为晚周人的共识。因此，虚构一说当可排除。问题在于，先秦诸子对于禅让一事何以如此大张旗鼓地宣扬？这不能不引起我们疑问与深思。

以公元前 2062 年大禹辞世，而东周始于公元前 770 年来计算，对于先秦诸子来说，舜禹禅让故事当是一千三百年以前的往事了。当历史成其为历史，它作为"曾在"，即意味着不复存在，包括特定的环境、当事人及历史情事在整体上已经永远消逝了。在这种情况下，"不在场"的后人在选择、整理史料亦即文本化过程中，必然存在着深度的主观性介入。我们发现，关于禅让一事的叙述，先秦诸子的主观性因素，同样十分明显，表现为自行取舍，各执一词。

其实，今天看来，当时禅让的"庐山真面"，不过是以和平方式完成权力的交接而已。舜禹禅让，反映的原是部落联盟之民主选举制度。其中的"禅"字，最初也许是有关礼仪的术语，或者本指任期届满后的一种权力交接仪式。这种禅让，既不同于世袭制的"家天下"，也不同于"汤武革命"的"打天下"，是一种以不流血的方式完成权力和平过渡的理想化制度。

然而，在儒、墨、道、法、杂家、纵横家那里，却弄得云笼雾罩，烟雨迷蒙，各自以其思想本体为依据去推演其内容。儒家主张仁政，所以，他们解读禅让的本质在于实施仁政，将尧舜禹禅让描述成儒家仁政的典范。墨家以尚贤为宗旨，主张贤人执政，不仅是三公，就是天子，也可选天下贤者而立之。墨子出身于下层社会，其思想集中体现平民的要求，奉行节俭，提倡生产，特别强调大禹的亲身参加水利、农事劳动、为天下先这些方面。概言之，孔孟侧重于尚德，墨子侧重于传贤。

而最有趣的是法家韩非的看法。他一面从崇尚暴力、着眼权谋出发，认为禅让实乃篡夺，是"逼上弑君"，为"反君臣之义"，指斥倡言禅让为"非愚即诬"的行为；一面却又说，当时王这个宝座，除了受苦、挨累，找不到什么油水。

> 尧称王天下的时候，茅屋顶盖不加修剪，栎木屋椽不加砍斫；吃粗米饭食和野菜豆叶的菜羹；冬日穿兽皮，夏天着麻衣，即使是看门人的衣服和给养，也不会比这还差。禹称王天下的时候，亲自拿着耒、耜等农具，做干活的带头人，以致大腿上没有完好的肌肤，小腿上磨光了汗毛，即使是奴隶的劳作，也不会比这更苦了。由此说来，古时辞让王位的人，他是抛弃了看门人的境遇而脱离了奴隶的劳苦了。现在的县令，一旦本人死了，子孙世代还能乘他的车子，因此被人们看重。人们之所以轻易地辞去古时的王位，而贪恋现在的县令，道理在于实际利益厚薄不同也。

剖析得实在是透彻无比，只是，同他前面的"攘夺说"却大相径庭，互相矛盾——既然王位无利可图，那还为什么要攘夺呢？

与此说相近，明代文学家陈眉公也曾发表一通高论。尧让天下于许由，许由不受，天下后世皆以为高，赞颂有加。陈眉公却说："当尧之时，尽大地是洪水，尽大地是兽蹄鸟迹；禹荒度八年，水乘舟，陆乘车，泥乘辐，山乘樏，方得水土渐平，教民稼穑，此时百姓甚苦，换鲜食、艰食、粒食三番境界，略有生理。盖洪荒天地，只好尽力生出几个圣人，不及铺张装点，粗具得一片乾坤草稿而已。何曾有受用处！茅茨不剪，朴角不斫，素题不枅，大路不画，越席不缘，太羹不和。铏簋之食，聊以充饥；鹿裘之衣，聊以御寒。不惟无享天下之乐，而且有丛天下之忧。尧瘠舜黑，固其宜耳。许由亦何所艳羡而受之哉！"不能"享天下之乐"，却丛集"天下之忧"，谁去干这般蠢事！话至此处，真是说到家了。

不管怎么说吧，大禹无疑算得上一位"风范大国民"，一位德配天地、功标青史的民族英雄；当然，他也是中国历史上仅此一见的名副其实的苦工君主。就此，我忽然联想到那年在绍兴禹庙所看见的大禹塑像。像高六米，法相庄严，身着华衮、手捧玉圭、头戴冕旒，一副标准的龙凤之姿。尽管听说是根据著名学者章太炎的考证而设计的，我还是不免心生疑窦。想来，也许像孔老夫子在论述大禹时所说的，"恶衣服而致美乎黻冕，卑宫室而尽力乎沟洫"，就是说，禹王平常劳动穿粗糙的衣服，上朝、祭祀则着华美的衣冠，因为他毕竟是君临天下的帝王。太炎先生设计的塑像，当是取其朝会时的装束。

但我觉得，雕塑人物的衣冠形貌，总应反映其本质特征。如果能以劳工者的形象示人，肯定会更加拉近与普通民众的距离，平添一种亲切感。而且，既然是"卑宫室"，大禹生前的住所就会像帝尧一样，"茅茨土阶"，绝不可能像后代的秦始皇那样，征集万千民夫为其兴修宫殿、营造陵寝。至于现在的禹庙、禹陵如此之巍峨、华赡，无非是后世人民用以寄托崇仰之情思而已。

两千年的守望

一

从公元前 286 年伟大的思想家兼文学家的庄子去世，到公元 1715 年（清康熙五十四年）伟大的文学家而兼思想家的曹雪芹诞生，中间整整相隔了两千年。在这两千年时间长河的精神航道上，首尾两端，分别矗立着辉映中华文明以至整个世界文明的两座摩天灯塔——两位世界级的文化巨匠。他们分别以其哲学名著《南华经》(《庄子》) 和文学名著《红楼梦》，卓立于世界民族文化之林。

曹雪芹生当所谓"康乾盛世"，距今不过二三百年，而其活动范围，也只有南京、北京两地，可是，留存下来的文献资料却少得出奇，以致连本人的字、号、生年、卒年、有关行迹及住所、葬地，还有祖籍、生父、妻子等等，都存在着争议，这倒和两千多年前的庄子十分相像。而且，从已知的有限记载中得知，他的身世、出处、阅历，特别是思想追求、精神境界，也和庄子有许多相似之处——

同庄子为宋国没落贵族的后代一样，曹雪芹也出身于没落的贵族。他的祖上是一个百年望族，属于大官僚地主家庭，其曾祖父、祖父、父亲，三代世袭江宁织造达六十余年。曹家与清皇室的关系非常密切，雪芹的曾祖母为康熙的乳母，祖父当过康熙的侍读。雪芹出生于南京，十三岁之前，作为豪门公子，过着锦衣纨绔、饫甘餍肥的生活。尔后，由于乃父因事受到株连，被革职抄家，家道中落，财产丧失殆尽，社会地位一落千丈；移居北京后，成为普通贫民，饱经沧桑巨变，备尝世态炎凉之酸苦，"寂寞西郊人到罕"，"故交零落散如云"。清人笔记中载：雪芹"素放浪，至衣食不给"，"老而落魄，无衣食，寄食亲友家"。所居房舍，"土屋四间，斜向西南，筑石为壁，断枝为椽，垣堵不齐，户牖不全"，生活十分贫寒、困窘。

他与庄子一样，天分极高，自幼都曾受到过系统的传统文化教育，饱读诗书，胸藏锦绣；又都做过短时期的下层职员：庄子曾在蒙邑任漆园吏两三年时间，雪芹也曾做过内务府笔帖式，从事文墨、缮写差事，职位很低，只有年余，尔后便进入右翼宗学，担任助教、夫役，时间也不太长。庄子凭借编织草鞋和渔钓以维持生活，雪芹则是以出售书画和扎绘风筝赚取收入；庄子熟悉并能亲自操作编织、刻竹、制漆等工艺生产，雪芹不仅擅长扎绘风筝，而且对金石、编织、织补、印染、雕刻、烹调与脱胎漆器等工艺美术也有研究。这样，他们便都有条件了解底层社会，同普通民众接触，包括一些拒不出仕的畸人、隐者，进而建立良好的关系。

除了长篇小说《红楼梦》，曹雪芹还留下一部《废艺斋集稿》，详细记载了金石、风筝、编织、印染、烹调、园林设计等工艺艺程。其中《南鸢北鹞考工志》自序中写道："是岁除夕，老于（残疾人于叔度，曾向曹雪芹学习扎糊风筝技艺）冒雪而来，鸭酒鲜蔬，满载驴背，喜极而告曰：'不想三五风筝，竟获重酬；所得共享之。'"反映了曹雪芹的平民意识与助残济困的高尚情怀。这使人想到庄子置身于百工居肆，乐于同支离疏、王骀等残疾人打交道，听他们倾诉惨淡人生的遗闻逸事。

曹雪芹厌恶八股文，绝意仕进，根本不去参加顺天乡试。他和庄子一样，都是以极度的清醒，自甘清贫，洁身自好，逍遥于政治泥淖之外，始终和统治者保持着严格的距离。乾隆年间，朝廷拟在紫光阁为功臣绘像，诏令地方大员物色画家。当时雪芹为寻访故地，回到南京，江南总督尹继善遂推荐他充当供奉，兼任画手，不料雪芹却未予接受。拒绝的原因，他没有直说，想来大概是：当年庄子为了追求人格的独立与心灵的自由，奉行"不为有国者所羁"的价值观，却楚王之聘，不做"牺牛"；我也不能去自投罗网。在那"犹如火宅，众苦充满，甚可怖畏"（借用佛经上的话）的龙楼凤阁中，做个笔墨奴才，给那些乌七八糟的什么"功臣"画影图形，既无趣，又可怕。

他们都是旧的传统礼教的叛逆者，反对儒家的仁义教条，厌弃"学而优则仕"的世俗观念，批判专制，警惕"异化"。要之，他们都是物质生活匮乏而精神极度富有的旷世奇才。

他们的思想都与现实社会环境极不协调，甚至尖锐对立；他们的言行举止，超越凡俗，脱离固有的社会价值、伦理观念的框范，而不为世人所认同与理解。这样，处世就不免孤独，而作品更有"都云作者痴，谁解其中味"的悲凉感。

"怅望千秋一洒泪，萧条异代不同时。"（杜甫句）庄子如果地下有知，当会掀髯笑慰：两千年的期待，终于又觅得一个异代知音。

二

曹雪芹在西单石虎胡同的右翼宗学担任教职（一说曹雪芹为敦惠

伯家西宾，紧邻右翼宗学）时，结识了清朝宗室一些王孙公子，如敦氏兄弟与福彭等。初识时，曹雪芹三十岁，敦敏十六岁，敦诚仅十一岁。在漫长的冬夜，他们围坐在一起，这些公子哥儿听年长他们很多的曹公充满智慧、富有谐趣的清谈雅教，说古论今。较长一段接触中，他们亲炙了雪芹的高尚品格与渊博学识，都从心眼里敬服他。大约三年过后，曹公移居北京西郊，过着著书、卖画、挥毫、唱和的隐居生活。其间，除了敦氏兄弟仍然常相过从之外，当地还有一位张宜泉，与雪芹交往甚密，意气相投。他年长雪芹十多岁，功名无分，穷愁潦倒，靠着教几个村童度日。

二敦一张在题诗、赠诗、和诗中，留下了一些关于雪芹的十分可靠的珍贵文献资料。诗中真实地状写了雪芹贫寒困顿的隐逸生涯，超迈群伦的盖世才华和纵情不羁的自由心性。在这里，诗人运用"立象以尽意"的艺术手法，驱遣了"野浦""野鹤""野心"这三种颇能反映本质的意象：

"野浦冻云深，柴扉晚烟薄。山村不见人，夕阳寒欲落。"敦敏在这首《访曹雪芹不值》的小诗中，形象地描绘了雪芹居处的落寞、清幽、萧索，可说是凄神寒骨。前此，他还曾写诗《赠芹圃》，有句云："碧水青山曲径遐，薜萝门巷足烟霞。寻诗人去留僧壁，卖画钱来付酒家。""曲径遐""足烟霞"，描绘其环境清幽；"留僧壁"、卖画沽酒，记述其日常生活。敦诚在《赠曹雪芹》诗中，亦有"满径蓬蒿老不华，举家食粥酒常赊。衡门僻巷愁今雨，废馆颓楼梦旧家"之句。前两句，写居住环境荒凉、生活条件艰苦；后两句，写世态炎凉，繁华如梦。"今雨"用典，出自杜甫的《秋述》小序："寻常车马之客，旧雨来，今雨（新结交的朋友）不来。"杜甫居长安时，初被玄宗赏识，众人都主动上门结交，一时车马不绝，但他后来并没有做成什么官，于是，人们便对他疏远了。世态炎凉，人情冷暖，同样反映在曹雪芹境遇中，令诗人感喟无限。

　　说过了"野浦"，再讲"野鹤"。敦敏曾写过这样一首七律，题为《芹圃曹君霑别来已一载余矣，偶过明君琳养石轩，隔院闻高谈声，疑是曹君，急就相访，惊喜意外，因呼酒话旧事，感成长句》。首联与尾联云："可知野鹤在鸡群，隔院惊呼意倍殷"；"忽漫相逢频把袂，年来聚散感浮云"。此前一年多时间，雪芹曾有金陵访旧之行，现在归来，与敦敏相遇于友人明琳的养石轩中。诗中状写了别后聚首、把袂言欢的情景。这里值得注意的是"野鹤在鸡群"之语，其意若曰：曹公品才出众，超凡独步，有如鹤立鸡群。典出晋·戴逵《竹林七贤论》："嵇绍入洛，或谓王戎曰：'昨于稠人中始见嵇绍，昂昂然若野鹤之在鸡群。'"（亦见《晋书·嵇绍传》）宋代诗人郑刚中也曾写过："高士常徇俗，无心欲违世。野鹤在鸡群，饮啄同敛翅。"大约就在这次聚会中，雅擅丹青的曹雪芹，乘着酒兴，画了突兀奇峭的石头，以寄托其胸中郁塞不平之气。敦敏当即以七绝题画："傲骨如君世已奇，嶙峋更见此支离。醉余奋扫如椽笔，写出胸中块垒时！"傲骨嶙峋、胸中块垒云云，活灵活现地道出了曹公的倨傲个性与愤激情怀。

　　与此紧密相关，是张宜泉诗中的"野心"之句。诗为七律，《题芹溪居士》："爱将笔墨逞风流，庐结西郊别样幽。门外山川供绘画，堂前花鸟入吟讴。羹调未羡青莲宠，苑召难忘立本羞。借问古来谁得似？野心应被白云留。"核心在后四句。著名红学家蔡义江对此有详尽而准确的解读——

　　"羹调"句写，曹雪芹并不羡慕李白那样受到皇帝的宠幸。李白号青莲居士，以文学为唐玄宗所赏识，玄宗曾亲自调羹给他吃，所谓"以七宝床赐食，亲手调羹"。

　　"苑召"句，写曹雪芹善画，但他不忘阎立本的遗诫，而不奉苑召。《旧唐书·阎立本传》载，唐太宗召阎立本画鸟，阎闻召奔走流汗，俯在池边挥笔作画，看看座客，觉得惭愧，回来即告诫儿子："勿习此末技。"

"野心"句：野心，谓不受封建礼法拘束的山野人之心。这句是说，曹雪芹鄙视富贵功名，只有山中的白云可以与他做伴。唐末，陈抟举进士不第，隐居华山云台观。入宋后，数召不出，作谢表，中有"数行丹诏，徒教彩凤衔来；一片野心，已被白云留住"之句。见《唐才子传》。

穷愁困踬中，曹雪芹以坚韧不拔的毅力，十数年如一日，坚持创作《石头记》（《红楼梦》）。晚年因幼子夭亡，悲痛过度，忧伤成疾，于1763年（乾隆二十七年除夕）病逝。敦诚、敦敏、张宜泉等分别以诗悼之。

综观曹雪芹的一生，以贫穷潦倒、维持最低标准的生存状态为代价，换取人格上的自由独立，保持自我的尊严与高贵，不肯苟活以媚世；精神上，从容、潇洒，营造一种诗性的宽松、澹定的心态，祛除一切形器之累，从而获得一种超然物外的陶醉感与轻松感。这一切，都是与庄子相类似的。

三

鲁迅先生针对生民处于水火之境的艰难时世，说过一句痛彻骨髓的话："人生最苦痛的是梦醒了无路可以走。做梦的人是幸福的；倘没有看出可走的路，最要紧的是不要去惊醒他。"接上又说："假使寻不出路，我们所要的倒是梦。"曹雪芹和庄子都生活在社会危机严重、理想与现实对立、"艰于呼吸视听"的浊世，都是"无路可以走"的。这样，他们两人便都不约而同地选择了梦境，借以消解心中的块垒，寄托美好的愿望，展望理想的未来。

作为文人写梦的始祖，庄周托出一个虚幻、美妙的"蝴蝶梦"（见《齐物论》），将现实追求不到的自由，融入物我合一的理想梦境之中；而织梦、述梦、写梦的集大成者曹雪芹，则通过荣、宁二府中的"浮生一梦"，把审美意识中的心理积淀，连同诗化情感、悲剧体验、泣血生涯和盘托出，在卑鄙、龌龊的现实世界之上，搭建起一个以女儿为中心的悲凄、净洁、华美的理想世界。有人统计，《红楼梦》一书中共写了三十二个梦，其中最典型的是贾宝玉梦入太虚幻境的警幻情悟，预示其看破红尘、人生如梦的觉解。

《庄子》与《红楼梦》这两部传世杰作，归根结底，都可说是作者的"谬悠说""荒唐言""泣血哭""辛酸泪"。清末小说家刘鹗在《老残游记·自叙》中说得好："《庄子》为蒙叟之哭泣"，"曹雪芹寄哭泣于《红楼梦》"。

在中国古典小说中，《红楼梦》应是引用《庄子》中典故、成语、词句最多的一部作品，作者顺手拈来，触笔成妙；看着觉得眼熟，结果一翻，竟然分别出自《人间世》《大宗师》《胠箧》《秋水》《山木》《盗跖》《列御寇》等等篇章，令人惊叹作者学识的渊博。雪芹对于庄子其人其文极度倾慕，曾借助以"槛外人"和"畸人"自命的妙玉之口说："文是庄子的好。"同妙玉一样，小说中众多人物都喜欢《庄子》，特别是宝玉、黛玉这两位主人公，对于这部哲学经典，已经烂熟于心，能够随口道出，恰当地用来表述一己的人生境界、处世态度、思想观念、生活情趣。显然，作者称引《庄子》，绝非矜富炫博，装潢门面，而是为了彰显他的价值观、倾向性与人生态度，因为他们是同道者、知心人。

庄子是中国思想史上第一个提出争取和捍卫人的自由的思想家。

高扬自由意志，追求个性解放，可说是《庄子》的一条红线，也是庄子思想影响后世的最重要的一个方面。而曹雪芹，则把自由的思想意志奉为金科玉律，当作终身信条，他正是通过贾宝玉这一典型人物的典型性格，来集中阐扬这种精神意旨的。就是说，《红楼梦》的哲学蕴涵，主要是隐含在人物形象之中。贾宝玉的坚决反对"仕途经济""八股科举""程朱理学"，无拘无束、我行我素、放纵不羁、自由任性的个性特征，以及他所赞赏的"无知无识、无贪无忌"的赤子般的心境，还有他借龄官的嘴说出的对封建地主家族的控诉："你们家把好好的人弄了来，关在这牢坑里"，完全失去自由，等等。显然，其中都有庄子思想的影子。宝玉曾多次谈到死亡，他说："等我有一日化成了飞灰——飞灰还不好，灰还有形有迹，还有知识的。等我化成一股轻烟，风一吹就散了的时候，你们也管不得我，我也顾不得你们了，凭你们爱那里去，那里去就完了。"这也让人联想到庄子关于死亡的那番旷达、超迈的话语。看得出来，庄子思想是他（当然也包括黛玉）主要的精神支柱。

《红楼梦》中大家所熟知的《好了歌》及其解注，还有那句"可知世上万般，好便是了，了便是好。若不了，便不好；若要好，须是了"的警语和"太虚幻境"中"真假""有无"的对联，骨子里所反映的"万物齐一"，一切都具有相对性与流变性的观念，自然都和庄子的齐物论有一定的关联。

至于这两部天才杰作的叙述策略与话语方式，也同样有其相似之点：一个隐喻为"假语村言"，"荒唐、无稽之辞"；一个则明确地讲，"以谬悠之说、荒唐之言、无端崖之辞"出之，"其辞虽参差，而諔诡可观"也。

四

应该说，曹雪芹接受庄子的影响，主要是接受"一种理想人格的标本"，"游心于恬淡、超然之境"。正是这种精神原动力，使他们面对颠倒众生的"心为物役"、人性"异化"的残酷现实，能够解除名缰利锁的心神自扰，以其熠熠的诗性光辉，托载着思想洞见、人生感悟、生命体验，以净化灵魂，澡雪精神，生发智慧，提振人心。

看得出来，这种天才人物之间的吸收与接纳，递嬗与传承，是作用于内在，而且是创造性的、个性化的。从这个意义上说，师承也好，赓续也好，不会一体雷同，只能具有相对性。

为此，在肯定两人相同或相似这主导一面的同时，也应注意到他们在思想观念方面存在着一定的差异。比如，迥异于庄子的雪芹的佛禅情结、色空观念、虚无意识，广泛地浸染于作品之中；"家亡人散各奔腾"，"好一似食尽鸟投林，落了片白茫茫大地真干净"，是其最具代表性的经典表述。其成因是复杂的，大抵同他所遭遇的残酷的社会环境、天崩地坼般的家庭遽变，本人的文化背景、信仰观念，有着直接关系。

即此，也充分反映了天才人物的独创性与特殊性。这一特征决定了，他们之间绝对重复的现象是不存在的，根本不能"如法炮制"。就是说，只能有一，不能有二，他们在世间都已成了绝版——从辞世那天起，原版就毁掉了，永远也无法复制。

司马迁在《报任安书》中曾经慨乎其言："古者富贵而名磨灭，不可胜记，唯俶傥非常之人称焉。""俶傥非常"，卓异超凡之谓也。从世界的眼光和时代的高度来审视，庄子也好，曹雪芹也好，这两位文化巨匠的思想见地、艺术造诣、人格精神，都处于人类智慧的巅峰水准。两千年的期待，两千年的守望，两千年的传承，他们分别作为中华传统文化重要开山者和封建文化总结、批判、继承者，都以其毕生心血凝铸而成的旷世奇文，为中华民族奉献了辉煌的文化瑰宝，并为促进人类文明历史的共同发展作出了伟大的贡献。从而在浩瀚无垠的文化星空中，这一对双子星座，以其无可取代的独特地位，千秋万世，永远放射着耀眼清辉。

千古丰碑

"都江堰",是一座美丽的城市,也是一项历史悠久、名震中外的水利工程,更是一位伟大历史人物的千古丰碑。

是的,国内外都有一些这样的所在,它们往往同某位政治家、军事家、科学家、文学家紧密地联结在一起。像但丁之于意大利佛罗伦萨、马克思之于德国特里尔城、孔夫子之于山东曲阜、蔡元培之于北京大学,等等,都像蜀郡太守李冰之于都江堰那样。只要你置身其间,就会感受到他们的不朽的存在。就是说,他们的一生功业,行藏休咎,都同这些地方有着紧密的联系。

前年我去江苏南通市参加一项文化活动,遍游市区,足迹所至之处,时刻都感到,仿佛爱国实业家张謇至今仍然健在,而且就在身旁。可以说,整个城市,就是他的一座丰碑。当时,我就联想到了李冰——他在都江堰不也是如此吗?当然,两人也不尽相同,他们分据于中国两千余年封建社会的首尾两端,一者启其先,一者断其后;一个作报晓的鸡鸣,一个奏黄昏的挽歌。而且,论其影响所及、流风泽被,李冰也要远远地超出张謇。其实，何独是张謇先生，就功业来说，放眼浩荡神州，披阅千秋简册，真正能够同其比肩者，又有几人！

翻开卷帙浩繁的"二十四史"，或者纵览一番画影图形、名标青史的凌烟阁，以及彰表公侯将相的纪功碑，在整个封建时代里，所谓"建功立业"，不外乎以下种种：或为卫青、霍去病那样的名将，开疆辟土，攻城夺寨，斩将搴旗，血流漂杵，结果是："凭君莫话封侯事，一将功成万骨枯"；或为张良、陈平那样的运筹帷幄之中，决胜千里之外的谋臣，"兴王大计无寻处，却在先生一蹑中"；或者张巡、许远之类誓死不降的铁杆忠臣，"唐室兴亡系公等"，"百战孤城挫贼锋"；或为"英风犹想入关初，相国功勋世莫如"的萧何之类富有政治远见的名相："独收秦丞相御史律令藏之，因而能够具知天下厄塞，户口多少，强弱之处，民所疾苦之事"；或为"百度修明诸弊革"，"神皇初政迈中兴"，治绩炳然的张居正那样的改革家；还有一种特殊的功勋建立者，像王昭君那样的"能为君王罢征戍，甘心玉骨葬胡尘"的和亲美女……他们都是功垂简册，广为后世文人讴歌咏叹的。

而李冰所创下的功业，则属于另一种类型。史载，上古之时，封闭于层峦叠嶂间的古蜀国，内则水旱相接，外无舟车之利，绝少对外交流，属于蛮荒之地。秦蜀郡太守李冰率领当地民众，凿离堆，修都江堰，穿内、外江，旱则引水浸润，雨则杜塞水门，引溉郡田，沃润千里，水旱从人，不知饥馑。把西夷荆榛荒芜之地，化为锦绣繁华之府，沃野千里，号称"天府"。此外，他还在成都建七座桥、修石犀溪，疏通乐山、宜宾、什邡、崇庆等地河道，治洪防涝，引水灌田，发展水运交通，以济舟楫之利；并建冶铁基地于临邛，凿盐井于广都，"蜀于是盛有养生之饶"，使水利灌溉、航运交通和盐铁事业得到长足发展，以其巨大的科学价值与经济效益，在人类史上书写了灿烂的篇章。

我们把李冰所做的贡献同上述列举的种种功业相比较，就会发现它有三个方面的鲜明特点：

其一，具有超越性。超越时间、地域、国度、集团、阶级范围，它的成果与效益能够经受住时间的考验，不受政治历史条件和意识形态的限制，因而更加具有普泛性与持久性。

其二，是第一点的延伸，即功业的纯粹性，即是说，众所公认，不会有任何不同的争议。比如，建功绝域，拓土开疆，自古以来，就屡屡受到人们的质疑，有的诗人写道："自古边功缘底事？只因嬖幸欲封侯。不如直与黄金印，惜取沙场万髑髅！"对于改革、和亲等政治行为，也往往是言人人殊。当然，这么说，也并非意味着只要从事征服自然的事业，就一定能够立功立德，名扬后世。隋炀帝开凿运河，"水殿龙舟"之事，招致天怒人怨，自不必说；就是那个元代的那位"总治河防使"，不也是有"贾鲁治黄河，功多怨亦多"之说吗？何况，治水本身还有个是否遵循规律的问题，否则，筑坝堵截洪水的鲧伯也就不至于丢官受戮了。

其三，李冰不仅以其骄人、盖世的丰功伟业名留青史，而且，作为一名官员，在品德、人格、作风方面，也为后世树立了楷模，他是一位把立功与立德完美结合在一起的典范。生建奇功传万代，死留型范重千秋，此之谓不朽。作为出色的教育家，孔夫子是当之无愧的"万世师表"；那么，蜀郡太守李冰，应该说是"千古官模"了。

他是一位难得的既体恤民情、心系百姓，以民为本的贤太守，又精通专业知识，富有丰富实践经验的杰出的水利工程师。他"专利国家而不为身谋"，切实做到"献了青春献终身，献了终身献子孙"。本来，身为郡守，完全有条件为儿子谋求一个官职，像后世一些官员那样，"一人得势，鸡犬升天"，依势横行，敛财致富。而他的儿子二郎，却始终跟着父亲干活吃苦。他勤政敬业，身体力行，且工作讲究科学性、创造性，注重调查研究，善于集中群众智慧，尊重自然规律，从而规划、修建了选点正确、布局合理、造价低廉、施工简便而又功能持久、效益卓著的大型水利工程。他在两千年前，为中国官场开创了一个踏着官阶从事科学技术实践的先例，而不是像后来那样把一批批颇有造就的学者磨炼成只知夤缘求进的巧宦、官僚。政治在他眼里，是弭患消灾，而不是钩心斗角，是奉献而不是索取。南宋年间，诗人陆游参观都江堰，见到李冰的画像，在盛赞其"奇勋伟绩"之余，慨然兴叹："寥寥后世岂乏人，尺寸未施谗已众。要官无责空赋禄，轩盖传呼真一哄。"可谓语重心长，洞穿要害了。

遗憾的是，这样出色的一位贤臣，留在历史上的文字记载实在太少了。他大约出生于秦昭王五年（公元前302年），卒于秦始皇十二年（公元前235年），原籍在楚，后迁居秦地陇西，秦昭王三十年被委任为蜀郡郡守。司马迁《史记·河渠书》上说："蜀守冰凿离堆，辟沫水之害，穿二江成都之中。此渠皆可行舟，有余则用溉浸；百姓享其利。至于所过，往往引其水益用溉田畴之渠，以万亿计，然莫足数也。"《华阳国志》记载："冰乃壅江作堋，穿郫江、检江，别支流，双过郡下，以行舟船。岷山多梓柏、大竹，颓随水流，坐致材木，功省用饶。又灌溉三郡，开稻田。于是蜀沃野千里，号为陆海。"

有关李冰的形象，倒是种种色色，代有更迭。三十年前，出土于都江堰外江河床的东汉石质塑像，李冰身着官服，手置胸前，意态雍容，风格质朴，为汉代郡守的官员形象；宋代始封为王，上面所述陆游的诗，就是因观"英惠王"李冰画像而作，画像中的他峨冠高耸，俨然王者之尊；明代以降，尊为"川主"，奉若神明，甚至传说为护佑都江堰的水神，从而在仰敬之上又涂抹上了神秘色彩；而现代的李冰像，则显现出深思静虑，富有书卷气，这当是考量他的水利工程师的身份，以之作为智慧的象征。从不同朝代对于他的形象设计的变化，充分反映出时代特征与价值观念。

而在民间，则广泛流布着神化李冰父子的神话传说。说他有天赋的神力，仿佛掌握"四两拨千斤"的太极奇功，指腕运转之间，高山大川全都听从调遣，轰隆隆、哗啦啦，开出了天彭门，凿通了玉垒山、宝瓶口，让江水的灵性和大地的丰饶滋养"天府"四川，润泽千秋万代。除了神化他通渠治水，还有降伏孽龙、通灵显圣，以及最后升天成仙等传奇。而流传最广的是"斗江神"的故事：

岷江江神极为凶恶，每年都要向人间索取两名少女作为妻子。稍有怠慢以至违抗，则掀风鼓浪，造作各种灾祸。郡守李冰得知其事，就说这一年他要把自己的女儿献出去。到了嫁女之日，他先给江神敬上一杯酒，然后自己也斟上，一饮而尽，而江神的那一杯却没有动。他大声斥责其无礼。霎时，李冰消失了踪影，只见江岸上有二牛在搏斗。有顷，李冰气喘吁吁地对下属说："我已疲惫至极，你们应合力相助。要记住，头朝南、腰系白带的是我。"一转眼，两条牛又斗了起来。于是，众人齐上，帮他把那条兴妖作孽的牛刺死。自此以后，水害遂息。此项传闻，亦见于东汉古籍《风俗通》。

至于有关李二郎的神话更是连篇累牍：他以"二郎神"的神化形象出现在小说《西游记》《封神演义》和戏剧《宝莲灯》里。在《西游记》中，二郎神是玉帝的外甥，现居灌江口，享受下方香火。他的法力无边，统领一千二百草头神兵，斧劈姚山；武功更是了得，连齐天大圣与他斗法，最后都败下阵来。只是没有说清楚，这样一位大罗神仙，怎么竟成了郡守李冰的儿子。

神化也好，传说也好，作为一个物质载体，李冰早已化作尘埃，杳无踪迹；而他所创造的人间奇迹，却历数千年而不泯。于今，站在都江堰这一世界级的伟大工程面前，那"披云激电从天来"，"江流蹴山山为动"（陆游诗句，下同）的气势，使我惊骇，使我振奋；而尤其令我引为骄傲、感到自豪的，还是这位不朽的英雄："呜呼秦守信豪杰，千年遗迹人犹诵"；是他留给后人的精神财富，它将泽流万古，沾溉无极。

历史的灵魂，是人。一座城市，一个著名风景区，又何尝不是如此。如果失去相应的名人作支撑，那么，它的真正魅力也将无从体现。"赖有岳于双少保，人间始觉重西湖。"如同西湖有了岳飞与于谦两个忠贞耿介之士，都江堰也因为有了李冰父子，他们让人鼓舞奋发，让人激扬踔厉，让人说起来口角生香，看上去流连忘返，走了之后永难忘怀，在人们的心灵深处，永远占据崇高的位置。从这个意义上，我们也可以反过来说，李冰是都江堰市的一座千古丰碑。

邯郸道上

一

年轻时候填写履历表，我常常把祖籍和出生地混同起来，一律写成"辽宁盘山"；后来父亲告诉我，我们这一支源出河北大名，就是《水浒传》中的北京大名府，卢俊义卢员外的所在。

这里靠近"战国七雄"之一赵国的都城邯郸。"邯郸道上"这个词儿，从小就听过多少遍，但是直到花甲之年，我才有机会踏上这方热土。

漫步邯郸街头，遥想两千多年前那些慕仁向义、慷慨悲歌的往事；一个个凛然可畏、"路见不平，拔刀相助"的义士形象，宛然如在目前。这里的民风素以勇悍、尚武著称，既不同于中原、关陇，也有别于齐鲁、江浙。著名史学家司马迁认为，此间地近匈奴，经常受到侵扰，师旅频兴，所以其人矜持、慷慨，气盛、任侠。加之胡汉杂居，耳濡目染，通过血缘的传承和文化的渗透，都会产生深刻的影响。早在春秋时代，当政者就已患其桀骜难制，中经赵武灵王"胡服骑射"的改革，任侠之风更加浓烈。

《庄子·说剑》中记载，赵惠文王喜好剑术，养了三千多名剑客，剑士站在大门口两侧，昼夜为国王表演击剑，一年要死伤一百多人，而赵王好之不厌。上有所好，下必有甚焉。整个赵国男子都擅长骑射，惯见刀兵，"相聚游戏，悲歌慷慨"；有些女子也是"褰裙逐马如卷蓬，左射右射必叠双"。

宋代文学家王禹偁在一篇传记文学中记载，宋太宗时，常山郡北七里的唐河店，一位无名老妇，凭着机智与胆略，赤手空拳赚杀了一名契丹骑兵。"一妪尚尔，其人可知也。"他说，此地民众习于战斗而不怯懦，听说敌虏来到，父母帮助拉出战马，妻子忙着取来弓箭，甚至有不等披戴好盔甲，就跨马出征的。

燕赵古称多慷慨悲歌之士。但是到了唐代以后，大文学家韩愈却认为，风俗与化移易，现时情形将有异于古昔，因而对于古时的"慷慨悲歌之士"如果活到今天还能否受到礼遇表示怀疑。清代著名诗人吴梅村更是慨乎言之，有诗云："多见摄衣称上客，几人刎颈送王孙？"这里引用了《史记·魏公子列传》中的典故：

> 信陵公子到夷门迎请侯嬴，侯嬴身着破旧衣冠，径直坐上车中的尊位，毫不谦让，而公子却愈加恭谨。到了家中，首先请侯嬴坐在上座，并向宾客一一介绍，客人都很惊异。后来，侯嬴果然不负厚望，向魏公子献了"窃符救赵"之计；自己因年迈不能陪伴信陵君奔赴疆场，于送行时刎颈自杀，以死相报。

当然，吴梅村引经据典，吊古伤今，慨叹世道浇漓，人心不古，得宠者实多而酬恩者甚寡，像侯嬴那样死报信陵君的人，再也不易见到了，也不是无谓而发的，大抵是："借他人的酒杯，浇自己的块垒。"

战国、秦、汉时期，邯郸不仅是我国北方著名的工商业城市和交通中心，也是一个颇具特色的全国性的文化名城。在先秦诸国中，古赵文化以平原文化与高原文化，内地文化与边陲文化，农耕文化与畜牧文化，华夏文化与胡族文化的多元构成，而独树一帜。

正因为它是驳杂的、复合的，所以，这里不只是尚武任侠，激扬耿烈，还有博戏驰逐，歌舞侈靡的一面。勇武任侠与冶游侠荡，作为古赵文化中两个突出的特点，分别在战时与平时凸显出来。古时邯郸的女子以美艳著称，日与游侠豪俊征逐，颇善修饰，弹筝鼓瑟，目挑心招。赵歌、赵舞、赵鼓、赵曲等，在中华民族大家庭的艺苑中，都以其鲜明的地方特色，占据着重要的一席。

学术思想的活跃，也是赵都邯郸的一个显著特点。当时，这里聚集了一大批知名的学者，荀况、慎到、公孙龙、虞卿、毛公都曾驻足邯郸，著书讲学。灿烂的文化积存，良好的人文环境，吸引了众多的俊士名流，留下了传诵千古的逸闻佳话。

邯郸素有"成语之乡"的盛誉，诸如"围魏救赵""义不帝秦""完璧归赵""负荆请罪""毛遂自荐""因人成事""邯郸学步""纸上谈兵""南辕北辙""奇货可居"和"二度梅""渑池会""将相和""黄粱梦"等成语典故和故事传说，产地都在这里。

这种特定的社会文化环境，对于"燕赵悲歌"的人文气质的形成有着直接的作用。如果说，历史是过程的集合体，那么，作为联结社会交往的中介的文化，则是这些历史过程的符号，是人类创造的具有象征意义的符号总和。无论它以哪种方式传承，是垂直式的文化继承——积淀，还是水平式的文化交流——融合，都会通过"获得性遗传"，对于人们的性格、气质、心理、行为，产生多方面的影响。就这个意义来说，文化就是人化，人既是社会的创造者，又是社会的制成品。

二

作为某种文化的载体，人在社会生活中，不仅经常接受一定文化的濡染，同时又不断地汰洗着某种文化的影响。因此，一定地域的文化构成，总是多元复合，而并非清一色的。这次，我在邯郸考察古赵文化过程中，意外地发现了一种奇特现象，即与悲歌慷慨，积极用世，借以体现自身价值的人文精神相对应，还存在一种鄙薄功业，粪土王侯，崇尚避世，倡导无为的思想追求。这要从以"黄粱梦"的传说闻名遐迩的吕翁祠说起。

吕翁祠在邯郸市北郊黄粱梦镇，距市区十公里。始建于宋代，明嘉靖年间扩建，形成了现在这样宏阔的规模，占地面积达一万三千多平方米。整座建筑坐北朝南，前院丹房对面的照壁上，书有"蓬莱仙境"四个雄浑恣放的草体大字。门内八仙阁迎门而立，小巧别致。丹房北面为中院，一方莲池映着碧树蓝天，显得格外清新雅淡。院内有殿宇三楹：前面为锺离殿，钟、鼓楼分列两侧，中间是吕祖殿，乃古观的主殿，还有拜殿、配殿、回廊，十分雄浑壮伟；后为卢生殿，内有一尊用大青石雕刻的卢生睡像，侧身偃卧，睡意浓酣，壁上的绘画展现了卢生梦中的美妙经历。

"黄粱梦"的故事，源于唐人沈既济的传奇小说《枕中记》。

唐朝开元七年，郁郁不得志的卢生骑着一匹青驹进京赶考，在邯郸一家旅店里遇见了道士吕翁。寒暄之后，卢生谈起了自己的胸襟、抱负，说读书人应该建功立业，名垂竹帛，而自己才华毕具，可以出将入相；但是，眼前却处境困窘，英雄没有用武之地，流露出愤懑不平的情绪。说着说着，他觉得目暗神昏，沉沉思睡。这时，店主人正在煮黄粱米饭，吕翁顺手从囊中取出一个方形瓷枕，递给卢生，让他睡下。

梦中，卢生回到了山东老家，娶了崔氏为妻，美貌异常；自己也官运亨通，由进士及第，出任陕州牧，擢为京兆尹，不断升迁。先是凿河利民，乡人刻石纪德；后又出征讨寇，斩首七千级，拓地九百里，边民立碑于居延山以颂之。归朝册勋，恩遇极盛。结果，横遭构陷，被捕入狱。

他慨然对妻子说，吾家有良田五顷，足以抵御饥寒，何苦汲汲求禄？现在若想像当年那样，骑着青驹，徜徉邯郸道上，已经不可得了。后来，幸得平反，再度起用，最后晋封为燕国公。五个儿子都是达官厚禄，娶妇高门。他一生富贵寿考，儿孙满堂，五十多年安富尊荣。活到了八十岁，生病久治不愈，正当弥留之际，却欠伸而寤。

卢生梦醒之后，见自己卧于旅舍，周围一切如故，吕翁仍是坐在身旁，主人的黄粱米饭尚未煮熟。卢生问道："难道这是一场梦吗？"吕翁说："人生适意，也不过如此罢！"从这里，卢生感悟到富贵无常，浮生若梦。

吕公祠的一副对联，把这一主旨揭示得十分清楚：

> 睡至二三更时，凡功名皆成梦幻；
> 想到一百年后，无少长俱是古人。

邯郸梦与邯郸道，后来成为虚无之事和空幻之路的形象说法。前人有诗云："只因旧日邯郸路，梦里卢生误着鞭。"

根据这篇题材新颖、艺术成就颇高的唐人传奇，许多作家进行了再创作，敷衍出一系列的戏曲作品，著名的有元代马致远等人的《黄粱梦》、谷子敬的《枕中记》、无名氏的《吕翁三化邯郸店》、明代剧作家汤显祖"临川四梦"之一的《邯郸记》。

唐人传奇中，还有一篇李公佐的《南柯太守传》，主旨与《枕中记》大致相同。到了清代，著名小说家蒲松龄写了《续黄粱》（见《聊斋志异》），主题有了进一步的深化。

《续黄粱》的主要情节是，福建的曾孝廉新科得中，意气骄扬，尝以宰辅自命。一天，与游侣避雨毗卢僧舍，悠然坠入梦乡。忽接天子手诏，拜为太师，大权在握，颐指气使，三品以下随意升黜。平日丝恩发怨，一一为报，颇快心意。凭借着炙手可热的宰相威权，侵吞资产，霸占民女，贪墨无度，昼夜荒淫。结果，九卿朝士交章弹劾，奉旨籍没了全部财产，发配云南。路上，被昔日受害的冤民劫杀。

到阴曹地府后，他先遭油炸，次上刀山，最后被拉去吞饮金钱的熔液，都是当年聚敛所得，"流颐则皮肤臭裂，入喉则脏腑腾沸。生时患此物之少，是时患此物之多也"。一辈子的罪没有受够，再世又变为女身，投胎到乞丐家里，终日不得一饱，身着败絮，风寒刺骨。十四岁卖给人家作妾，大妇悍毒，动辄以赤铁炮烙胸乳。后来遭到诬陷，以奸杀罪凌迟处死。在剧痛哀号中，被身旁的游伴叫醒。他"盛气而来，不觉丧气而返。台阁之想，由此淡焉"。

沈既济与李公佐都生活在中唐时期，分别做过吏部员外郎和举过进士，而蒲松龄则屡应省试，皆落第，终生困顿，家境贫寒，较之沈、李对下层民众有更多的接触和了解，对旧时官场的腐败尤为深恶痛绝。因此，他不满足于《枕中记》的只写"幻梦空花，徒劳把握"，而是痛下针砭，无情揭露，通过续写"黄粱"，抒发其对魑魅世界的满腔愤懑。郭沫若先生说他"刺贪刺虐，入骨三分"，《续黄粱》当是一个显例。

这类作品的创作手法，都是将幻境与现实结合起来，通过梦境中潜意识的折射，表达作者的思想感情和价值取向。尽管作品中流露出人生虚幻、世事无常的遁世思想，甚至有人目为"酸葡萄心理的产物"，就是说，是那些渴望荣华富贵而终于不能得的人写的，内容有其消极的一面；但因作者是以否定的态度，通过梦境真实地再现了当时官场的腐败，统治阶级内部的钩心斗角和士人们对功名利禄的狂热追求，客观上起到了揭露作用，具有鲜明的讽喻意味和一定程度的认识价值、警世效果。

三

传奇小说家沈既济本是吴县人，大部分时光又是在长安度过。不晓得他何以要把这种虚幻的故事情节安排在"慷慨悲歌"的燕赵大地上来展开。难道只是邯郸才有吕翁祠吗？显然不是。但卢姓确为河北大族，卢生自叹困穷，苦于壮志难酬，也似乎典型地体现了北地士人对于点燃生命之火的冀求与失望。可能是一种巧合，就是说，在燕赵大地上出现一个邯郸道、黄粱梦的传说，纯属偶然；也可能是作者有意识地要把积极用世与消极遁世这样两种似乎截然不同的价值取向和思想倾向放到一起来探究。耐人寻味的倒是，在千余年的历史长河中，两者竟然并行不悖地融汇到一起了。

儒家的入世态度和行为方式，不仅熏陶着上流社会的文臣武将、硕儒名流，也激励着世俗风尘中的豪杰义士、剑客游侠。鲁迅先生说过，孔子之徒为儒，墨子之徒为侠。作为墨派的孑遗，游侠家奉行一种积极入世精神，具有中国传统伦理中令人感奋和赞誉的古典英雄主义品格。在道德理想方面，他们崇尚气节，知恩图报，疏财仗义，除暴安良，重信诺，轻死生，为救人之危可以赴汤蹈火，死不还踵。

他们和儒家的主张有些相似，勇于进取，力行不倦，知其不可而为之，着眼于调节人与人的关系；这同以老庄思想为代表的道家，主张虚静无为，崇尚自然，着眼于调节人与自然的关系，各有旨归，各异其趣。无论是从社会属性、社会功能上，还是从人生角色的标志及其追逐的最终目标上来考察，都是截然不同，甚至尖锐对立的。

应该承认，在中国传统文化中，尽管儒家文化长期以来一直占据主宰地位，但是，中国文化从来都不是一色清纯的单维存在。道家文化在人生与艺术的天地中，始终与儒家文化争奇斗异，各领风骚，在铸造民族气质、精神、性格和模塑人的思维方式、智力结构、文化心态方面，各有其不可代替的作用。

更为有趣的是，儒、道这两种角色体系，虽然迥然不同，却并非互不相容和彻底分裂的，二者经常出现相反相成的互补现象。前者是封建士子入世之理想、行为的规范；后者则是他们失意时寻求心理平衡的妙方。避世与用世的对立统一，正是中国文人的典型心理结构。它们作为两种人格面具，常常因时因地交替使用，互换位置。在封建士子看来，实现二者的统一，亦即获得进退、出处的互补，才体现了人生的完美、精神的满足。

如果说，儒家"兼济天下"的宏伟抱负，铸造了封建士子的使命感和忧患意识，因而执着、热切地追逐"为王者师""献经纶策"的人生极致；那么，道家出世的隐逸心态，则使他们在"苟全性命于乱世"的时候，能够见几知命，急流勇退，安顿下一颗无奈的雄心。

四

我觉得，积极进取与避退消沉这两种心态的形成，或者说这两种价值观的建构，无论达官显宦还是学者文人，甚至包括普通民众，都和年龄、阅历、处境有很大关系。我的父亲便是一个例子。

在他年轻时，"社会的自我"占主导地位，时时追求他人的注意与重视，看重地位和荣誉，很爱打"抱不平"、管闲事，任侠尚武，轻财重义；迨至后来年华老大，家道凌夷，几个亲人先后谢世，自己也半生潦倒，一变而为心灰意冷，"心理的自我"便占据了优势，顿有看破红尘之感，由关注外间世务变为注重内心修养，寻求精神上的寄托，由热心人事转向寄情山水，所读诗书也多是苍凉、失意之作。

记得，那时他最喜欢吟诵的，都是"时平壮士无功老，乡远征人有梦归"，"众中论事归多悔，醉后题诗醒已忘"（陆游），"绝顶楼台人散后，满堂袍笏戏阑时"（赵翼）之类消沉、悲慨的诗句。

父亲对我说过，他每次回大名故里，路经邯郸，总要到黄粱梦村的吕翁祠去转一转。他还讲，康熙年间，有个书生名叫陈潢，有才无运，半生潦倒，这天来到吕翁祠，带着满腔牢骚，半开玩笑地写了一首七绝："四十年来公与侯，虽然是梦也风流。我今落拓邯郸道，要向仙人借枕头。"后来，这首诗被河督靳辅看到了，很欣赏他的才气，便请他出来参赞河务。陈生和卢生有类似的经历，只是命运更惨，最后因事入狱，一病不起。说到这里，父亲读了一首自己唱和陈潢的诗："不羡王公不羡侯，耕田凿井自风流。昂头信步邯郸道，耻向仙人借枕头。"吟罢，他又补充一句："还是阮籍说得实在，'布衣可终身，宠禄岂足赖'呀！"去世前夕，他曾对我说过："有些人确实把个人的名利得失、荣辱升沉看得过重，而不能超然自拔。如果他们能够读一点庄子，理解'不为轩冕肆志，不为穷约趋俗，其乐彼与此同'的道理，就会把浮名浮利这些身外之物看得淡一些、轻一些，就可以减去许多无谓的烦恼。"这些，当然都是他在晚年的悟道之言。

鲁迅先生在《过客》中有一段非常精辟的描述，当过客问到"前面是怎么一个所在"时，七十岁的老翁答复是："坟场"；而十岁的小女孩却说："不，不，不的。那里有许多野百合，野蔷薇。"这时，过客昂首西顾，仿佛微笑，说道："不错。那些地方有许多许多野百合，野蔷薇，我也常常去玩过，去看过的。但是，那是坟。"

应该说，老翁和小孩讲得都对，但都只是强调了一个侧面。之所以各执一词，是因为女孩正值生命的春天，含苞待放，内心一片光明，充满蓬蓬勃勃的生机，因而注意的是鲜花簇簇；而老翁已进入暮年，一切人生的追求都被沉重的生活负担和波惊浪诡的蹭蹬世路所消磨，正所谓"五欲已消诸念息，世间无物可拘牵"，所以注目的不过是坟场一片。这是从不同视角得出的判然有异的结论。

欲望的神话

一

西哲有言，人在根本上看，不过是活脱脱的一团欲望和需要的凝聚体。还说，人类现有的文明，是建立在人类自身进取的本性和欲望的扩张之上的。就是说，生而有欲，原是人之本性；这种本性的升华——欲望的扩张，促进了人类文明的发展，社会的进步。看来，不加分析地、一概地否定欲望与需求，既不符合人性自身的实际，更有悖于几千年来人类文明发展的规律。不过，任何事物，都有一个限度。度，规定了事物的本质，也决定着发展的方向。欲求，自然也不例外。

人的生命有涯而欲求无涯，以有涯追逐无涯，岂不危乎殆哉？遗憾的是，这个道理世人皆知，并且无不认同；然而，举世却少有自觉抑制欲求而知止足者。这就叫矛盾，就叫悖论。

鲁迅先生说过：

中国人有一种矛盾思想，即是：要子孙生存，而自己也想活得很长久，永远不死；及至知道没法可想，非死不可了，却希望自己的尸身永远不腐烂。

我以为，号称"千古一帝"的秦王嬴政，就是这种"中国人"的一个典型代表。

秦始皇的欲望真是多极了，大极了：既要征服天下，富有四海，又要千秋万世把嬴秦氏的"家天下"传承下去；既要一辈子安富尊荣，尽享人间的快乐，又要长生不老，永远不同死神打交道；即便是死，也要尸身不朽，威灵永在，在阴曹地府继续施行着他的统治。难为他，想象力竟然如此发达，制造出了一个举世无与伦比的欲望的神话。

宋代诗人陆游有一句非常形象而又意味深长的诗："利欲驱人万火牛。"说是在欲望的驱使下，人就像有万头"火牛"在屁股后面顶撞着，疯狂地奔逐，拼命地追赶，什么饥寒劳累，崎岖险阻，哪怕是破头流血，甚至于拼上一条命，也全不在乎。

"火牛"是古代的一种军事进攻方法。战国时期，齐将田单曾用"火牛阵"大破燕军。当时，他集中了一千多头牛，每个牛角上缚以利刃，又把灌上膏油的麻、苇等易燃物紧束于牛尾。日落黄昏之时，田单聚集五千壮卒，以五色涂面，各执利器跟随牛后。然后，将牛群驱向燕军营中，点燃起牛尾上浸油的扫把。尾部被火烧痛，牛群激烈奔逐，角刃所触，非死即伤，燕军自相践踏，惨遭败绩。

用陆老诗翁说的这种情境来状写秦王狂妄无度、无极无止的欲望，可说是恰中肯綮。

秦王嬴政首要的欲望是征服四海，统一天下。这盘棋下得很漂亮。从公元前230年扑灭韩国，到公元前221年吞并强齐，十年时间，采用"远交近攻"的战略，把割据称雄的六国群雄一个个吃掉，最后，建立起中国历史上第一个大一统的封建王朝。

他自认已经德侔"三皇"、功迈"五帝"，遂设想将这两种称号兼备于一身，而称为"皇帝"，并在前面冠上一个"始"字。"始"者，开山鼻祖之谓也。一则，说他是中国皇帝之首创；二则，意味着嬴秦氏的"家天下"，万世鸿猷肇基于此。于是，颁布命令说："朕为始皇帝，后世以计数，二世、三世至于万世，传之无穷。"

要实现这一至高无上的终极目标，就必须彻底消灭一切可能危及其专制统治的政治势力。为此，对外连年频繁用兵，调遣数十万大军，三次征伐岭南，占领包括现今两广地区及越南北部的"百越之地"，无限度地扩张疆土。如同西汉文章大家贾谊在《过秦论》中所形容的："振长策而御宇内，吞二周而亡诸侯，履至尊而制六合，执捶拊以鞭笞天下，威振四海。"

他听信了装神弄鬼的方士关于"亡秦者，胡也"的进言，以为防备匈奴的侵扰是当务之急，遂派遣大将蒙恬率领三十万军队，北出朔漠，追击匈奴七百余里，收复被占领的一切失地；并把昔日秦、赵、燕各国所筑长城加以修缮，连接成西起甘肃临洮、东至辽东边陲的万里长城。建立起一个疆域空前广阔的东到东海以及朝鲜，西至临洮、羌中，南到日南郡北户，北方据守黄河以为关塞，依傍着阴山，一直到辽东的以汉族为主体的多民族的封建大帝国。

为了加强中央集权，秦始皇否定了丞相王绾提出的恢复分封制的主张，实行郡县制，分天下为三十六郡。郡置郡守，县置县令，中央设立"三公九卿"，协助皇帝处理政治、军事、经济等事务。这一政治体制，加强了皇帝对政权的有效控制，开创了帝权独揽的封建专制主义的先河。

与此同时，为了防止敌对势力的滋生，他还下令隳毁各地的城池，屠戮天下豪杰之士，收缴全国各地的兵器，把它们聚集在咸阳，统一销毁，熔铸成乐器和十二座铜人，借以消除各种潜在的反抗力量。为了便于朝廷控制，还把关东六国的贵族、豪富十二万户，统一迁徙到秦都咸阳附近，随时侦察他们的动静。并以咸阳为中心，修筑了两条驰道：一条东通海边，一条南入吴楚，以便哪个地方一旦发现叛乱动向与苗头，即能迅速调动军队前去弹压。

他采纳了丞相李斯的主张，下令除医药、卜筮、种植之书和秦国史书外，其他书籍一律烧毁。对于相聚讨论诗书者，在市上处死；推崇古代、诽谤当世的，诛杀全族；知情而不检举者，以同罪论。一年过后，由于发生了议论皇帝"天性刚戾、以刑杀为威"的方士相率叛逃的事件，始皇帝遂迁怒于儒生，以"或为妖言以乱黔首"的罪名，活埋了四百六十多人，制造了历史上首例"焚书坑儒"事件。

这样，就更加激起了人们的反抗。谤议丛生，讥言风起。有人在流星陨石上写下了"始皇帝死而地分"的话。他遂派遣御史逐户审问、搜查，弄不清楚来由，便把住在陨石附近的所有居民，统统抓起来杀掉。紧接着，又有使者报称，有人散布"今年祖龙死"的言论，这进一步加剧了他求生畏死、希冀长生的欲望。

二

其实，期望也好，欲求也好，终归只是一厢情愿，能否付诸实现，并不是个人的主观意志所能主宰的。况且，从根本上说，欲望即是痛苦。纵使某种欲望有幸得以达成，也会迅即进入一种饱和状态，随之惬意的快感也就失去。因为占有的结果，即意味着它的刺激能量的消逝。于是，欲望、需求之火，便会以新的形态重新燃起，否则，寂寞、空虚、无聊，就会迎面袭来。燃烧，熄灭，失落，再燃烧，一辈子陷在这种循环圈里不能自拔。像德国人生哲学家叔本华所说的，"举凡人生，皆消耗殆尽于欲望和达到欲望这两者之间"。

秦始皇就正是这样。

他既平六国，"凡平生志欲无不遂，唯不可必得志者，寿耳"。（清人丘琼山《纲鉴合编》）于是，"生在地上想上天，做了皇帝想成仙"，便成了秦始皇的终极追求。他不相信"死生有命，富贵在天"的宿命论，决意冲破人生百岁的寿命大限，实现长生不老，纵令做不到三千年开一次的"王母桃花千遍开"，起码也要像传说中的彭祖那样，活上个千八百岁。

一些方士遂投其所好，编织神仙下凡的神话，声称海上有仙人仙药，结缘仙人、服食仙药，便可永远健康，长生不死。为此，始皇帝便四出巡行，访药求仙。

他先是仿效黄帝，出巡陇西、北地，登上了鸡头山；向往着周穆王，要像他那样，驾八骏之车，访求神仙，会西王母于瑶池之上。尔后，又率领大队人马前往东方的渤海巡游。他站在芝罘岛上，纵目观览，但见云海迷茫中，隐现着山川人物、殿阁楼台，不禁心驰神往。方士们为了迎合其渴望长生的心理，将这种"海市蜃楼"景象说成是人间仙境。齐地的方士徐福更是趁便上书，侈谈海上有蓬莱、方丈、瀛洲三座仙山，上面住着神仙，有长生不老之术，请求皇帝准许他斋戒沐浴之后，带领童男童女入海求仙。秦始皇全部信以为真，迅速组织大批童男、童女，跟随徐福乘船出海，觅求长生不老之术。

不久，徐福回来诉说，海神已经见到，但嫌礼数不周，品物单薄，拒绝赐予仙药。对于这种明眼人一听就能识破的谎言，欲令智昏的始皇帝却深信不疑，赶忙增派童男童女三千人，以及大量工匠、技师，还带上了各种谷物的种子，统统交给徐福，让他再度率船出海。为着尽早听到"福音"，始皇帝便在东海之滨静候了三个月，最后也不见徐福的踪影，才怅然返驾回銮。

紧接着，又开始了第三次出巡，首经辽西，沿渤海湾前行，抵达碣石山。他指派燕地的方士卢生，去寻访羡门、高誓这两个据说成仙得道、长生不老的仙人，还派遣韩终、侯公、石生等人，继续蹈海穿波，寻求长生不老之药，自然最终都一无所获。后来，卢生终于传递来信息：寻找灵芝奇药和神仙、法术，之所以总是不能奏效，是由于途中有"异类"作祟，妄图伤害皇帝和求仙者。

为此，他们建议，需要改变以往的做法。皇帝应该秘密进出，行踪与驻地不能让任何人知道，以躲避恶鬼的袭击。这样，那些沉水不会濡湿、入火不会烫伤，驾着云气在天空里游行，寿命和天地一样长久的"真人"，才会悄然降临。于是，始皇帝下令在咸阳广建宫观楼阁，并以天桥、复道相连，以便皇帝秘密巡行其中，住所、行踪绝对保密，有不慎泄露者立即处死。

第五次出巡，再次来到山东琅邪。始皇帝一直惦记着徐福入海求仙的事情，刚一到达，便传唤他前来复命。徐福担心会因为一无所获而招致重责，遂"死马当作活马医"，大胆地编造出更为离奇的事由："蓬莱仙岛的神药是可以拿到的，只是航行中常常受到大鲨鱼的袭击，因此，普通船只无法到达。希望皇帝能够派些技术高强的弓箭手，和求仙者一同前往，发现了大鲨鱼，就用强弓劲弩把它射死。"

始皇帝求仙心切，当即吩咐有关人员带上捕杀鲨鱼的武器，他自己也准备了强弓劲弩，一路上监视着鲨鱼的动静。海船由琅邪北面启程，一直航行到荣成山，也没有见到鲨鱼的踪影，后来船到芝罘，大鲨鱼终于露面了，在万弩齐发之下，流血气绝。始皇帝很高兴，认为此后尽可以安心求仙采药了，无须再费周折，便又命令徐福率船出行。只是，他自己已经等不及了，不久就命断沙丘（在今河北平乡境内）。徐福则乐得自在逍遥，连同载着数千名童男童女的楼船，向着烟水茫茫飘然而去，不知所终了。

面对冀求长生、逃避死亡这一永远无法解决的课题，人类耗尽了精神、气力，历经无数艰难曲折，甚至付出了不知几许的生命代价，最后，所有的努力全部告吹。秦始皇死后一百余年，汉武帝紧步他的后尘，为实现长生不老，同样做了大量的"无效功"；唐代自太宗起，宪宗、穆宗、武宗、宣宗，五代君王"接力赛"一般，竞相寻求长生之术，均以失败告终；而最可悲的却是"一代天骄成吉思汗"，他西征归来，曾踌躇满志地说："直到如今，我还没有遇到一个不能击败的敌手。我现在，只希望征服死亡。"但是，这话出口不久，他便在清水县行营"一命呜呼"了。

始皇死后，丞相李斯为防止出现变故，遂秘不发丧，将棺材放入辒凉车中，派亲信的宦者驾车，每到一处照常送饭，接受朝臣奏章。当时恰值炎热天气，车上发出了尸臭，只好将鲍鱼装上去，以乱人嗅觉。唐代诗人李贺讽刺妄冀长生的诗句："刘彻（汉武帝）茂陵多滞骨，嬴政梓棺费鲍鱼。"正是抓住了这一点。

三

始皇帝笃信"君权神授"和"万物有灵"的观念，认为天地神灵的喜怒哀乐，能够决定人世间的兴衰成败、祸福休咎，因此，不惜耗费巨大的人力财力，率领浩浩荡荡的巡行队伍，举行封禅泰山、祭告天神等活动。客观上的效应，是借此勒碑刻铭，歌功颂德，传之久远；又可以振武宣威，慑服天下。

史书上说，当日始皇帝御驾出巡，正在咸阳从事徭役的泗水亭长刘邦，目睹了皇家盛大的车马仪仗队，精锐的步骑警卫军，遥遥地仰望着始皇帝渐去渐远的身影，仿佛瞻仰着金光灿烂的太阳，含光受彩之余，身心受到了强烈的震撼，当即心驰神往地说："呜呼！大丈夫当如是也"，艳羡之情溢于言表。而"力拔山兮气盖世"的豪强项羽，竟脱口而出："彼可取而代也。"反正在强权、威势面前，他们谁也不是无动于衷。这从侧面验证了始皇帝耀武宣威、显扬功业的成效。

同炫耀、显示、骄狂一样，穷极奢侈、尽情享乐也是一种人生欲望。据《淮南子·人间训》记载：为了获取越地的犀牛角、象牙和翡翠、珠玑，始皇帝派遣将军尉屠睢调发五十万士卒，分成五路大军，分别扼守镡城山岭、九嶷要塞、番禺城中、南野境内、余干水边。各路人马，三年之中没有解甲弛弓。斑白羸弱的百姓都得在大道上拉车服役，运送给养；官吏们则拿上畚箕在路口搜刮民财。致使各地男子不能在田里耕种，妇女不能在家中纺线织麻，病人得不到医治，死人得不到掩埋。

始皇帝以为咸阳人多，而先王的宫廷狭小，便在渭河南岸的上林苑中营造朝宫，经营壮丽的宫殿。其中前殿阿房，东西五百步，南北五十丈，殿中可以容纳万人，殿下能够竖立五丈之旗。从雍门向东一直到泾水、渭水交汇之处，八百里范围内，离宫别馆林立。又架木为桥，搭成立交桥式的"复道"，四围楼阁宫观彼此相连，把从各诸侯国掳来的美女、钟鼓填置其间。

现如今，宫殿早已化为尘土，但是，唐人杜牧的名篇《阿房宫赋》还在，千载之后读来，还觉宛然如见：

明星荧荧，开妆镜也；绿云扰扰，梳晓鬟也；渭流涨腻，弃脂水也；烟斜雾横，焚椒兰也；雷霆乍惊，宫车过也；辘辘远听，杳不知其所之也。一肌一容，尽态极妍，缦立远视，而望幸焉。有不得见者，三十六年。

虽然出于文人丰富的想象力，就中难免有虚饰夸张之处，但是，作为一个纵欲主义者，秦始皇的穷奢极欲，恣意享乐的情形，却表现得淋漓尽致。

刘向在《说苑·反质》中道：（秦始皇）"又兴骊山之役，锢三泉之底，关中离宫三百所，关外四百所，皆有钟磬帷帐，妇女倡优"，共达"数巨万人，钟鼓之乐，流漫无穷"。未兼并天下前，始皇帝的周围已经有不少郑、卫的声色和"随俗雅化、佳冶窈窕"的赵女；灭六国后，更是大量罗致各诸侯国的美人。他死后，后宫许多美女"非有子者""皆令从死，死者甚众"。

这种骄奢淫逸、纵欲无度的直接后果，是加速了他的"向死"的进程，与冀求长生恰成相反的对照；当然，同时也撒播了众多的种子，经学者考证，始皇帝的子女达三十三人，二世胡亥为第十八子。

始皇帝的欲望在无限度地扩张，又在一重重地幻灭。

先是期待着煌煌帝业千秋万世绵延不绝，因而，下力打造一个固若金汤的千年王国。后来觉得，既然自己是德配"三皇"、功侔"五帝"的不世出的伟人，那就应该像神仙那样，摆脱"生命有期"的限制，于是，求仙拜神，乞求长生不老之药。待到觉察这一欲望难以实现时，便大作死后的文章，奉行中国自古以来"侍死如侍生"的礼制，坚信死后还会有一个幽冥的世界，可以把生前的一切统统带到地下，这样，在阴世间的生活，就会同活着时一样。于是，动用了七十多万民夫，为自己精心营造陵墓——一个规模庞大、形制复杂的地下王国。

始皇陵占地六十多平方公里，周长两千一百多米，高达一百二十米。经过两千多年的人为破坏与风雨剥蚀，至今仍有六十五米高。墓内构思奇特，极具匠心，设计完全仿照都城咸阳模式。内外两重城垣，呈南北狭长的"回"字形。咸阳皇宫所在的小城，位于大城之西；供他死后灵魂起居的寝宫，也建在小城内，同样处于陵墓西部。墓中修建了各种宫殿，厘定百官的位次，并贮藏无数珍稀贵重的宝物。里面砌筑"纹石"，堵塞了地下泉水，四周厚涂丹漆，以防止潮湿。还用水银作成百川四渎，环绕其间，以机械转动，川流不息。

民间广泛流传，秦陵地宫内有水银所制的五湖四海，始皇帝躺在纯金打就的棺材里，游荡在水银液汇成的江河之上，如同生前四出巡幸一般。穹顶上，有日月星辰，状如天体，下面做成山川地理形状，取人鱼脂肪作成蜡烛，经久燃烧不熄。为了防止日后被人盗发，陵寝中遍置能够自动发射的弩机暗箭。

近年，还在地宫中发现了百戏俑坑，无疑为冥间的娱乐场所；而内城、外城之间的珍禽异兽坑，就好比上林苑囿，为"死皇帝"射猎、奔逐的所在。真是应有尽有，匪夷所思。

在墓葬配房中，配置了成组的车马，其中一驾铜马车，由驷马安车和驷马高车两乘銮舆组成。驭手和驾车的骏马，形象生动逼真，栩栩如生。在另一处陪葬坑中，还摆满了数以万计的石质盔甲，这是地下军团的后勤装备库。而最引人注目的，是皇陵三公里外，东门大道北侧的三个陶制兵马俑坑，上万名步、骑、车兵武士，环卫其中，再现了秦帝国当年威武强大的军容。

这支始皇帝的警卫部队、阴间皇城的守护者，代表了人间欲望的巅峰，也标志着两千年前世界塑造史上的极致。兵员全部面向东方，作随时准备出击状。在始皇帝的想象中，如果六国贵族在阴间发动叛乱，连横反抗秦国，这些军队将全部调动起来，进行殊死决战。可见，即便到了阴曹地府，他也要一统冥界，成为名副其实的地下霸主。

四

说到秦始皇的欲望重重，有人认为，这和他出生于赵国的都城邯郸有关——不是有一句"邯郸道上，欲望无穷"的谚语吗？不过，"邯郸梦"导源于唐人的《枕中记》，却是始皇帝身后千年的作品，可见，其间并没有什么瓜葛。

倒可能是遗传因子起了作用。始皇帝的生身父亲、阳翟大贾吕不韦，不满足于贩贱卖贵，家累千金，却要苦心孤诣，在政治上干起"奇货可居"的投机生意，终于成功地实现了谋嫡夺国的如意算盘。《战国策》载：

（吕不韦）谓父曰："耕田之利几倍？"

（父）曰："十倍。"

（吕问：）"珠玉之赢几倍？"

（父）曰："百倍。"

（吕问：）"立国家之主赢利几倍？"

（父）曰："无数。"

（吕）曰："今力田疾作，不得暖衣余食，而建国立君，泽可以遗世，愿往事之。"

一种欲望实现后，竟然无法计利，甚至"泽可以遗世"，岂不"猗欤盛哉"！

贾谊用"怀贪鄙之心，行自奋之智"十个字，概括秦始皇的人生轨迹。这种人一朝得志，便会忘乎所以，无限扩张。而这，也正是体现了所有那些雄心勃勃的封建君王所共有的贪得无厌的社会性。像后世的汉武帝刘彻、元太祖成吉思汗、明太祖朱元璋，都属于这种类型。

当然，始皇帝的残暴与贪婪，又并非一般的"统治阶级本性"足以囊括的，这就关涉到他的个性、品格问题。欲望，是人生的一种真实而自然的存在，又是人的本质的实际展现。由于人的个性的差别，每一个人欲望的指向与欲望的强弱都判然有别。秦始皇这个"千古一帝"，个性是非常鲜明的，一曰贪婪无度；二曰冷酷无情。他是典型的唯我主义者，具有物质追求与权力攫取的强烈意志。他习惯于把自我摆在同社会对立的位置上，在他的视野中，没有"他人"，没有"社会"，只有自我。

方士侯生和卢生认为，始皇帝的为人，天生脾气刚强暴戾，自以为是，从诸侯出身到兼并天下，凡事称心如意，任意而为，因此，自以为从古到今没有人能超过自己。与嬴政有过广泛接触的谋士尉缭，曾私下里议论说，始皇帝鼻如黄蜂，胸同鸷鸟，声似豺狼，这种人刻薄寡恩，以虎狼为心，困难的时候可以对人谦卑，得志的时候便会轻易地吞噬他人。如果真的让他得志于天下，天下人便都会成了他的俘虏。

在遗传基因、阶级本性、个人品格这些重要因素之外，始皇帝还有其特殊的一层，就是他所由成长的环境——秦人的文化基因、价值取向，也大大助长了他的贪婪、残暴，好大喜功。

从文化学的角度看，一个民族的文化包括很多层次，物质的、制度的、风俗习惯的，等等，而根植于最深层的则是价值观念。已故历史学家林剑鸣教授指出，在秦人的价值评断中，并没有给道德伦理留下位置，而完全是以世俗的功利为标准，人们关心的是生产、作战等与日常生活密切相关的利害。正因为如此，追求"大"和"多"就成为秦人的时尚，审美观的重要标准，也成为秦文化的重要特征。

就目前已发现的秦人遗迹、遗物看，抛开其内容不论，单从形式上就很容易看出，它具有"大"而"多"的普遍特征。这种唯"大"尚"多"的价值观，反映在政治上，就是统治者对权力和国土的不断增长的追求欲望。

秦统一之前，整个战国时代四百余年，中国社会出现了法家化的过程，其中又以秦为最甚。权力中心主义、军事至上、强者政治、经济垄断、信赏必罚，这些为法家所崇尚的内容，在秦国都有相当深广的影响。商鞅变法之后，秦国历史的主要内容，就是向外扩展领土，一直到公元前 221 年最后统一中国。秦的统一，实际是法家的成功。统一之后的秦王朝统治者，并没有停止对外开拓，继续北伐匈奴，南戍五岭，又派人至海外去寻觅"仙山"，这都反映了秦人权力至上、欲望无穷的价值观。在这些方面，始皇帝既是影响的接受者，更是直接的参与者、推进者。

五

应该说，秦始皇的一生，是飞扬跋扈的一生，自我膨胀的一生；也是奔波、困苦、忧思、烦恼的一生；是充满希望的一生，壮丽、饱满的一生，也是遍布着人生缺憾，步步逼近失望以至绝望的一生。他的"人生角斗场"，犹如一片光怪陆离的海洋，金光四溅，浪花朵朵，到处都是奇观，都是诱惑，却又暗礁密布，怒涛翻滚；看似不断地网取"胜利"，实际上，正在一步步地向着船毁人亡、葬身海底的结局逼近。"活无常"在身后不时地吐着舌头，准备伺机把他领走。

按说，号称"千古一帝"的秦王嬴政，原本是一位了不起的历史人物。他以雄才大略，奋扫六合，统一天下，结束了西周末年以来诸侯长期纷争的局面，建立了中国历史上第一个统一的中央集权的封建国家。"百代都行秦政制"，其非凡的功绩，在中国历代帝王中，都是数得着的。可是，无尽的欲望、狂妄的野心，竟弄得他云山雾罩，颠倒迷离，欲望的神话把他折磨得头昏脑涨，结果干下了许许多多堪笑又堪怜的蠢事，成为饱受后世讥评的可悲角色。

历史老人很会同雄心勃勃的始皇帝开玩笑：你不是期望万世一系吗？偏偏让你二世而亡；你不是幻想长生不老吗？最后只拨给你四十九年寿算，连半个世纪还不到。北筑长城万里，防备强胡入侵，结果是中原大地上两个耕夫揭竿而起；焚书坑儒，防备读书人造反，而亡秦者却是不读书的刘、项。一切都事与愿违，大谬而不然。

他的一生是悲剧性的。在整个生命途程中，每一步，他都试图着挑战无限，冲破无限，超越无限，却又无时无刻不在向着有限回归，向着有限缴械投降，最后恨恨地辞别人世。"但见三泉下，金棺葬寒灰。"（李白诗句）这是历史的无情，也是人生的无奈。

不仅此也。人常说："一死无大难"，"死者已矣"。他却是，死犹有难，死而未已。盖棺之后两千多年，他从来也没有安静过，消停过。"非秦"与"颂秦"竟然成了一对"欢喜冤家"，时不时地就露头一次；而他，只不过是用来说事的由头，经常以政治需要为转移。当然，完全坐实到他身上的，也所在多有——他的一生中几乎所有的重大行为，都没有逃过史家的讥评和文人的骂笔。

——讥刺他不恤民力，修筑长城者，占了很大篇幅。

唐代诗人陈陶就其导致田园荒芜、民不堪命的恶果，进行直接的控诉：

秦家无庙略，遮虏续长城。

万姓陇头死，中原荆棘生。

还有人从心劳日拙、枉费心机方面加以讥刺。唐人胡曾指出：

祖舜宗尧自太平，秦皇何事苦苍生。

不知祸起萧墙内，虚筑防胡万里城。

宋人张孝祥在诗中说：北筑长城也好，南修象郡坚城也好，都丝毫不起作用，这些精心设防的地方，偏偏烟尘未起，平静得很；而完全没有料到、始未及防的中原大泽乡里，却有两个耕夫（陈胜、吴广）揭竿而起。

堑山堙谷北防胡，南筑坚城更远图。

桂海冰天尘不动，那知垄上两耕夫！

——"焚书坑儒"遭到了历代诗人的无情鞭挞。

晚唐的章碣路过骊山附近的焚书坑时，写诗指出：秦始皇以为烧掉了诗书就可以消灾去祸，从此天下太平，结果适得其反，很快秦王朝就陷入了风雨飘摇的地步。

竹帛烟销帝业虚，关河空锁祖龙居。

坑灰未冷山东乱，刘项原来不读书。

清人陆士云的诗：

儒冠儒服委丘墟，文采风流化土苴。

尚有陆生坑不尽，留他马上说诗书。

　　清人王文濡评论这首诗说，秦始皇焚书，却还有黄石公传授张良的兵书；销毁兵器，却留下博浪沙袭击秦皇之铁锥；坑儒生，则尚有"马上说诗书"的陆贾——针对刘邦轻视文化的偏见，陆贾曾提出"马上得天下，不可与马上治之"的高超见解。秦始皇实行文化专制主义，结果事与愿违，文化与学者均未绝种。其愚蠢之处，一经拈出，真觉可笑。

　　——在各类讽刺诗中，最多的是嘲笑始皇帝求仙不成，终归难免一死。

　　唐人罗隐诗云：

长策东鞭及海隅，鼋鼍奔走鬼神趋。

怜君未到沙丘日，肯信人间有死无？

　　先说他叱咤风云，不可一世；然后，笔锋陡然一转，冷冷地设问："在你病死沙丘之前，大概不会相信人总有一死吧？"

　　晚清诗人黄道让则从另外一个角度加以讥刺。指出：从始皇帝开始，就已经不是赢秦氏的天下了，更不必说万世。可悲的是，费尽心机寻找长生不老之药，到头来什么也没有留下，还赶不上那伙在桃花源中"避秦时乱"的村民了。

世上原无二世秦，况复万世在其身！

可怜觅尽蓬莱药，输与桃源逃难人。

而再早一些的清人朱瑄的诗，更是别开生面：

> 徐市楼船竟不还，祖龙旋已葬骊山。
>
> 琼田倘致长生草，眼见诸侯尽入关。

说徐福不回来也好，否则，求得仙方，始皇帝真的长生了，眼见刘、项大军纷纷入关，心里该是多么难受呀！

——对秦始皇煞费苦心，经营死后的天地，诗人也同样没有放过。

唐人许浑《途经秦始皇墓》：

> 龙盘虎踞树层层，势入浮云亦是崩。
>
> 一种青山秋草里，路人唯拜汉文陵。

"钟阜龙盘，石城虎踞"，原本是状写帝王之都金陵的。现在，诗人把它拿过来形容一个墓地，不说其大，而宏伟自见。层层绿树环绕着，而且，"势入浮云"，高耸天际，实在是峻极无比，气象峥嵘。然而，结果如何呢？"崩"了。大也好，小也好；高也好，低也好，到头来，同样都是"崩盘"。"崩"字，历来都用于书写皇帝之死。"也是崩"三个字安在这里，既嘲笑了始皇帝冀求长生之虚妄，又恰好表明，他生前的威权尽管势可熏天，但最终也免不了撒手人间，一了百了。讽刺意味极为浓烈。

更妙的还在后面。不管你多么巍峨高峻，"势入浮云"，路人却根本不买那个账，反倒是并不怎么显眼的汉文帝的陵墓，却受到路人的虔诚礼拜。原因是汉文帝清静无为，俭朴自律，与民休息，深得人心。对这样一位皇帝，人们衷心仰慕，是自然不过的。一冷一热，一褒一贬，对专横腐败、欲壑难填的鞭挞，对谦卑自抑、不求显赫的颂扬，都在"唯"字中透出。汉文陵在今陕西蓝田县，距始皇陵不过二十几公里，说"一种青山秋草里"，也甚为贴切。

明代诗人齐之鸾也写了一首题为《始皇墓》的七绝：

金泉已锢鲍鱼枯，四海骊山夜送徒。
牧火燎原机械尽，祖龙空作万年图。

传之万世的打算告吹了，长生不死的欲望落空了，包括想象中的"地下王国"也已化为尘土。那么，还剩下了什么？无非是留下"秦始皇帝"这样一个文字符号，作为千秋万世言说不尽的话题，永远弥漫在历史时空里。

貂蝉趣话

上

事情的发生，源于一次晋中访古。那天，我们乘车从太原到忻州去，为的是访察金代著名诗人元好问的故居、墓地和"野史亭"。不料，半路上出了个岔头，一个牌坊式的大门赫然出现在眼前，门额上写着："欢迎远道客人来访貂蝉故里。"车上立刻一片哗然。

有人嚷道："貂蝉原是一个虚构的文学形象，历史上本无其人，怎么出来一个貂蝉故里？"

有人接上了话茬儿："上个世纪五十年代，李翰祥导演过一个黑白片《貂蝉》电影，近些年又热播《三国演义》电视剧。村里人逢场作戏，趁机开辟一个旅游点，也是可以理解的。——这种乱抢名人的现象到处都有。"

"异想天开，胡编历史，倒是什么点子都想得出来。可是，怎么偏偏选在这里？总不能毫无依傍吧？"一位文友立刻问难。

当地作陪的文友解释说："有一种说法，貂蝉出生在忻州。据说，早年时候，这个村头曾经有过一块'貂蝉故里'的石碑，还传说这里有她的墓地和祠庙。"

　　我说，历史上究竟有没有貂蝉这个人，是存在争议的。目前，学术界许多人还是倾向于曾经有过这样一个女子。关于她的出生地，也有不同意见，大致有米脂说、临洮说、忻州说三种观点。至于说到"貂蝉故里"石碑问题，恐怕来自元人杂剧《锦云堂暗定连环计》。剧中描写董卓专权，荒淫残暴，太尉杨彪请司徒王允设计除之。戏文中有一段貂蝉对王允的自报家门："您孩儿又是这里人，是忻州木耳村人氏，任昂之女，小字红昌，因汉灵帝遴选宫女，将您孩儿取入宫中，掌貂蝉冠，因此唤作'貂蝉'。"汉灵帝将她赐予并州刺史丁原，丁原又把她许配给义子吕布。战乱中，貂蝉与吕布失散，流入王允府中。一次，她在后花园焚香，祈求神灵保佑吕布，被王允发现。问知情况后，王允大喜，厚待如亲生女儿，因与密议，巧设了连环计。

　　"那么，元人戏曲中把貂蝉定为忻州人氏，是根据民间传闻，还是史有所据呢？"那位问难的文友继续刨根问底。

　　我说，这部戏曲的本事，出于《三国志平话》卷上《王允献董卓貂蝉》和《吕布刺董卓》两节。不过，有关貂蝉身世的交代，原文十分简单，只说：本姓任，小字貂蝉，家长是吕布，自临洮府相失，至今不曾见面。我想，如果历史上的忻州真有貂蝉其人，这样安排乃是纪实；若是纯属虚拟，它的根据，也许和下述情况有关：王允是历史人物，献帝时先后当过太仆、司徒，他是太原人，离忻州很近；吕布出生于内蒙古包头西面的九原，也曾在太原服役。这样，貂蝉与丈夫失散后，以乡里之谊流入王允府中，也说得过去。巧还巧在，罗贯中也是太原人。因此，忻州开辟个"貂蝉故里"的旅游点，也自有依凭。

　　不过，到了罗贯中的笔下，连环计的情节，在元人戏曲基础之上又有了很大的发展。《三国演义》第八、九回，叙述董卓迁都长安后，愈益专横跋扈，司徒王允欲诛之，苦无良策。其府中歌伎貂蝉素被王允待如亲女，见允忧思愁闷，知有大事要做，愿以一死报之。王允乃设下连环计，先请吕布赴宴，令貂蝉把盏，吕布悦其美貌，王允即许以为妻。数日后，王允又请董卓赴宴，仍令貂蝉侑酒，董卓为其美色所迷，王允又把貂蝉献给了董卓。由此，吕布对董卓更加衔恨，又兼貂蝉巧施计谋，使二人矛盾日益激化，吕布必欲杀之。后来，经过王允进一步策划，终于把董卓除掉。《三国演义》改动了《三国志平话》和元人杂剧中貂蝉与吕布原本是夫妻的情节，显得更合乎情理。

说到司徒巧设连环计，当地作陪的文友又讲了一个"貂蝉换头易胆"的故事：

司徒王允定下连环计之后，却苦于选不到风情、魅力足以迷人惑志的美女。名医华佗在侧，便建议道："这有何难，叫你府中的女伎貂蝉前去，万无一失。她的父母为董卓所害，又素承司徒深恩，当无见却之理。"王允说，我早就考虑到她了，只是觉得她的相貌平平，恐怕难以引令吕布与董卓争风夺艳。

华佗听后，沉思良久，作别而去。几天后，他手提一个包裹来见王允，说："我这几天跑到了西施故乡诸暨——那里以出美女闻名于世，恰好碰到一个刚刚死去的绝代佳人，我赶紧把她的头颅割下，带回来准备换给貂蝉。"经过华佗的一番绝妙的手术，换头成功，七天七夜之后，貂蝉苏醒过来。王允见后，称赞说："真的是西施再世。"

于是，就把连环计向她述说一遍。貂蝉非常愿意为国除奸，为亲报仇，只是，她的胆气不足，还没等实际操作，早已吓得浑身乱颤。华佗见了，眉头一皱，计上心来，马上赶到燕赵慷慨悲歌之地，壮士荆轲的故乡，弄到了一个特大的胆囊，经过手术再植，貂蝉换胆成功。从此，这个佳人不仅有西施的美貌，而且，具备荆轲的胆量，终于胜利地完成了除奸的任务。

"这样说来，当地人打出貂蝉这块招牌，还是有一定根据的。"问难的文友感到惬意。恰好，这时车子也开到了韩岩村元好问的墓园，于是，有关貂蝉的话题也就此打住了。

下

关于貂蝉的话题临时打住，但仍有大量的问题有待于探讨。比如，前面引述的除了杂剧，就是小说、平话，都是出于文人之手，既可以像《三国演义》那样，凭借着一定史实，踵事增华，添枝加叶；又可以凭空结撰，羌无故实。那么，有关貂蝉、吕布的历史真迹，是否有踪迹可寻呢？

生活于明代弘治、嘉靖年间的著名学者杨升庵，在《升庵外集》中最先提出：世传吕布妻貂蝉，史传不载，但在唐人李贺诗《吕将军歌》中，确有"吕将军，骑赤兔，独携大胆出秦门，金粟堆边哭陵树"之句，看来，还是实有吕布其人。杨升庵之后，清代学者梁章钜也认为，貂蝉事隐据《吕布传》，虽然她的名字未见于正史，但其事未必全虚。这里是指《三国志·魏书》中的一段记述：吕布奉董卓之命把守中阁，遂与董卓侍婢私通。恐事泄露，心不自安。这些记载，起码说明了戏曲、演义中的"吕布戏貂蝉"与王允巧计除奸，并非凭空构想，而是于史有据的。但也只此而已，既不能否、也不好定与吕布私通的侍婢就是貂蝉，所以，成为一个悬案。

还有，关于貂蝉的评价问题。一般认为，清人毛宗岗的看法，具有一定的代表性。他说："为西施易，为貂蝉难。西施只要哄得一个吴王；貂蝉一面要哄董卓，一面又要哄吕布，使出两副心肠，装出两副面孔，大是不易。我谓貂蝉之功，可书竹帛。"

不过，批判的声音也很强烈。早在嘉靖年间，明"后七子"的首领王世贞，在《见有演〈关侯斩貂蝉〉传奇者，感而有述》一诗中写道："董姬昔为吕，貂蝉居上头。自夸预帷幄，肯作抱衾裯。一朝事势异，改服媚其仇。心心托汉寿，语语厌温侯。忿激义鹘拳，眦裂丹凤眸。孤魄残舞衣，腥血溅吴钩。兹事岂必真，可以快千秋。旦闻抱琵琶，夕弄他人舟。售者何足言，受者能不羞？宁如楚虞姬，一死不徇刘。"诗的前四句，说貂蝉开始事董卓，后又投身于吕布，甘心做人的姬妾；五至八句，说她在吕布失败之后，又献媚于吕布的仇敌关羽；九至十四句，言貂蝉为关羽所斩，此事虽未必然，但亦足以引为千秋快事；十五至十八句，说她朝秦暮楚，反复无常，一无足取；最后两句，通过颂扬殉项而誓不从刘的虞姬，否定貂蝉的人格。

再就是，关于她的结局和归宿问题。大概有以下五种不同的结果：

其一，大家所熟知的，是《三国演义》的处理方式：吕布助王允诛灭董卓后，以貂蝉为妾，后来，曹操擒杀吕布，将她载回许都，此后，便下落不明。

其二，元人杂剧《关大王月下斩貂蝉》，只存曲目，不详内容。从题目上得知，貂蝉死于关公刀下，这与民间传说相似：曹操绞杀吕布，貂蝉落到刘备手里，刘备、张飞都想娶她。关公怕误了国事，一刀斩之。

其三，传说曹操打败吕布后，把貂蝉赐给关羽。这样，一则可以笼络住这个将才；二则可以让关羽沉湎女色，丧失斗志；三则能挑拨他们兄弟间的关系。不料，这个计谋早被关公识破，坚决拒绝接受。曹操无奈，只好让关公把她杀掉。貂蝉觉得非常委屈，一片赤诚报国，最后竟落到这个下场，便伤心地痛哭起来。关公动了恻隐之心，决定放她出走。可是，到哪里去呢？貂蝉表示要削发为尼，远离世事。于是，关公便护送她到了几百里外的净慈庵。

其四，貂蝉还有一种结局，是事成之后，主动悟解迷津，看破红尘，最后修仙得道，成了正果。事见明人诸葛味水撰写的《女豪杰》杂剧。

其五，近时，又有新编川剧《貂蝉之死》，共分五场：水淹下邳、貂蝉修书、关羽慕蝉、群雄惊艳、残月芳魂。写刘、关、张随曹操攻吕布，水淹下邳。貂蝉劝吕布归顺曹操，吕布不肯。为了拯救全城百姓，貂蝉派遣秦宜禄送信给素所钦慕的关羽，请他转致曹操以百姓为念，立即将水退下。关羽敬服貂蝉的品识，顿生爱慕之心。数日后，秦宜禄缚吕布来降，曹操缢杀吕布，为了笼络关羽，将貂蝉赐之。成婚之夜，貂蝉柔情似水，即兴吟唱《倾心曲》，关羽亦心旌为之摇荡。刘备恐怕误了大事，遂提醒关羽勿忘"扶汉兴刘"大业。关羽无奈，只好忍痛遣走貂蝉。貂蝉突遭骤变，万念成灰，拔剑自刎，保持了侠骨柔肠、忠肝义胆的完美形象。

说到貂蝉的结局，我联想到了西施。论其行止，二人颇有相似之处，其事可嘉，其情可悯。当然，就其实质来说，她们都是做了统治阶级政治斗争的工具。最后的归宿并不美满，原亦意料中事。貂蝉如上所述，那么，西施又怎样呢？

比较流行的说法，是越王勾践灭吴之后，西施跟随范蠡泛舟五湖，隐居起来。这倒有些风流潇洒，很合乎一般士人的心理要求。范蠡是很有远见的，他早就发现勾践这个人，"可与共患难，不可与共安乐"，自己"大名之下，难以久居"，因此，破吴之后，便急流勇退，改变姓名隐遁下去。

对于西施偕范蠡归五湖的做法，清代大诗人吴伟业极为欣赏，有诗云："霸越亡吴计已行，论功何物赏倾城？西施亦有弓藏惧，不独鸱夷（范蠡别号）变姓名。"这应该算是最理想的收场。可是，核诸史籍，发觉这种结果并不存在。一是，上述情况《史记》中没有记载，只讲吴亡后范蠡变姓名，"浮海出齐"，并无西施随行之说。二是，《吴越春秋·逸篇》载："吴王败，越浮西施于江。"《墨子·亲士》中亦有类似记载："西施之沉"，以"其美也"。细想一下，这是符合越王勾践阴险狠毒、刻薄寡恩的本性的。虽然同是悲剧角色，相形之下，倒觉得貂蝉的悲惨程度要差一些。

近日，网上刊载一首演唱貂蝉的歌曲："风带不走你的泪／云挽不住你的美／羞的月儿盼的月儿也为你沉醉／伤心人痴心人心碎／你是谁让英雄如此的追／你的美早已为江山所累／是谁的伤让你如此的憔悴／是谁的爱让你走了千山万水／你将一江春水化作相思／恩爱难舍总难回味／昙花一现繁华梦／也要相爱几轮回／无数的英雄爱你的美／不爱江山相互依偎／不顾风烟骤起战鼓／只愿携手丽人归。"

至于反映到美术作品上，貂蝉似乎略输了丰采。我曾见到一部根据《三国演义》编绘的貂蝉图像册，多少有些失望：不仅故事显得干涩无味，形象也黯然失色。其实，这也是意料之中的结果。《三国演义》的故事、人物，特别是作为"中国四大美女"之一的光彩夺目的形象，从小说、戏曲、电影到电视剧，早已深入人心，可以说，每一个人心中都有一个活灵活现、美貌绝伦的貂蝉，要多漂亮有多漂亮，要多可爱有多可爱。"曾经沧海难为水，除却巫山不是云。"任何画像、图解，弄得不好，都会成为蹩脚、无谓的赘余。

古今多少事

一

　　说到历史，人们一般都会想到古老的语言、悠远的年限和神奥的密码，认为它离开现实生活很远，既深邃，又神秘，只有走进博物馆、文物保护单位，或者钻到故纸堆里，才能有机会和它打个照面。其实，历史老人和时间少女一样，都是人类自觉地存在的基本方式，是随处可见，无所不在的。比如，前些天我在苏州的同里和周庄，就曾经和历史老人不期而遇，觉得这两个千年古镇都有无尽的可言说性。

　　古今多少事，尽在话题中。还没等到我们踏上那片土地，就已经充分感受到那里所迸发的人文历史的炫目光焰了。在汽车上，司机给我们讲了一个"命名三部曲"——

　　由于交通便利，灌溉发达，土壮民肥，同里最初的名字叫作"富土"。到了宋代以后，人们觉察到这样堂而皇之的矜夸、炫耀，不太聪明、得体，一是加重了赋税，二是无端招致邻乡的嫉妒，三是经常不断受到盗匪、官兵的光顾，于是，就想到了改名。他们把"富土"两个字叠起了罗汉，然后动了"头上摘缨，两臂延伸，屁眼打通"的手术，这样，"富土"就成了"同里"。"十年动乱"期间，为了赶"革命"的时髦，造反派给它起了个动听的名字，叫"风雷镇"，但是，群众并不买账，为时很短，人们就又把它改回来了。

简简单单的一个镇名，就经历了这种传奇般的变化，焕发出这么多的文采，真要令人赞叹历史的绚丽多姿了。

至于小镇本身，抛开其他话题不讲，单说一个"古"字，且不问它始建于何时，只是换取今天这个名号，就已经七八百年过去了。摆摆"老资格"还真有条件哩！

二

这是烟雨江南的一个罕见的晴和春日。我们一行前来采风的散文作家，徜徉于古香古色的里弄间，踏在已经磨得光滑的石板路上，指点着一座座枕河漱流、历经沧桑的老宅深院，古巷长街。

据统计，同里镇上现有的民居，明清时代的约占四成左右。这就是说，那些倒影在溪流中的蠡窗照壁，那些苔藓斑驳的岁月留痕，至少已经阅过了二三十万次太湖的潮涨潮落，照临过四五千次月圆月缺了。

整个古镇，宛如一座随处都在振荡着历史回声的博物馆。可以说，每一座宅院，每一个里巷，每一架石桥，每一条河道，都叠叠层层地沉积着古老的灿烂文明，演绎着数不清的令人动心动容的故事。穿行其间，空间并没有走出多远，时间却觉得仿佛已经跨越了百年、千年，人们会情不自禁地生发出一种"抬脚走进历史，转眼似成古人"的感慨。

历史风烟在眼前唰唰地掠过,那淹沉于往昔的万种喧嚣,千般角逐,已经消逝得无声无息,无影无踪了。而生者自生,灭者自灭,人生舞台上总是在永续不断地上演着种种色色的悲喜剧。这样一来,众生、万物、两戒、诸天,也就同无终无始的时间长河一般,在文字传承和现实记忆中彼此衔接起来,而成为一页页绿叶婆娑、生动鲜活的历史,装点着时代的昨天与前天。

同里地处太湖之滨,大运河畔,四周为五湖环抱,街缘水曲,路靠桥通,镇区被蛛网般的十五条小河分割成七个岛屿,它们像一朵朵美丽的睡莲,浮浮漾漾,舒展于蓝天碧水之间。与此相仿佛,周庄也是四面环湖的水乡名镇,四条呈"井"字形的河道将它分割成八列长街,粉墙乌瓦的庭院依水而筑,照影清浅。水,对于这两座古镇来说,是宝贵的生命线,也是最亮丽的风景线。

古希腊的哲人说过,人不可能两次涉足同一条河流,流向你的永远是不同的水。就是说,水在人们心目中,每时每刻总是现出一副崭新的面孔,似乎是最没有往昔的了。可是,只要你抬眼望一望清溪两侧的苍苔密布、蚀渍斑斑的石驳岸,看一看那上面长出的绿树青藤,就会相信,即使是逝者如斯、不舍昼夜的激流活水,也不能不留下岁月的斑痕。

三

在日光斜射、林影斑驳之下,游人们船头散坐,畅游周庄,一一指认着早已定为文物保护单位的历代名人宅第。船出双桥,拐进了银子浜,就见到一处沿河临街、坐东朝西的大宅院。舍舟登岸,跨进前厅，看到门额上标着"张厅"二字。原是中山王徐达之弟徐孟清的后裔于明代正统年间兴建，清初为张姓所有。

宅院前后共为七进，整体建筑属于前厅后堂格局，正厅中间高高挺立着四根粗大的楠木柱，柱础为木鼓墩，敲之铮铮作响。这是一处典型的明代民居建筑，其规模之宏阔，保存之完好，即在江南古镇中也并不多见。

南行不远，就到了江南首富沈万三的后人建于乾隆初年的敬业堂，现在习称"沈厅"。走进了这处七进五门楼，一百多间房屋，占地两千多平方米的豪宅，人们自然免不了感慨系之地谈论一番沈万三的发迹史及其最后的可悲下场。

沈万三的祖上以躬耕垦殖为业，到了他这一辈，就借助此间的水网条件，进行海外贸易，从而获利什百，资财钜万，田产遍于四方，富可敌国。无奈，搞生意，他虽然堪称高手，可是，玩政治，却是一个十足的笨伯。他同所有的暴发户一样，见识浅短，器小易盈，不懂得封建政治起码的"游戏规则"，一味四出招摇，不肯安分守常。孔方兄不仅涨满了他的左右库房，也烧得他头昏脑涨，忘乎所以。结果，接二连三干下了种种蠢事，最后竟招致杀身惨祸。性格便是命运，信然。

为了拍皇上的马屁，他竟然心血来潮，晋京去奉献什么"龙角"，还有黄金、白金，甲士、甲马，并斥资建筑了南京廊庑、酒楼。这下可爆出了名声，显露了富相。恰似"欲渡河而船来"，朱元璋修建都城正愁着银根吃紧呢，这回可算抓住了一只呆鸟，当即便责令他承包南京城墙三分之一的建筑工程。

修城嘛，毕竟还是一桩善举，无偿赞助也就罢了，可是，他"抓了个棒槌就当针"，竟然胆大妄为，异想天开，还要拿出一大笔资财去犒赏三军。修东建西，收买民心，已经犯了大忌，现在还要收买军心，这还得了？一下子惹翻了那个杀人成瘾的皇帝老儿，怒气冲冲地说："匹夫犒天子之军，乱民也。宜诛之！"亏得马皇后婉转说情，才算免遭刑戮，发配到云南瘴疠之地，最后客死他乡，闹得个人财两空。

正是："秦淮水榭花开早，谁知道容易冰消。眼看他起朱楼，眼看他宴宾客，眼看他楼塌了。"朝荣夕悴，转瞬成灰。

如果说，这个堪笑又堪怜的悲剧角色还留得一点历史痕迹的话，那就是周庄街头随处可见的名为"万三蹄"的红烧猪膀蹄。这是当年沈万三大摆宴席的当家菜。据说，有一天，朱元璋带着亲信到他家里来做客，他受宠若惊，一时竟不知用什么珍馐美味招待是好。恰巧，这时膳房里飘出来一股浓烈的肉香味，皇帝问他是什么佳肴，他便让厨师把炖得皮鲜肉嫩，汤色酱红，肥嘟嘟，软颤颤的猪蹄膀端了上来，然后从容地从蹄膀下侧抽出一根刀样的细骨，轻盈地划了几下，皮肉便自然剖开。朱皇帝见了馋涎欲滴，一面大快朵颐，一面连声称赞：这"万三蹄"真是好。从此，这道沈家名菜便誉满了江南。

四

无独有偶。"万三蹄"之外，周庄还有一种列入江南三大名菜的"莼菜脍鲈羹"，它也同样联结着一位著名的历史人物。

西晋文学家张翰，尽管和异代同乡"沈大腕儿"生长在一块土地上，喝的是同一太湖的水，但他却是典型的潇洒出尘、任情适性的魏晋风度。史载，一天他正在河边闲步，突然听到行船里有人弹琴，便立即登船拜访，结果，两人谈得非常投机，"大相钦悦"。许是像俞伯牙与锺子期那样，以旷世知音相许吧。反正是已经到了难舍难分的程度，最后，他竟随船而去，而未告家人。

到了洛阳，他当上了大司马东曹掾这样一个不大不小的官。后来，因见朝政腐败，天下大乱，遂在秋风乍起之时，托言思念家乡的菰菜、莼羹、鲈鱼脍而买棹东归。朝廷因其擅离职守，予以除名，他也并不在乎。他说，人生贵在遂意适志，怎能羁身数千里外，以贪求名位、迷恋爵禄呢？后人因以"莼鲈之思"来表述思乡怀土之情。

作为隐逸文学的高手，张翰写过许多诗词歌赋，可惜流传下来的不多。他的"黄花如散金"的名句，曾得到诗仙李白的激赏。里人怀念他的遗泽，把他当年寄情游钓的南湖称为张矢鱼湖。

隐逸，作为一种绝尘出世、回归自然的行为与心态，在中国有着悠久的传统，它的原发性哲学诱因是天人合一、返璞归真的理论。但隐与逸又是两个层次，两种境界。隐为初级，只是"身隐"，属于技术操作性质，在一定程度上还有所执、待，就是说，一当遇到适当机会还会再度出山；而逸则是"心隐"，体现了一种放纵不拘，萧散自适的审美状态。历代隐逸之士多数属于前者，他们或仕或隐，亦仕亦隐，身在江湖而心怀魏阙，张翰先生则不在其列。

作为一个真正的逸士，他在摆脱了爵禄的羁縻和王命国事之累，实现了人格独立，重新获得身心自由以后，"不闻世上风波险，但见壶中日月长"，完全以一种艺术化、审美化的取向来填补人生维度上的虚空，寄情诗书，放怀山水，在参与创造隐逸文化的进程中，实现了生命价值的转换。尼采有言，诗人在某些方面必须是面孔朝后的生灵，艺术正是休息者的活动。在张翰身上，可说是得到了充分的印证。

五

隐逸文化发展到一定阶段，出现了园林艺术。一些隐逸之士不满足于从前豪门望族庭院中有限的花园绿地，把返璞归真、回归自然的哲学观念，引入自成系统的古典园林的营造与鉴赏之中。他们追求一种形迹之外的悠闲、淡雅的情调，或者说，通过一定的景观形象，建构一种弥漫着耐人寻味的玄想氛围和精神环境，在有限的空间感受无限丰富的意趣。这种传情达意的时空综合艺术与心理活动空间的创造，在一定程度上弥补了归隐者摆脱政治操作后的人生实践的缺憾。

这里一个典型实例，便是晚清人士任兰生的退思园。如果说，沈万三是周庄的热门话题，那么，在同里则是言必称退思园了。

任氏曾外任武职多年，官场失意后，作为一种心灵寄托，回乡建造了一处豪华园林，取名"退思"，以示补过，兼有韬光养晦之意。园中荟萃了江南园林的亭台楼阁、廊坊厅堂、舫桥轩榭、花木泉石，各类建筑参差错落，疏密有致，一一紧贴水面，如凌波而立。设计、施工者以慧心巧手，赋予有限天地以难于想象的包容量，使方圆不足十亩的庭园蕴藏着至为丰厚的文化内涵，被誉为江南园林里的一颗璀璨的明珠。

然而，也正是这座精美的园林及其早已化为尘埃的主人，却引发出后世无尽的话题。在我见到的涉及退思园的近百篇文学作品和研究论文中，关于园主任兰生的功过是非的叙述，竟然迥不相同，甚至完全对立。有的说他搜括了无数民脂民膏，回乡来肆意挥霍，不然的话，建园耗银十万两，从何而来？有的则引述史籍：任氏"去官之日，士民顾念旧恩，遮道攀辕，数万人无不泣下"；至于贪贿问题，当时就有人举报，经过京师大员查办，结论却是"查无其事"，这是见诸光绪十一年《清实录》的，也可说是凿凿有据。

再比如，退思园的结构是西宅东园，成"一"字形横向排列，而没有像同时期多数园林那样，纵深布局，气势轩昂，庭院深深。有的文章解释为，它体现了"退思补过"的深意，不愿过分铺张，引人侧目；有的说，这是一种勇于打破陈规的创新，也是出于充分采光和避免东西日照的考虑；而另一种意见则认为，问题并没有那么复杂，只是迫于实地环境使然，无非因地制宜、顺其自然而已。——因为私家园主缺乏皇家园林那样的绝对权威，在土地和房屋所有权已经长期稳定的社会条件下，他只能按照实地环境来安排设计，没有条件像一些官家园林那样讲究排场。

六

之所以会出现这种歧见重重、言人人殊的现象，一言以蔽之，这里有一个对于历史如何叙述，亦即取什么视角来作当代阐释的问题。

原来，历史包括客观过程和对客观过程的反映、叙述这样两个界面。一切历史话题也都存在着历史活动者意向与历史解释者意向两个界面。前者通称史实，后者属于史学、史观的范畴。由于历史的叙述是一种追溯性认识，是从事后着手，从发展过程完成的结果开始的，因而人们不能回避也无法拒绝对于历史的当代阐释。这种当代阐释必然要印上叙述者思考的轨迹，留下记述主体、研究主体剪裁、选择、判断的凿痕。

欲知往事如何，当然最好是在诉诸语言、文字等符号历史的同时，能够请出当事人来核实、对证，可是，上帝已经不准许向他们发放出场券了。这也是无可奈何的事。

有些历史话题就是说不清楚，那么，不说也罢。好在一些特定的历史单元，有如海天深处的艨艟巨舰，人们所最关注的，原是它的浮沉兴废、进退往还的整体情境，至于舱中某一角落某一个体悲欢离合的细节，对他人与后人来说，终究不像"当下"置身其间那样关怀痛切。思来想去，觉得还是放翁老人的诗蛮有意思："斜阳古柳赵家庄，负鼓盲翁正作场。死后是非谁管得，满村听说蔡中郎。"周庄沈万三，同里任兰生，他们自己都不能管得，我又管它作甚？

老皇帝的难题

一

以撰写大观楼一百八十字长联闻名于世的清代诗人孙髯翁，登临滇南武定县狮子山时，听说明初"靖难之役"中流亡出走的建文帝曾经长期遁迹于此，一时感慨兴怀，为雄才大略、虑远谋深的朱元璋创业有方却交班无术而深致惋惜，当即赋诗一首，其中有这样两句：

> 滁阳一旅兴王易，
> 建业千宫继统难。

其实，当日朱元璋接替郭子兴成为"滁阳一旅"的领军人物，击楫渡江，建立应天据点，孤军独守，兴王创业，又何尝容易！无非是，比起后来在帝都金陵（古称建业）反反复复地选择继统对象，最后仍然出了纰漏，相对来说，较为顺利罢了。

不管怎么说，这寥寥十四个字，确是概括了封建王朝在开基与继统方面一个带规律性的现象。

在"家天下"、世袭制的体制下，一切封建帝王，尤其是开国皇帝，对于继统问题无不极端重视，都把它看作是立国之基、社稷之本。当取得皇位之后，他们所昼夜焦虑、念兹在兹的，是自身的统治权如何巩固；而随着皇权的日趋巩固和高度集中，王位继承问题便一跃成为"悠悠万事，唯此为大"的核心问题。

对于继统问题，朱元璋当日绸缪甚早，还在做吴王时，就确定嫡长子朱标为世子，即皇帝位后，遂封为太子。不过，他逐渐地发现，朝中掌控要津者多是一些元勋大老，而生性仁和、温文雅驯的朱标，势难驾驭这个国事繁剧、边防多事、矛盾纷繁的全局。不久，朱标病逝。依照老皇帝的意向，四子朱棣沉雄、果断，颇有父风，应该册立他为皇储。但朝臣们都以朱棣本系庶出（生母为高丽国进贡给太祖的一个妃子），前面又有两个兄长，弃兄立弟，"违反古制"为由，极力加以反对。最终确定朱标之子允炆为皇太孙。朱元璋也料到了诸叔王未必服气，便特意编写一部《永鉴录》，教育诸王安分守己，顾全大局；又颁布了《皇明祖训》，提出皇亲中如果发现谋逆之事，格杀勿论。但是，这一切终究是纸上文章，一当他撒手红尘，约束力便化为乌有了。诸叔王凭借手中的雄厚实力，言多不敬，行辄越法，根本不把这个年轻、文弱的建文帝放在眼里。特别是燕王朱棣，从青年时代起，即跟随父亲驰驱疆场，战功卓著，成为诸王中的佼佼者，对于建文帝构成了严重威胁。后来，终于借口奸臣跋扈，朝廷孤立，社稷危亡，援引《皇明祖训》，以"清君侧"为由，入京"靖难"。从而爆发了一场持续四年之久的争夺皇位的内战，史称"靖难之役"。

说到"古制"，需要远溯到上古时代。在母系氏族社会，民主选举产生部落首领，财产统归以母系计算的氏族共有。后来进入父系氏族社会，出现了私有财产，但共同财产部分仍然属于全体成员所共有，因而，氏族成员仍然拥有选定与撤换首领的权利。到了公元前二十一世纪，出现了第一个世袭君主制王朝，"夏传子，家天下"代替了"天下为公"，选贤任能的"禅让制"。接下来是商朝。王国维先生认为，商之继统法，以"兄死弟及"为主，而以"子继"辅之，无弟而后传子。执行的结果，是导致王位纷争，国都几次迁徙，史称"九世之乱"。迨至西周前期，周公旦曾以武王之弟身份继位称王，但由于兄弟不服，引起了一场叛乱。这样，便产生了"皇位嫡长子继承制"：在后妃所生诸子中，皇后之子优先继位；而在皇后所生诸子中，长子又具有优先继承权。明初朝臣所谓"古制"，就是指此。

这种体制的建立，源于宗法制度，更同皇帝多妻制紧相联结着。封建帝王为确保其家族香火绵延，并满足其无度的淫欲，遂广置后妃，以充后宫。《礼记》上说："古者天子立六宫、三夫人、九嫔、二十七命妇、八十一御妻。"后世有了更大的发展，到了唐代，皇后之外，还有贵妃、淑妃、德妃、贤妃，统称夫人；昭仪、昭容、昭媛、修仪、修容、修媛、充仪、充容、充媛，叫作九嫔；另有婕妤、美人、才人各九人；宝林、御女、采女各二十七人。开天之际，长安三宫和东都两宫，共有宫女四万人。以当时全国四千多万人口计，唐玄宗的妻妾占了千分之一。这样，皇子自然瓜瓞连绵，动辄上百。只能根据母亲身份贵贱，将皇子区分为嫡子、庶子；最后，依照先嫡先长、后庶后幼顺序，锁定一个王位继承人，以保证皇权在家族内部平稳过渡。

这种"嫡长子继承制"，起于周初，止于清代前期，施行两千七百多年。对于皇权顺利交接、防止皇族内部因为争夺储位而同室操戈，确是起到一定作用。且看，从西汉至晚清，二十九个娃娃皇帝，大体上都还顺利地爬上龙座，显然借力于这种"百王不易之制"。

当然，其弊端也是显而易见的。本来，高度集中、不受制约的专制皇权，对于君王的个人德才素质与治国理政能力，提出了至高、至严的要求；可是，"立嫡立长不以贤"，断然放弃了德才考量，成为一种典型的排除贤才、摒弃智能的继统方式。这种强烈的反差，使它与儒家的"尚贤""传贤"的政治理想完全脱节；最严峻、最尖锐的矛盾，还在于它同现实的需要根本对不上号。众所周知，在纷繁万端的政治事务和错综复杂的宫廷纷争面前，即使经过严格挑选的贤能君主也难以应对，何况在嫡长子继承制下，幼儿、白痴、草包、恶棍登上皇位，在所难免；而由于君主的终身制，其后果就更为严重。明朝十七帝共二百七十六年，有八人庸劣不堪，占去一百七十三年，而昏聩的嘉靖和以懒惰著称的万历，分别在位四十五年和四十八年。难怪这个庞大帝国，中后期竟然弄得那么混乱，糟糕！

制定嫡长子继承制的出发点，是太子定位之后，诸皇子各守本分，从而弭除祸乱；实际情况恰恰相反，其间命定地潜伏着种种危机。太子预定之后，在后妃生下的众多皇子中，难免会出现才能、功业、威望超常的二三佼佼者，那么，东宫太子将何以安其位？纵使因为老皇帝在位，暂时使祸乱隐蔽下来；可是，如果太子本人根本缺乏统御天下的才具，未来总是难以坐稳龙椅。这样，老皇帝在撒手红尘之际，又怎么能够放心、瞑目？

嫡长子继承制的施行，存在着太多的变数与不确定性，制约、干扰的因素很多。比如，许多皇后并没有生下儿子，或者虽然生了儿子却又早殇；有一些即使得以顺利地成长，或因君王的好恶妨害了嫡长制的施行，或因对于皇后的感情变化，"爱屋及乌"或者"殃及池鱼"，也会影响到嫡长子的继统；再就是，权奸、藩镇、阉宦、后妃、外戚干政，也是影响嫡长子继承制贯彻实施的重要因素。

史书记载，秦汉两朝二十八位皇帝、宋代十八位皇帝中，嫡出的都只有三人；东汉诸帝中竟无一人为皇后所生；唐代，二十二位继统的皇帝中（开基创业的高祖李渊和大周皇帝武则天除外），只有六人为嫡长子，不到三分之一。说到制约、干扰的因素，唐代颇有代表性：前期，太宗至肃宗七朝皇帝，全部是通过宫廷斗争登上王位的；后期，穆宗至昭宗八朝皇帝中，七人为宦官所立，只有敬宗一人凭借储位侥幸继统，最后还被宦官弄死了。

鉴于嫡长子继承制存在着诸多弊端，施行过程中又会遭遇种种变故，历代封建统治者不断采取补救措施，对建储、继统制度加以完善。他们不遗余力地宣扬儒家的纲常名教，倡导君尊臣卑、君敬臣忠、父慈子孝、兄友弟恭，为执行这一制度奠定必要的思想基础；特别是高度重视对于皇太子以及诸皇子的人格塑造和品德教育。与此同时，他们也曾实行一些极端的防范措施。比如，北魏为防止母后专擅，规定册立太子之前，必须先将其亲生母亲杀掉。姑且无论这种做法残酷残忍，泯灭人性，单就效果而言，也所见甚微。因为危及皇权的因素实在太多，岂是杀掉一个母后所能了得！辽太祖耶律阿保机的改革措施是，皇位继承人先在本部宗亲中选择，使多名候选人同时备选；最后在有各个部族及政治集团参加的"世选"中，实行终选。结果是未见其利而先受其害——每个候选者都有一定的政治势力作为后盾，从而引发了候选人（及其后台班底）之间的激烈争夺，直接导致王朝动荡、社会混乱，终辽之世，未曾平息过。

清代雍正帝即位之后，鉴于康熙帝为建储一事殚精竭虑，最后还是祸乱丛生的深刻教训，着手对建储制度进行改革。具体做法是，由皇帝将准备继统的皇子的名字，亲写密封，藏于匣内，置之乾清宫"正大光明"匾额之后，待皇帝晏驾后，再启封揭晓。这样，建储就由公开转向秘密，皇帝一人独掌权衡，不受任何干扰；同时，也使皇位继承问题暂时显得不那么尖锐、敏感，延缓了皇室内部的火并、争夺。当然，根本性的矛盾并没有解决。

乾隆帝继位之后，曾经试图对这种"秘密建储制"加以改进，就是在储位秘定后明确宣布：待预定的皇子年龄稍长、识见扩充、志气坚定，骄矜之气不再生、诱惑之举不为动之时，他将布告天下，以明正储位。然而，在实际践行中，却遭遇了严重挫折，两次预立的嫡子相继早殇，使他原来的由秘密到公开立嗣的想法未能得以实现。他把个人的失算归结为天意，说："先朝（指其父祖辈）未有以元后正嫡绍承大统者，朕乃欲行先人所未行之事，邀先人不能获之福，此乃朕过也。"最后，回过头来，又把乃父的秘密建储制度重新捡起，并作为本朝基本制度坚持下去。乾、嘉、道、咸四代，没有一个是嫡长子。百余年间，皇位继承大体上顺利。

二

纵观两千多年封建王朝史，"嫡长子继承制"也好，"秘密建储制"也好，都未能从根本上消除皇位争夺的祸端。可以说，自从皇权世袭这一体制确立下来，就始终潜伏着无法克服，甚至是无法预测的矛盾，成为一切封建王朝永远跳不出的怪圈：要么，你就干脆放弃"家天下"、世袭制，"天下为公"，选贤任能；要么，就得每时每刻都要面对这一根本无法解决的难题，兵连祸结，骨肉相残，朝廷危机四伏，社会动荡不宁，直至政权丧失，国家灭亡。放弃前者不可能，因为"家天下"、世袭制是历朝封建皇帝的命根子；这样，就只能永无穷尽地吞咽混乱、败亡的苦果。

祸乱的根源在于"普天之下，莫非王土；率土之滨，莫非王臣"，君王拥有绝对的权威、至高无上的权力，世间一切荣华富贵集十一身，而且又能传宗接代。面对皇权的强大诱惑力，一切觊觎王位的人，都不惜断头流血，拼命争夺。这样，交班就成为老皇帝最为棘手的难题。

且看历史上几位大有作为的英主——

隋朝的开创者杨坚，平定江南，统一中国，结束了自东汉末年军阀混战以来长达四百年的分裂割据局面。本人也躬行节俭，励精图治，堪称是一代英主。但是，由于他猜忌多疑，最后导致建储失当，所传非人，不出十四年，就使繁荣富强的隋王朝归于覆灭。

杨坚登上帝位之后，确立嫡长子杨勇为太子。杨勇赋性仁厚，率直任性，不懂得曲意逢迎；加上有些事没有处置好，造成父母疑忌，使他的太子地位发生了动摇。这就为聪慧狡黠、善于伪装，从而博得父母欢心的皇次子杨广趁势夺取储位提供了机会。杨广成为太子以后，原形毕露，日益骄纵无忌，竟至调戏他父亲的宠妃。杨坚这时才认清其狡诈嘴脸，顿生废黜之心。杨广见势不妙，便抢先下手，投毒害死父亲，抢登帝座。结果引发了内乱，双方出动了数十万兵马，浴血凶杀，朝野上下为之震荡。

先前，文帝杨坚曾自豪地说："前世天子，溺于嬖幸，嫡庶分争，遂有废立，或至亡国；朕旁无姬妾，五子同母，可谓真兄弟也。"谁知，曾岁月之几何，这五个"真兄弟"，便为疯狂的权欲、野心所驱使，明争暗斗，势同水火，最后，五人竟无一善终。

唐朝的开国帝王李渊，带领建成、世民、元吉同胞三兄弟，起兵反隋，很快就攻下长安，建立了唐朝。遵照皇位嫡长子继承制，李渊登基一个月，即册立嫡长子建成为太子，同时封世民为秦王，元吉为齐王。为了帮助太子树立威信，李渊经常委之以重任，每次临朝，都让他随侍左右，使之洞悉国事，增长才干。而把领兵出征、削平四方割据势力、镇压农民起义、广泛扩展地盘等重要军务，都交给了世民。本来，在灭隋立国过程中，主要是依靠世民的智谋和勇敢，现在，由于他战胜攻取，屡建奇功，勋劳卓著，就益发获取了崇高威望。在世民手下，有一大批著名战将，还有号称"十八学士"的智囊团队；而建成与元吉串通一气，外结朝臣，内连嬖幸、宠妃，在父王面前诋毁世民。从而在王朝内部形成了两个势不两立的政治集团，斗争之激烈，达到了白热化程度。

在这一始料未及的严重态势面前，李渊陷入极度苦恼之中：明明知道，世民劳苦功高，应该得位；可是，建成待位已久，又无法让他退出。真是事出两难，一筹莫展。最后，他想出一个点子，让世民居洛阳，"自陕以东皆主之"，建天子旌旗，规格拟于皇上。李渊的意图，是想借鉴汉文帝的经验，通过施行"平衡术"来缓和兄弟间的冲突，并保全诸子。但他并未深加考虑，雄心勃勃的世民，如果独据陕东，不啻如虎添翼，最后必然导致一朝二主，国家分裂。后来经过建成提醒，老皇帝也就幡然省悟，收回成命了。

恰在这时，突厥发数万骑兵大举进犯，太子提议由齐王元吉代替世民率兵出征，以夺取世民的兵权；齐王又提出条件，要秦王府的尉迟恭、程知节、秦叔宝等大批将领随军出征，采取"釜底抽薪"策略架空秦王，以便乘机将他除掉。李渊并没有想到这一层，也就点头同意了。但秦王府的智囊却看得一清二楚，他们立刻商议对策，最后决定抢先下手，伏兵玄武门，截杀建成、元吉。这就是历史上著名的"玄武门之变"。结局是，三天过后，李渊便宣布世民为太子，全权处理国家政务，两个月后太子即皇帝位，李渊当了太上皇。

清代学者王夫之在《读通鉴论》中评论说：初得天下，李渊完全可以创制垂法，立贤能、有功者为皇储，而不必拘守"立嫡立长"的成例。可是他没有这么做，结果就步步被动，"故高祖之处此，难矣。非直难也，诚无以处之，智者不能为之辩，勇者不能为之决也"。

具有讽刺意味的是，号称千古明君的唐太宗本人，最后也不免重蹈他父亲的覆辙，在立嗣方面屡走败棋。先是立八岁的长子李承乾为太子，悉心培养，无奈他太不成器，胡作非为，后来竟然在权臣的煽动下谋反，事败被废为庶人。皇四子魏王李泰聪明好学，端肃多才，太宗比较看好，曾面许立为太子；但朝中重臣多数反对，指出："陛下日者既立承乾为太子，复宠魏王，礼秩过于承乾，以成今日之祸。前事不远，足以为鉴。"他们主张立皇九子晋王李治。就在太宗举棋不定情况下，李泰恃宠骄横，干了许多蠢事，最后遭到罢黜。这样，李治便获得了储位，进而又继承大统。由于他庸懦昏弱，"溺爱衽席"，执意立武则天为皇后，险些断送了大唐王朝。

面对诸皇子争夺储位的火拼纷争，太宗苦恼万分，自叹"我心诚无聊赖"，竟然"自投于床"，"抽佩刀欲自刺"。《新唐书·本纪》中批评他："以太宗之明，昧于知子，废立之际，不能自决，卒用昏童。"

与唐太宗类似，清代的康熙帝也因为建储问题而耗尽精神，心力交瘁。说起他的功业，确实是彪炳千古，有口皆碑；对于传位、继统的重要性，他也非常清楚，因而很早就做出了安排。早在康熙十四年，他仅仅二十一岁，就立了皇后生下的二子胤礽为太子。为什么没有立长子胤禔呢？因为他是庶出。在立长立嫡无法兼顾的情况下，康熙帝做了这样的选择。他为了培养太子胤礽，可说是煞费苦心，从小就延请名儒施教，自己还亲自讲授"四书五经"；稍长，无论是南巡北狩，都令其随行，朝夕传授治国之道。太子进步很快，学识渊博，而且精于骑射，深得康熙帝的信任和喜爱。

随着时间的推移，众多的皇子相继长大成人，他们各自在权臣的辅佐下，施展权术，培植势力，作谋取储位的准备。而胤礽作为法定继承人，背上的包袱最重，既害怕诸兄弟夺位，又担心老皇帝移爱。于是，在朝中扩充自己的实力，并和权臣索额图结成了帮派，以专宠固位。而索额图与另一位权臣明珠水火不容，斗争激烈。明珠等就力推皇长子胤禔争储，双方拉开了决斗的阵势。康熙帝自然不会容忍这种事态发生，便先后向两个权臣开刀。索额图被处死后，激起了太子对皇帝的怨恨，蓄意为之报仇。致使康熙帝昼夜担心自己的生命安全，于是决心易储。

这样，又引起了更多皇子的觊觎，尤其是皇长子胤禔、皇八子胤禩，都作了充分表演，被康熙帝一一看穿。在很短时间里，拘囚了六个皇子。但他毕竟已经年近六旬，这样下去，将如何收场呢？后来，除皇长子外，其余五人全部放出，并让群臣公议立储之事。结果，包括皇九子、皇十子、皇十四子在内的诸皇子及王公重臣，一致保举皇八子胤禩为太子。康熙帝发现胤禩竟如此深孚众望，为了防止其直接危及皇权，便摆出一着出人意料的绝棋，复立胤礽为太子。这一举措，引致了新的混乱，众多保举胤禩者都危不自安。为了稳定人心，康熙帝便对其他皇子加爵晋封。同样没有达到预期目的，反而增加了诸皇子新的拼争砝码；而胤礽也并没有因为得以复立而心存感激，反倒变本加厉地为夺取皇位疯狂运作。结果，逼使康熙帝痛下决心，再度废掉太子。为了给自己选人失当找出借口，康熙帝强调，胤礽的变坏乃是上了坏人的当："凡人幼时犹可教训，及长，而诱于党类，便各有所为，不复能拘制矣。"

这两度废立，反复折腾，使康熙帝受到极大的刺激，对于预立太子的弊端也深有所悟，于是，明令告诫："诸皇子中如有谋为皇太子者，即国之贼，法所不宥。"这当然并不能从根本上解决问题。在帝位至尊、皇权无限的诱惑下，诸皇子哪个也不甘示弱，仍然"纷置党羽，联络臣工，刺探朝政及其父王之起居，希冀迎合上意，借邀宠眷"。就在这日甚一日的激烈竞争中，老皇帝带着深重的苦恼和无边的憾恨，撒手尘寰了。

三

　　前面论及中国封建王朝史上颇有作为、堪称英主的五位帝王，其中的隋文帝、唐高祖、明太祖还是开国皇帝。这些创业垂统、叱咤风云、建树了伟绩丰功的大人物，都曾是攻无不克、战无不胜、所向披靡的强者。照常理推测，他们筹措任何事情都应该是得心应手，心想事成，一帆风顺，没有闯不过的关口；可是，唯独在建储、交班这件事上，屡屡受挫，捉襟见肘，焦头烂额，狼狈不堪。而且，越是那些开基创业、大有作为的英明君主，在处理继统问题上，越是容易出现麻烦。这真是一个发人深思的现象，其间究竟有些什么规律性认识可供研索呢？

　　可以从史学角度分析。这种"龙头鼠尾"，或"其兴也勃，其亡也忽"现象，反映了历史的规律性。鲁迅先生说过："无论什么局面，当开创之际，必靠许多'还债者'；创业既定，即发生许多'讨债者'。此'讨债者'发生迟，局面好；发生早，局面糟；与'还债的'同时发生，局面完。呜呼'还债的'也！"一声浩叹，感喟无尽。那些费尽了移山气力，开创了宏基伟业的英明君主，不都是标准的"还债者"吗？封建王朝的盛衰、兴替，正是这些"还债者"与"讨债者"（败家子，不成器的接班人）相伴而生、统一构成的必然结果。

　　也可以从哲学角度探索。"种下的是龙种，收获的是跳蚤。"这种愿望与实际、动机与效果恰相背离的"悖论"，是一种无解性的命题，也可以说命题自身即体现着不可破解的矛盾。之所以如此，盖因其间封建帝统制度、僵死的惰性的接班人机制起着决定作用。

还有什么角度呢？似可引述《道德经》中"天之道，其犹张弓欤，高者抑之，下者举之，有余者损之，不足者补之"，说明"天道忌全"，不使"一家独大"。老百姓也常说："上辈精明下辈茶，太阳老爷轮流转。"也可借助自然现象来证明：高山之下，必有峻谷；长松之下，寸草不生。上一代把风光占尽了，不曾为下一代预留余地，结果是"君子之泽，一世而斩"。这是一种带有某些神秘性、先验性的解释。其然，岂其然乎？

规律说，悖论说，天意说——各逞异辞，言人人殊。

其实，症结所在，是封建专制下的皇位世袭制与终身制。所谓"无解性命题"，根源盖出于此。明确一点说，再英明的君主，也难以摆脱"立嫡立长不以贤"的死框框，最终同昏庸君主一样，陷入那个永远跳不出的魔圈。这里有三个侧面：

一、太子。贤也罢，愚也罢，太子这个角色实在难以把持，或者说，很难站住脚。而且，待位时间越长，风险越大，危机越深。作为君权的法定继承人、权力继承的最大受益者，他当然盼望君权能够平稳过渡。可是，实际情况却要复杂得多。太子公开册立之日，便是他与皇帝、与其他皇子启衅之时。太子与皇帝，说是骨肉情深，实际上，关系最难处理。对于太子，老皇帝总是戒心、疑心胜过爱意、亲情。皇帝的特权具有唯一性，绝对不容许任何人（太子也不例外）侵犯一丝一毫；而皇帝本身又负有培养太子继承君权的义务，需要帮助太子树立权威，否则，日后接班，他将难以服众，难以遏制女后、外戚、宗室、功臣等多种势力对最高权力的觊觎。在皇帝面前，太子如果太得人心，肯定遭到疑忌；而若真的庸懦无能，又难入英明君父的法眼。这是难解的二元悖论，用一句歇后语来形容，叫作"反贴门神——左右难"。

由于处在权力争夺的风口浪尖，太子必然要设法自保，以防备他人取代。除了费尽心机邀宠于君父，还须利用储君身份，扩展私人势力，千方百计压倒潜在的竞争对手。从另一面看，权力是一种强烈的腐蚀剂。一人之下、万人之上的特殊地位，使他虽未践位，但手中握着权力的"潜力股"，升值空间无限；一当其羽翼长成，很容易骄纵自恃，萌生祸心，所谓"储位既正，人性易骄"，权欲熏蒸、野心狂炽。特别是身边还有大批想要扯着太子衣襟往上蹿的权臣、太监，更会极力撺掇他以种种非常手段抢班夺权。历代王朝更迭中，一幅幅父子、兄弟、叔侄互相残杀的血腥画面，彰彰在人耳目。

二、英明的君主。他们属于顶级封建统治者中较有政治远见的人物。特别是那些开国帝王，因为经历了前朝的兵连祸结、社会动乱，熟谙为政得失的要害，所以，总是比较注重轻徭薄赋，勤政亲民，不使社会矛盾激化为国家灾难，危及帝国的长治久安。但是，由于受到时代、阶级的限制，他们的根本出发点不可能是天下或人民，只能是个人及家族的利益。这样，立储之时，首先必然考虑到，如何在众多因素制约下，选出符合皇族利益和皇帝本人意愿的人，以保障皇权的顺利交接，"家天下"的世袭不替。

可是，实际上，古今中外，对于任何君主来说，包括那些英明睿智、明察秋毫的圣帝贤王，选择接班人都是一个天大的难题。"不如意者常八九"，处置得当、达到理想要求的，为数甚少。由于封建继统实行的是"嫡长子继承制"或"秘密建储制"，缺乏一种公开、公平、公正的机制，皇帝总是根据自己的判断、依凭个人的喜好来选择继统者。再英明的君主，也会看人"走眼"；即使当时并没有看错，而处在动态过程中的太子，随着时间的推移、地位的改变、周围环境的影响，也难保日后不会发生异化。

为了后继有人，能够发皇历经千难万险开创的帝业，那些英主明君在择储、建储过程中，无不百般慎重，小心翼翼，仔细掂量，唯恐出现闪失；结果导致信息错乱，干扰因素重叠，脱离正常状态，受到某种特殊的意念支配，反而加大了难度与风险。最恰当的例子，是给至爱亲朋做手术，医生越是加倍小心，往往越会出现纰漏。

按照创业与守成的规律，面对开创者所建立的惊天伟业、留下的巨大摊子，以及亟待处置的各种遗留问题，要求继统者即使不能"强爷胜祖"，超越前辈，起码也应该能够相为伯仲。因此，英主选择接班人，难免条件苛刻，期望值过高，总觉得择非所求，未能如愿，以致犹疑不定，出尔反尔。这样，反倒容易挑花了眼；更是导致储君地位不稳，从而横生枝节、平添变故的直接原因。

当然，也有另一种说法：有些强势的君主比较看好弱势的接班人。如果存在下述考虑，这种说法或可成立：一是"一山不容二虎"；二是老皇帝害怕继任者擅革旧制，希望有个"三年无改于父之道"的孝子。不过，更多情况下，恐怕是皇子震慑于无比雄强、桀骜的父辈，在辉煌耀眼的功业面前，常会产生一种自愧弗如的敬畏心理；特别是在强势君父的过苛要求、严格管束之下，日久天长，遂逐渐养成盲目崇拜、无条件服从、唯唯诺诺的性格。还有一种可能，并非继统者真的弱势，而是父辈过于强势，事业过于宏伟，继统者无法望其项背，相对地看就显得弱势了。

历史经验表明，确立储君还有个最佳时机的选择问题。选立储君，为时过早，并不一定就是好事。乾隆帝最初立储时，正当春秋鼎盛之际，太子才两岁，上面一个长兄，也不过四岁，而且是庶出，不具备竞争条件。因此，没有遇到任何障碍。可是，由于他在位的时间过长，几十年间，又生下了三十三个皇子。这样，当两任太子相继早殇之后，再怎么选择就大费周章了。当然，立储过晚，同样也成问题。到了"英雄迟暮"之秋，濒临行将谢幕的窘迫处境，时不我与，被动应付，选择余地很小，而变数却很大，种种棘手问题横置其间，必然难于措置。

何况，即便是英主明君，到了晚年，也会在性格、心理方面发生一些变异，这就更增加了选拔、培育接班人的难度。

三、客观环境、条件。这一点至关重要。人是环境的产物。社会环境、成熟条件、人生阅历、生命体验，就每个人来说，都是特定的。从这个意义上讲，那些奇才颖异的创业者是不可复制的。他们胜利地削除群雄、横扫六合，经过历史长期的层层汰洗、苛刻选择，终于被推上了政治历史舞台，登上了龙廷宝座。当时，因缘际会，风虎云龙，主动权在握，有尽多的驰骋天地，具备了大展奇才的条件。而那些后来人，包括刻意遴选出来的储君，并不具备君父成长的环境、人生的经历，因而很难造就出杰出的才能。这是无可奈何的悲哀。尤其是，绝大多数储君处于承平之世，外无敌国外患，内部一切可以坐享其成，本人又"生于深宫之中，长于妇人之手"，自幼锦衣玉食，不知稼穑之艰难，只能成为纨绔子弟。再加上，有些创业开基的君主，鉴于自己一生历险犯难，吃尽了世间苦楚，不忍心再让孩子重走老路，便一味放纵、溺爱。这样培育出来的接班人，必然庸劣不堪，不是昏聩无能，便是贪残暴虐，绝无杰出、优秀之可言。

通过前面的"三论"和后面从三个侧面所做的剖析，我觉得问题大致说清楚了。

马嵬坡下的三场辩论

一

　　唐玄宗李隆基的妃子很多，但后来走上京剧舞台，展现女性优雅、凄美形象的大概只有两人，一个是程派名剧《梅妃》里的江采萍，一个是梅派名剧《贵妃醉酒》里的杨玉环。同梅妃的生前寂寞、死后萧条形成鲜明的对比，杨妃生前大红大紫，炙手可热，死后更是闹得沸反盈天，以她为核心展开的争论，至今仍在进行。——我这里就杨妃的历史评价及其生死谜团归纳出来的"马嵬坡下的三场辩论"，便是鲜明的例证。

　　为了帮助读者掌握这几场辩论所依凭的历史背景，首先，简要地叙述一下以这位女主角为中心的"本事"：

　　杨贵妃，小字玉环，原籍山西蒲州，唐开元七年（公元 719 年）出生在四川的蜀州。史书上说她：自幼养于叔父家，善歌舞，通音律，身材丰艳，姿色超群。她原本是唐玄宗的第十八子寿王李瑁的妻子，嫁过来时只有十七岁。后来，玄宗因心爱的武惠妃谢世，深情怀念，哀痛不已，后宫虽有几千美女，却没有一个人中他意的。有人报告称，寿王李瑁的妻子玉环杨氏，美貌惊人，绝世无双。皇帝一看，果然是名下无虚，当即神魂颠倒，意注心驰。于是，授意她自愿申请出家，去当道士，当即获得一个"太真"的道号。这边，又重新给寿王李瑁另娶了一个王妃。一切安排停当，便把玉环秘密接到皇宫里。这一年，玄宗六十一岁，玉环二十七岁。

由于玉环肌肤丰满，体态艳丽，气质高华，而且精通音乐，又兼生性聪明机警，善于迎合皇帝的旨意，进宫不到一年，就得到了玄宗的极度宠爱，视同掌上明珠，一切礼仪都和皇后一样；宫中都称她为"娘子"。天宝四载（公元745年），玄宗册封杨玉环为贵妃，封赠她的父亲杨玄琰为兵部尚书，任命她的叔父为光禄卿，两个堂兄分别为殿中少监和驸马都尉；贵妃的三个姐姐，个个姿容艳丽，分别被封为韩国夫人、虢国夫人和秦国夫人，也都在京城赏赐住宅，每年还有千贯钱作为脂粉之资。其从祖兄国忠，受封为金吾兵曹参军，特准他可以随供奉官出入宫廷；后来步步登高，总揽大权，专擅朝政，势倾天下。杨氏一家，全都裂土分封，荣显盛于一时。

天宝年间，玄宗统治的后期，沉湎酒色，日益昏庸，荒怠政事，朝中实权先后由奸相李林甫、杨国忠把持，妒贤害能，任人唯亲，徇私舞弊，穷奢极侈，朝政腐败日亟。天宝十四载，兵权在握、身兼平卢、范阳、河东三镇节度使的安禄山发动叛乱，史称"安史之乱"。天宝十五载（公元756年）六月，玄宗带领杨妃及其家族和公主、皇孙，还有亲近的宦官，仓皇向西逃遁。

据《旧唐书》《新唐书》和《资治通鉴·唐纪》记载，玄宗一行到了兴平县西部的马嵬驿，禁军哗变，以为祸起杨家，不肯前行，大将军陈玄礼杀了杨国忠，连同他的儿子和韩国夫人、秦国夫人。军中将士的怨恨仍未解除，宦官高力士奏以"祸本（指杨贵妃）尚在，军心不安"，要求玄宗忍痛割爱。玄宗犹豫不决，身旁大臣劝说："众怒难犯，安危在顷刻之间，请陛下迅速裁决。"出语沉痛，并且叩头流血。玄宗说："贵妃一直在深宫，怎么知道杨国忠阴谋？"高力士说："贵妃当然没有罪，可是，将士们已经杀了她的哥哥，而她仍然留在皇帝身边，大家怎能放心？将士不安定，陛下也不可能安定。"玄宗只好差遣高力士带贵妃到佛堂，用绸带将她勒死。贵妃时年三十八岁。

二

　　首场辩论的参加者，是历朝历代的诗人。辩论是从价值层面上展开的：如何评价杨贵妃这个历史人物？她是不是"安史之乱"的祸胎？

　　对此，自从杨贵妃在马嵬坡香消玉殒那天起，迄于今日，千余年来，一直是众说纷纭，莫衷一是。诗人们尤其予以特殊的关注。大体上，有批判、肯定、同情这样三种不同的意见：第一类，持批评态度。以唐代著名诗人杜牧《过华清宫》（三首之二）为代表：

　　　　新丰绿树起黄埃，数骑渔阳探使回。

　　　　霓裳一曲千峰上，舞破中原始下来。

　　唐玄宗沉湎女色，不理朝政。在各方强烈的反应下，朝廷派出探使，前往渔阳，侦察安禄山的虚实。但是，由于探使接受了贿赂，回来虚报了军情，盛赞安禄山如何赤心报国，忠于皇上。这样，玄宗便与贵妃更加耽于享乐，日日沉醉在"霓裳羽衣"的轻歌曼舞之中，直舞到"千峰"之上，最后，把整个"中原"都舞破了。诗人运用生动的形象，以夸张的手法，寄托深刻的寓意。杨贵妃固然不能直接舞

"破"中原，但中原之"破"，却实实在在由于唐玄宗无尽无休的酣歌醉舞，沉湎女色，不理政事所致。为此，杨贵妃是不能辞其咎的。

白居易的《长恨歌》，就其实质来说，也当属于这一类。从"汉皇重色思倾国"到"渔阳鼙鼓动地来，惊破霓裳羽衣舞"，开头的大段描写，反映了祸乱酿成的因果关系，集中渲染了玄宗自纳娶贵妃以后，在宫中如何纵欲、行乐，如何终日沉湎酒色之中。所有这些，都是酿成"安史之乱"的根源。

同时，白居易在新乐府《李夫人·鉴嬖惑也》中写道：

> 伤心不独汉武帝，自古及今皆若斯。
> 君不见穆王三日哭，重璧台前伤盛姬。
> 又不见泰陵一掬泪，马嵬坡下念杨妃。
> 纵令妍姿艳质化为土，此恨长在无销期。
> 生亦惑，死亦惑，尤物惑人忘不得。
> 人非木石皆有情，不如不遇倾城色。

诗中说，不独汉武帝嬖幸李夫人，古代还有周穆王嬖幸爱妃盛姬的事。他为美人盛姬筑台，状如重垒之璧。他在台上怀拥盛姬，共浴夕阳，伴她度过了人生的美好时光。后来盛姬病死，穆王依皇后之礼葬毕，大哭三日。白居易批评他"心轻王业如灰土"，"一人荒乐万人愁"。诗的最后，落脚在李、杨的爱情上。泰陵是唐玄宗的陵墓，这里代指玄宗。

而批评最为尖锐、严苛的，应数南宋时的商挺的《骊山怀古》：

> 女色迷人祸更长，千年烽火化温汤。
> 无情一片骊山月，照罢周家又到唐。

诗中以杨贵妃比于周幽王"烽火戏诸侯"的爱妃褒姒，认为她们都以女色祸国殃民，招致动乱。

明永乐年间进士薛瑄《马嵬》七律，有"号令风行遍九州，六军何事此淹留"；"路边三尺妖姬土，长带千秋万古羞"之句。"妖姬土"，"万古羞"，无异于指着鼻子破口骂詈。明末进士王思任的《马嵬歌》，持同样批评态度："夜半无人语未寒，大家好住魂先逸。不是三郎（唐玄宗）负玉环，玉环自引胡儿缢。"意思是，贵妃之死，祸由自取——由于她宠爱"胡儿"安禄山，最后，"胡儿"反叛，她便也跟着搭上了性命。

第二类，对杨妃持肯定态度。诗的数量很大，意见也比较集中。唐末至五代时的状元诗人徐夤题《马嵬》七绝一首：

> 二百年来事远闻，从龙谁解尽如云。
> 张均兄弟今何在？却是杨妃死报君。

诗人题诗时，上距"安史之乱"大约二百年。"从龙"，随从帝王创业；这里指跟着唐玄宗逃到四川的人，语含讥刺。宰相张说两个儿子张均、张垍，分别官至刑部尚书和九卿之一的太常，可是，却都接受了安禄山所授的伪职。诗中说，那些大臣们一个个都跑到哪里去了？只剩下个妃子，最后以死相报。

清嘉庆进士、山西赵城县知县杨延亮《题马嵬驿》：

> 孤负凭肩誓后身，六军相逼太无因。
> 肯拚一死延唐祚，再造功应属美人。

清代剧作家洪升《长生殿》写玄宗与贵妃"夜半凭肩（手搭肩上）私咒"。这里说，玄宗与杨妃当年无比亲昵，凭肩发誓他生也要相聚，一切一切都"孤（辜）负"了。

清代诗人李羲文《过杨太真墓》：

> 马嵬永诀六龙骖，匹练酬恩意自甘。
>
> 拼却红颜安反侧，美人于此胜奇男。

诗的大意是，杨妃"匹练（缢死时用的绸条）酬恩"，以安"反侧"（反叛）。美人于此，胜过奇男。

还有清代女诗人万叶丹的《书〈长恨歌〉后》七绝，也都是鲜明地站在杨贵妃一边，直接予以颂赞的：

> 翠羽西行唤奈何，六军兵谏逼金戈。
>
> 拼将一死纾君难，愧杀从行将士多。

第三类，对杨妃之死表示同情、惋惜，代替死者讲公道话。这类诗歌占的比例也比较大。

最早的是唐代诗人李益，"马嵬坡之变"时，他已经九岁了。许多事情，可说是亲历亲闻的。因而，尤其值得重视。他的《过马嵬》诗：

> 汉将如云不直言，寇来反罪绮罗恩。
>
> 托君休洗莲花血，留记千年妾泪痕。

由于写的是本朝事，他在落笔时还是有些顾忌的。"汉将"其实就是唐将。诗的中心是代杨妃鸣不平：满朝文武，谁也不肯向皇帝直言相谏；等到贼寇到了，天下大乱，反而把罪愆推到一个女子身上，岂非咄咄怪事！

清代著名诗人袁枚在《随园诗话》中说，由于他对陈玄礼逼死杨贵妃持有异议，所以，在《再题马嵬驿》诗中，指责陈玄礼说：

> 万岁传呼蜀道东，鬻拳兵谏太匆匆。
> 将军手把黄金钺，不管三军管六宫。

"鬻拳"，人名，春秋时楚国宗室后裔。因事诤谏楚文王，文王不从，乃以兵器威胁文王，强使改正错误。袁枚以陈玄礼比喻鬻拳。

晚唐时的著名诗人罗隐，在《帝幸蜀》一诗中，写得更巧妙，更尖锐，更具说服力：

> 马嵬烟柳正依依，又见銮舆幸蜀归。
> 地下阿蛮应有语：这回休更怨杨妃。

晚唐中和元年（公元881年），黄巢攻克长安，唐朝第十八任皇帝、终日嬉玩游乐的唐僖宗李儇，也跟踪当年唐玄宗，同样逃往四川避难，在那里躲避了四年之久。诗人借助这件事情，对指责杨贵妃的人予以回击——这回死去多年的"阿蛮"（唐玄宗的小名）可要站出来说话了："你看，李儇也跑到四川来了，看来，还是不要埋怨杨妃为好。"

无独有偶，唐末进士韦庄在《立春日作》一诗中，发表了同样的见解：

> 九重天子去蒙尘，御柳无情依旧春。
> 今日不关妃妾事，始知辜负马嵬人。

那么，究竟应该归罪于谁呢？清道光年间进士赵长龄的《马嵬》诗，做了直捷而明确的回答：

> 不信曲江信禄山，渔阳鼙鼓震秦关。
>
> 祸端自是君王启，倾国何须怨玉环。

矛头所向，直指皇帝；而且，有理有据。"曲江"，唐开元年间的尚书丞相张九龄的别称。他是一位有胆识、有远见的著名政治家、文学家，当年曾向唐玄宗建议："禄山狼子野心，有逆相，宜即事诛之，以绝后患。"可是，玄宗听不进去，不仅没有杀他，反而备加信任。

三

起死人于地下，把他们的三种不同的见解罗列出来，各抒己见，畅所欲言，确实可以看作是一场生面别开的辩论。这是第一场。

那么，第二场辩论的主题是什么呢？绝大多数人根据历史记载，都承认杨贵妃在"马嵬坡之变"中，确实是被处死了。不过，对于她是怎么死的，死在了什么地方，却还存在着激烈的争议。对此，史家与诗人各有所见，各执一词。

关于杨妃的死，正史《旧唐书》《新唐书》的本传和《资治通鉴·唐纪》，以及野史《杨太真外传》等，都明确地记载着是"缢死"。何谓"缢死"？词典上解释，"勒人之颈而使之死也"。既然是勒颈而死，自然就不会有血溅出了。可是，到了一些诗人笔下，却与史家持截然不同的见解。就中，尤以唐代许多诗人为甚。

且看有"诗史"之盛誉的杜甫。"马嵬坡之变"发生时，他已经四十四岁，可说是同时代人。恰巧，第二年春天，他又到了都城长安。他沿着流经城东南的曲江行走，一时，触景伤怀，感慨万千。《哀江头》一诗就是当时心路历程的写照。在写到"昭阳殿里第一人"时，下了这样两句断语："明眸皓齿今何在？血污游魂归不得。"前面引述的李益诗中，也有"托君休洗莲花血"的诗句。还有白居易的《长恨歌》，也写道了："君王掩面救不得，回看血泪相和流。"另外，杜牧《华清宫三十韵》中，亦有"喧呼马嵬血，零落羽林枪"之句。"血污游魂"，"休洗莲花血"，"血泪相和流"，"喧呼马嵬血"，血，血，血！显然，在这些诗人的心目中，杨妃绝非如正史所记，是被缢而死的。

既然不是被缢而死，那么，"佛堂前""梨树下"之类的记载，也就值得怀疑了。这又产生一个死的去处的争议。相当一部分论者，认为杨妃是死在乱军之中。且看《资治通鉴》（柏杨白话版）中关于这段乱象的记载：

> 吐蕃王国使节二十多人，正拦住杨国忠马头，诉苦说找不到饮食，杨国忠还没回答，士卒们就大声呼喊说："杨国忠联合胡人叛变！"有人一箭射出，射中杨国忠的马鞍。杨国忠惊骇逃跑，逃到驿站西门里，士卒们一拥而上，把他乱刀砍死，并像杀猪一样，剁下他的四肢，用长枪挑起人头，竖在驿站门口；同时，诛杀他的儿子、国务院财政部副部长杨暄，及韩国夫人、秦国夫人。总监察官魏方进斥责说："你们怎么敢谋害宰相？"士卒又把他砍死。最高监督长韦见素得到混乱消息，出来察看，士卒扑上去，用铁器猛击他的头部，打得脑血齐流。……

已经失去理智控制的士卒，多年的积愤无处喷发，现在实在忍无可忍了，便进行了疯狂报复。冤有头，债有主。在这种情况下，把罪魁祸首杨氏家族"一锅端"、剪草除根，是他们共同的意志。既然，随行的两个姐姐全都被杀掉了，贵妃也完全有可能死在乱军兵刃之下。

因此，诗人们所写的，未必都属无稽之谈。

其实，诗，是完全可以用来证史的。现代史家就颇为推崇所谓"以诗证史"的治史方法，也就是以"诗"为史料来证史、说史，解读历史。在这方面，史学大师陈寅恪先生的《元白诗笺证稿》，做出了楷模式的探索，达到了高妙的境界。关于为什么可以"以诗证史"，陈先生说得十分清楚："中国诗虽短，却包括时间、人事、地理三点。中国诗既有此三特点，故与历史发生关系。把所有分散的诗集合在一起，于时代人物之关系，地域之所在，按照一个观点去研究，连贯起来可以有以下的作用：说明一个时代之关系；纠正一件事之发生及经过；可以补充和纠正历史记载之不足。"

当然，有些史家对"以诗证史"的做法，也持有异议。认为，包括诗在内的文学创作，固然也需有真实的史实为原形素材，尤其像诗史性的作品，其纪实的成分很大；但是，文学作品毕竟有其特殊的品格——既可虚构，也可纪实，它对"史实"的处理方式远比史学来得自由，所以不能无条件地据此进行论证。

这场辩论的结果，即使不能"定于一"，但多一种认识就会多开辟一条解读的渠道，对学术研究终究是有所裨益的。而我，更加关注的问题是，为什么会发生诗人咏歌与史书记载互不一致甚至大相径庭的现象。我认为，这是一个更加有趣、也值得深思的研究课题。这里有三个环节：一是诗人咏歌与史书记载所据史实的渠道不尽一致。史书所记载的，来源于官方的正式文件（包括史官记载的种种资料）；而诗人记载的则是当地（有的还是当时，如杜甫、李益等）口耳相传的传说，也不排除军中将士、当地民众等某些亲历者的见闻；二是出于"为尊者讳"和其他某种考虑，官方史料存在着规范化、统一性、选择性的事后精心加工的特点；而诗人所听到的，当是杂沓的、错乱的"言人人殊"的信息，同样存在着整理、加工的性质；三是就史料的严谨性、规整性来说，或者就对待史料的态度来说，"正史"有其特殊的品格，因为史家强调"无征不信"；而诗人则相对地要情感化一些，不可能、也不要求他们必须"出言有据"。

职是之故，把诗人列为承辩者的一方，是完全必要的、正当的。

四

如果说，第一场辩论的三方都是诗人；第二场辩论的双方是诗人与史家；那么，第三场辩论的双方，则是民间口头传播者及当代某些学者为一方，古代的史官与史家为一方。这场辩论的主题是："马嵬坡之变"中，杨贵妃究竟死没死？ 如果没有死，那么，她的下落何在？

史家认为，杨贵妃之死是凿凿有据的。《资治通鉴·唐纪》中，专门记载了这样一段：玄宗下令把贵妃尸体抬到驿站庭院，召唤陈玄礼等将领进去察看。陈玄礼看过后，叩头请求宽恕，玄宗慰劳嘉勉，命他们向士卒解释。这说明杨贵妃确实死了，并经陈玄礼等人确认。这还有疑问吗？

可是，民间传说认为，那场动乱中，杨贵妃并未死于马嵬驿，而是辗转流落到了民间。这在史学界，根本未予置信，甚至连考证与驳辩的兴趣也没有。他们分析认为，持"未死论"者大约出现在晚唐至元明之间，一些口头民间文学传播者，出于善良的愿望，觉得这样美丽的妃子不该让她死去。他们虽然同属底层人物，但与当事者（造反军民）不同，对于玄宗的淫逸、贵妃的骄奢没有切肤之痛，已经脱离了愤怒，一变而为对这位"牺牲品""替罪羊"的同情与怀念。

但出乎意料的是，现当代著名学者俞平伯先生在《长恨歌的质疑》和《从王渔洋讲到杨贵妃的墓》等文章中明确指出，杨贵妃是辗转到了日本定居。经过对白居易《长恨歌》和陈鸿《长恨歌传》的考证，他得出了杨贵妃并未死于马嵬驿的结论。归纳起来，论据大致有三：一是《长恨歌》中写贵妃马嵬之死闪闪烁烁，证明贵妃并未死于马嵬坡。而当时六军哗变、贵妃被劫、钗钿委地，诗中明言唐玄宗"救不得"，则正史所载"赐死"之诏旨，当时决不会有；二是据陈鸿《长恨歌传》所言，"使人牵之而去"，显然，贵妃已被使者牵去，藏匿到远地了；三是《长恨歌》说，唐玄宗回銮后，要为杨贵妃改葬，可是，"马嵬坡下泥中土，不见玉颜空死处"，竟连尸骨都找不到，进一步证实贵妃未死于马嵬驿。

前此，曾见到当代学者王菡的文章，其中有这样一段话：

关于杨贵妃之死，很成为前些时间的热门话题，而在数十年前，俞平伯就曾根据《长恨歌》及《长恨歌传》提出杨贵妃没有死在马嵬坡的观点，周作人自日本朋友处知道日本山口县有杨贵妃墓，及有关杨贵妃在日本的一些传说，便写信告知俞平伯先生。俞平伯复信中曰："传说虽异，证据亦足为鄙说张目，闻之欣然。不知能否由日本友人处复得较详尽之记叙乎？"如此往返讨论的几封信，今天尚可看到，亦是难能可贵了。

说到杨贵妃日本有墓，我忽然想起了一件往事：2008年三月中旬，我率领大陆作家代表团访问台湾，到日月潭观光，接待我们的是南投县文化局长，他是一位文学博士。在同我们交谈时，他说，有一次访问日本，见到了杨贵妃的墓，便问有关人士"根据何在"。

答复是："你们中国古代的白居易写得很清楚嘛！"

博士反诘："杨贵妃不是死在马嵬坡吗？《长恨歌》里分明讲：'六军不发无奈何，宛转娥眉马前死'。"

日本朋友的答复是："《长恨歌》里还讲：'忽闻海上有仙山，山在虚无缥缈间。楼阁玲珑五云起，其中绰约多仙子。中有一人字太真，雪肤花貌参差是。'海上仙山在哪里？就是日本嘛！"

博士说："这种颠倒迷离的仙境，原都出自当事人与诗人的想象。"

日本友人答复是："什么不是想象？'君王掩面'，死的是丫鬟还是贵妃，谁也没有看清楚；所以才说'马嵬坡下泥土中，不见玉颜空死处'。"

博士局长最后对我说，想一想，日本友人所说的也许有些道理。其实，李商隐的七律《马嵬》，更值得注意。它在一开头就说："海外徒闻更九州，他生未卜此生休。"这对杨贵妃逃亡到日本的传说，可说是进一步的佐证。

据网上提供的信息：日本民间和学术界有这样一种说法：当时，在马嵬坡被缢死的，乃是一个侍女。禁军将领陈玄礼爱惜贵妃貌美，不忍杀之，遂与高力士合谋，以一侍女代死。而杨贵妃则由陈玄礼的亲信护送南逃，行至现在上海附近，扬帆出海，飘至日本久谷町久津，并在日本终其天年。网上信息说：据日本学者渡边龙策在《杨贵妃复活秘史》一文中考证，杨贵妃逃出马嵬坡后，得到唐代舞女和乐师的帮助，辗转到了扬州，在那里见到了日本遣唐使团的藤原制雄，在藤原的协助下，杨贵妃搭乘日本使团的船，在日本的海边渔村久津登陆，时间为公元757年。到日本后，杨贵妃受到天皇孝谦的热诚接待。后来，杨贵妃以她的智谋帮助孝谦挫败了一次宫廷政变，从此名声大振，获得日本人民尤其是日本妇女的好感。至今，还有日本妇女说自己是杨贵妃的后代。1963 年有一位日本姑娘，向电视观众展示了自己的一本家谱，说她就是杨贵妃的后人；日本著名影星山口百惠也自称是杨贵妃的后裔。

现在，日本本州岛西南端、与亚洲大陆隔海相望的山口县，有一个名为"久津"的海边渔村，那里有一座杨贵妃墓，已经被列为国家级保护文物。京都等古城还有杨贵妃的塑像。

赵匡胤下棋

楔子

　　由于祖籍在河北，所以，我从小就知道许多同河北有关联的大人物，宋太祖赵匡胤就是其中的佼佼者。父亲说，赵匡胤出生在洛阳的夹马营，可是，他的祖籍是河北涿州。接着，他就给我讲述了一个"赵匡胤输华山"的故事。

　　传说，赵匡胤家境贫寒，从小就走南闯北，漂泊江湖。赌钱赖账、放泼耍刁，是他一贯的习性。有一年他来到了华山脚下，当时，走得又饥又渴，一眼看见一个老汉的身旁放着一筐鲜桃，真是"欲渡河而船来"，于是，二话没说，捡起来就吃，不大工夫，半筐桃子就下肚了。这回精气神也足了，力气也恢复了，便伸了伸懒腰，抬起身来就走。老人笑了笑，说："壮士，你吃了我的桃子，分文不付，抬腿就溜，连句道谢的话也没有。是不是太不通情理了？"

　　"钱？什么钱？要多少？"吃东西要付钱，对赵匡胤来说，好像是天外奇闻。

　　老人说："算啦，多要你也付不起，就给一文钱吧。"

赵匡胤眨了眨眼睛："好汉做事好汉当，吃了东西就付钱。别说一文钱，再多也付得起。"说着，就浑身上下摸钱，可是，"阮囊羞涩"，空空如也。涨得他满面通红。

老汉长叹一声，说："这就叫：一文钱憋倒英雄汉！"

窘迫中的赵匡胤，这时才发现老汉身旁有个石制的棋盘，还备有一副棋子。便说："这样吧，咱们俩下棋，我赢了，就算付了你桃子钱。"

老汉接上问道："若是输了呢？"

赵匡胤心想，别的我不敢说，下棋我可是高手，于是，曼声回答："平生不懂得什么叫输。"

一盘下定，赵匡胤果真赢了。他更加志得意满，提出再摆第二盘。老人说："你还了我的桃子钱，也就算了。天色不早，你还要赶路哩。"赵匡胤一向争强好胜，只赢一盘，岂肯罢休。他打定主意，要让老汉输得目瞪口呆，最后忘记了东西南北。于是，连声说："再下两盘，再下两盘，看我怎样连中三元。"

两人又重新对弈。哪里料到，第二盘没走出几步，赵匡胤就败下阵来。接着，又下了第三盘，赵匡胤输得更惨。

老汉说："我劝你见好就收，你偏不肯。哎！世事如棋难自料，心思耗尽死方休啊！"赵匡胤这时候才察觉到这位老人大有来历，便苦苦央求，请他指点迷津。老人不肯多说，赶忙转移话题，说："你已经赌输了，那用什么来偿这笔赌注啊？"

赵匡胤信口回答："押上华山！等我将来有了出息，再往回赎。"

老人掀髯一笑，分手时，嘱咐他："若要出息，快去投军！"

后来，赵匡胤知道，这位老者原来是大名鼎鼎的陈抟老祖。

陈抟自号扶摇子，活了一百一十九岁。《宋史》有传，说他早年熟读经史百家之言，以诗驰名后唐。他隐居华山，以善睡著称。周世宗曾把他关在房中，专门考察一番，结果，一个月过去，他还在熟睡。

后来，他写了一首《对御歌》给皇上：

> 臣爱睡，臣爱睡。
>
> 不卧毡，不盖被。
>
> 片石枕头，蓑衣铺地。
>
> 震雷掣电鬼神惊，臣当其时正鼾睡。
>
> 闲思张良，闷想范蠡，
>
> 说甚孟德，休言刘备。
>
> 三四君子，只是争些闲气。
>
> 怎如臣，向青山顶上，白云堆里，
>
> 展开眉头，解放肚皮，且一觉睡。
>
> 管甚旭日东升，红轮西坠！

　　当日，赵匡胤记着陈抟老祖"快去从军"的指引，忙着打点行囊，开始走上了军旅生涯，这就为日后的"黄袍加身"做好了铺垫。据北宋文人张舜民在《画墁录》中记载，宋太祖"杯酒释兵权"的主意，也是陈抟帮着他筹划的。

　　父亲讲完了上面的故事，随口吟诵了一首诗，不知是他自己所作，还是抄自他人。

> 茫茫前路料应难，世事如棋幻万端。
>
> 一死方休成谶语，赵家天子拜陈抟。

　　赵匡胤同陈抟老祖对弈，一赢两输，看来算不上高手。后来的实践表明，妙棋、险棋固然也有，但更多的还是臭棋、败棋。其弊在于"一贪二浅"：贪心不足，必然目光短浅。不过，高也罢，低也罢，胜也罢，败也罢，反正都是在下棋。细细想来，往古来今，哪一个政治家、军事家，包括那些帝子王孙，公侯将相，谁人不是在下棋、博弈呢？

一着险棋

"陈桥兵变"——赵匡胤一出道，首先就下了一着险棋。

公元950年，二十四岁的赵匡胤，投到后汉枢密使、大军阀郭威的麾下，当上了一名普通士兵。郭威外号"郭雀儿"，通过一场武装政变，登上了帝王宝座，成为后周的开国皇帝。这使赵匡胤这个颇有心计的小伙子，洞明了世情，大开了眼界，懂得了"枪杆子里面出政权"的道理，从而在躁动的心灵里，暗自萌发出"帝位轮流坐，明年到我家"的狂妄意念。四年后，郭威病死，由养子柴荣继位，史称周世宗。赵匡胤被提升为殿前都点检，统领精锐的禁军，担负着防守京师汴梁的重任。这样，他就以其豁达的心胸和高明的手腕，确立了在禁军中的统帅权威，博得了众将士的信赖；他自己更是有意识地培植私人势力，暗地里同石守信等几个禁军将领结拜为"十兄弟"。

公元959年，后周世宗病逝，七岁的儿子柴宗训继位，是为恭帝，由他的母亲符太后掌握政权。翌年元旦，不明不白地传过来河北镇州、定州报警的讯息：契丹和北汉联兵南下，向后周发起进攻。慌急中，符太后和宰相范质等未及辨明真假，便派遣赵匡胤率领禁军出城迎战。赵匡胤的军队刚一出动，汴京城内，立刻传扬出"出军之日，当立点检做天子"的舆论。

正月初三晚上，大军行至汴梁东北四十里的陈桥驿。本来"救兵如救火",火上眉梢,刻不容缓;可是,军队却破例地就地宿营,军帐就设在镇上的东岳庙里。当夜,军中部将在赵匡胤的胞弟赵光义和归德军掌书记赵普的策动下,集结于军帐之外,声言要拥立赵匡胤为皇帝。同时,将拥立、兵变事宜,派人飞马驰报赵匡胤的亲信、重要将领石守信、王审琦等,警戒京师,里应外合。帐内的赵匡胤,装作酒醉未醒,慢腾腾地起床坐帐,询问发生了什么事情。而众将官一齐拥入厅堂,把一件事先准备好的黄袍披在他的身上,然后一齐跪拜,高呼万岁。这就是历史上有名的"陈桥兵变,黄袍加身"。这一年,赵匡胤三十四岁。

按说,如果北汉与契丹确实要发兵进犯,那么,赵匡胤登基之后,当务之急,应该是出兵迎敌,或者派人出面斡旋。可是,朝廷内外,竟像什么事情也没有发生过,不过是一阵西北风刮起,一夜过去,平安无事。在尔后编纂的《辽史》中,也没有关于启兵南侵的记载。清代诗人查慎行写过这样一首七言律诗:

> 梁宋遗墟指汴京,纷纷禅代事何轻!
> 也知光义难为弟,不及朱三尚有兄。
> 将帅权倾皆易姓,英雄时至忽成名。
> 千秋疑案陈桥驿,一着黄袍遂罢兵。

通篇都是围绕着赵匡胤来做文章。首联说,五代时的梁、晋、汉、周与北宋,皆以汴梁为都城;当其时也,篡权攘位,频频发生,都是打着"禅让"的旗号来进行的。"轻",言其易也,即轻易地就实现了朝代更迭。

颔联,说宋太祖的弟弟赵光义,后来在他的亲哥哥身上打主意,篡位、谋弑,根本无道义可言;倒赶不上篡唐自立的后梁朱温,还有个大义凛然的哥哥。朱温的哥哥朱全昱，带着几分醉意，大声责骂朱温："朱三！你凭什么无故灭掉李唐王朝的三百年社稷，称王称朕？"

颈联，说那些改朝换代的篡夺者，包括赵匡胤在内，都曾经担任过前朝的领兵将帅，最后以异姓称王。他们因时乘势，作为胜利者，忽然间都成了英雄。话语中，流露出不屑之意。

尾联，千里来龙，到此结穴。明确指出，"陈桥兵变"完全是一次预谋的有计划、有组织的篡夺活动。"一着黄袍遂罢兵"，是立论的根据。

今天，我们看来，当时发动这场武装政变，是存在着一定的风险的。古语说："君子之泽，五世而斩。"周世宗原是一位颇得民心与军心的英主，即使他不在了，靠着"遗泽"，仍然可以发挥一定的影响；而且，当时汴京城内，后周王朝还有相当数量的武装部队；几个方镇的节度使也并未甘心顺从，直到赵匡胤称帝后，有的仍然拒绝受封，有的还勾结北汉，起兵反宋。只是由于赵匡胤吸纳了当年郭威发动政变的成功经验，举事后，对于后周皇室实行了优待政策，尤其是对于前朝文武官员，一律照常信用，就连宰相府也还是原班人马，各就其位。这样，就最大限度地稳定了人心，减少了阻力。使得这场异姓称王、改朝换代的大变动，得以比较平静、安稳地收场。

一场武装政变，竟然兵不血刃，甚至刀光剑影都没有见到，这在历史上可能也是绝无仅有的。即使是魏晋以来盛行的"禅让"方式，也要比这个复杂得多，险恶得多。何况，它还是一场名副其实的兵变夺权活动呢。至于《三字经》里那句话："炎宋兴，受周禅"，这并非历史的真实，显然是蓄意加以粉饰。原因是此书出自宋人王应麟之手，作为胜朝的文士，他又没有长着两个脑袋，怎敢不为尊者讳？

倒是赵匡胤自己，为了做给旁人看，在夺得帝位之后，又特意上演了一场"禅让"的把戏。颇像一对私通的男女，孩子已经出生了，再去补办一个"婚姻登记"手续，显得尤为可笑。

称帝之后，赵匡胤为了保证大宋王朝的长治久安，赵氏子孙万世一系，十七年间，可说是呕心沥血，机关算尽。除了迫于严峻的形势，不得不抓紧铲除南方一些割据政权，剩下来的全部精力，就都放在对内加强中央集权，消除各种可能危害统一大业的潜在势力上。概括说来，叫作：收兵权，制将权，分相权，集君权，始终围绕着一个"权"字不放。当然，实际效果也并不理想，甚至，可说是事与愿违。

一着妙棋

赵匡胤通过总结隋唐五代的经验教训，发现直接威胁皇权稳定的因素很多，归纳起来，大致有四个方面：一是来自皇族自家，觊觎皇位的往往是那些强有力的龙子龙孙；二是藩镇割据势力；三是阉宦、母后、外戚；四是功臣、宿将、权贵。

在他看来，前三个方面，当时尚未形成足以动摇皇权的威慑力量；最具危险性的是功臣、权贵，特别是那些立下了汗马功劳的领兵将帅。一个武人，因缘时会，一夜之间就皇袍加身，成了皇帝，像他这样，并不是第一个，经眼的已经有四起了。几十年间，就是这么过来的，军队要谁当皇帝，谁就能做。说来真是可怕！

那天，他就着这个问题，同赵普交换看法。他说：

"唐末以来，数十年间，走马灯似的换了八姓十二位君主。一些勋臣宿将不守本分，攘夺帝位，以致争战无休无止，百姓困苦不堪。有什么办法，可以使社稷长治久安呢？"这里充分反映出他积怀已久的心迹。应该说，他无时无刻不在思考着：如何防止大宋王朝成为继五代之后的第六个短命王朝？如何永保赵氏家族的世代传承？

赵普的答复是：社会动乱的根源，在于武力对于政治的超强干预。藩镇权势太重，君弱臣强，弱指难以驱使强臂，这是那些短命王朝的症结所在。根治的办法，就是夺他们的权，收他们的兵，控制他们的钱谷。这样，天下自然就会安定了。

接着，赵普又进一步剖析了当时所面临的形势：五代皇帝多由夺位而来。这些夺位者，大多是节度使，而且多是由禁军将帅升迁的。节度使与禁军构成了直接危害皇权的两大权势集团。周世宗已经发现了这种危机，曾对禁军与方镇势力加以节制，但是，未能改变其作为武将拥立、夺权的工具这个性质。说到这儿，他就把话题直接转换为劝说太祖尽快收回石守信、王审琦等人掌握禁军的兵权。

太祖认为，赵普对形势的分析很准确；但提到的这几个人，可与其他将领不同，他们一向忠心耿耿，是绝不会背叛的。

赵普说："我并不是说，陛下这些结义兄弟会背叛您，其实，他们也不具备统御万方的才力。但是，如果他们手下的人，为了一己的荣华富贵，要改朝换代，实行拥立，他们也没有办法加以制止。"

这一番话，可说到了太祖的心窝窝里，陈桥兵变的整个情景，又清晰地浮现在他的眼前。于是，他连声说："我懂了，我明白了。"他从自己据有天下的事实，认识到异己的军事力量可以对政治起支配作用，是对既得政权的最大威胁。他很怕那些手握重兵的人哪一天会"依样画葫芦"，再发动一场新的兵变。因此，对于身边一些共同举事的军事将领，产生了强烈的疑忌心理，不能不时刻加以防范，于是，下决心要收揽兵权。

一天，太祖以议事为名，把结义诸兄弟召集到一起。到齐后，每人发给一匹马，并一弓、一剑，然后避开一切随从人员，带领他们私出，来到郊外一处密林中畅饮。大家无拘无束，喝得十分痛快。突然，太祖起身，说道："此处别无外人，你们中哪一个要想当皇帝，方便得很，只要动手把我干掉，便做成了。"诸将帅顿时吓得冷汗渗出，酒意全消，一齐跪下，伏地求饶。太祖稍稍缓和了口气，说："看来，你们都是真心让我当皇帝了。"众兄弟赶忙齐呼"万岁"。最后，太祖说："你辈既然拥护我为天下主，今后，就要尽臣子忠君之节，不得无礼犯上。"实际上，这是一场"释兵权"的预演，也带有"打招呼"性质。

接着，趁慕容延钊与韩令坤二人出外巡边、回京朝见的机会，解除了他们禁军主帅的兵权，安排到外地当节度使；并且，此后不再设统领禁军的殿前都点检一职。而禁军将领石守信等有拥立之功，不好下令罢免，便摆下了第二步棋：

四个月后，利用晚朝机会，请这些禁军宿将宴饮，酒酣耳热之际，屏退左右侍从，太祖显得十分亲热地说：

"如果没有众卿的拥戴，我是不会有今天的。然而，众卿又怎能知道，做皇帝也实在是太艰难了，远远赶不上当个节度使那样舒服，一天到晚都不能安枕而卧啊！"

石守信等听了，赶忙叩问缘由。他便接上说：

"我是担心天下坐不安稳啊。皇帝的位置，人们都争着坐。虽然你们没有异心，可是部下贪心不足，总是希图富贵，一旦有人也以黄袍加身，你们想要不干，能办得到吗？"

一席绵里藏针的话语，使这些将领觉察到自己已经深受疑忌，弄得不好将要遭致杀身之祸。于是，纷纷泣谢叩头，说：

"臣下愚昧，未曾想到这一点，唯有陛下哀怜，请给我们指出一条生路。"

太祖就势开导说："人生一世，犹如白驹过隙，很快就过去了。所以，人们都希图富贵，想要多积攒些钱财，自寻快乐，使子孙免受困乏，常保康宁。你们这一辈子也够辛苦的了，何不解脱兵权，到外地去出守边镇，选择些良田美宅买下来，为子孙后代置下永久能够保有的产业，再多蓄一些歌姬舞女，日夕欢宴，乐享天年。朕还要同众卿结为姻亲，君臣之间，永无猜疑，上下相安，不是很美好吗？"

听皇帝这么一说，大家立刻就省悟了，便连连叩头谢恩，第二天就以健康情况不佳为由，请求免去掌管禁军的职务。太祖欣然同意，分别安置他们到外地任职，并给予很多的赏赐。唯有石守信兼任的职务如旧，但已不再握有兵权。事后，为了兑现酒席上的承诺，安抚这些失去兵权的禁军统帅，太祖果真下令在京城为他们建造豪华的宅第，给他们以足量的薪金；并把守寡的妹妹嫁给高怀德，两个女儿分别嫁给石守信和王审琦的儿子，共同结为姻亲。

赵匡胤采用"赎买"政策，把那些勋臣宿将手中的实权顺利收回，使节度使变成一个只代表崇高地位与优厚待遇的荣誉性头衔，用以奖励和安置那些皇亲贵戚、封疆大吏。而那些百战疆场的领兵将帅，也已厌倦了长期的战乱与宫廷的斗法，更乐得脱离政务，坐享清福，安富尊荣。

这就是"杯酒释兵权"的整个过程。历代削藩镇、夺兵权，都必然伴随着一场凶险、残酷的血腥搏斗，前有西汉的"七国之乱"，后有明初的"靖难之役"，至今，其刀光剑影，血雨腥风，犹彰彰在人耳目。可是，宋太祖赵匡胤所进行的削藩、收权，却能以和平方式达到预期目的。对于功臣，疑忌则有，荼毒却无，经赵匡胤之手，几乎没有杀过一个功臣，而且，"不许开诛戮朝官之戒"，作为一项祖宗家法传承下来。因而，赵宋王朝，在两千余年封建社会中，是残害大臣最少的朝代。后代史臣称赞"杯酒释兵权"，是"识时势，善割断，英主之雄略"。看来，宋太祖确是走了一着妙棋。

当然，真理哪怕越过一步，也会成为谬误。如果说，前代帝王之失，多在于专恣、横暴；而宋祖之失，则是防范过当，"惩羹吹齑"，以致丧失了抵抗能力。即以下面这些举措来说，有的可能利弊参半，有的则弊多利少，甚至纯粹属于失误。

在解除武将兵权的同时，太祖起用一批文臣担任知州职务，并在各州设置通判，使其权力与知州相等，以分散地方长官权限，避免出现个人专权的弊端。地方上的军事、民政、财赋、司法权限，全部收归中央管辖。在中央，对宰相实行分化事权、相互制约的办法，把军事行政权分出，划给枢密院；国家财政和地方贡赋划给三司。这样，宰相便不再是一个人，而是一个执政的群体，包括参知政事、枢密使、副使、三司使等十来个人。任何一个相职都不能独断军政大事。兵权上收之后，把原来由一个人掌握的权力分解为几部分，最后连战前作战方案的制订，战中现场的指挥，都不能归属于同一个人。军权、政务，一切全都听命于皇帝。

到了宋太宗当政，又有了进一步发展：为了防范将帅外出作战不听君命约束，实行"将从中御"的对策，每次出征，皇帝都要亲授机宜，交代事先拟好的"阵图"，大自战略布局，小至部伍行止，带兵者都不得擅加改变，自作主张。同时，还派遣宦官监军，部队一切动向，随时都向皇帝禀报。实际上，就是后来叶适所说的："一兵之籍，一财之源，一地之守，皆人主自为之也。"

这些做法，倒都符合权力分割、相互制约的策略，使任何一个军事将领如果想要拥兵自重，势将面对层层难以跨越的障碍，因而有效地防范了军人夺取政权的风险。实践证明，终两宋之世，三百余年再也没有发生过内部的兵变。但是，从整体来说，这一举措却是失算的，因为它严重地损害了军队的战斗力和应对作战的能力。且不说，整个武装力量削减得弱不堪击，厢军更是从根本上丧失了战斗力，即以如此错综复杂的管理制度、指挥体系来说，运转起来必然滞缓无比，还有什么效率之可言呢！掌握了这些情况，我们也就容易理解，北宋王朝的军队何以在对抗外部强敌时动辄不战而退、溃不成军了。

一着怪棋

中国封建社会，到了宋代，经济、文化的发展都达到了巅峰，但已开始走向下坡路。就帝王的才略来说，宋太祖除外，也并没有哪个是真正大有作为的。当然，颂圣者代不乏人。那位自号"安乐先生"的道学家邵尧夫，写过一首《插花吟》，有句云："身经两世太平日，眼见四朝全盛时。"他还有一首七律，由于曾被收进《水浒全传》中，传诵得更为广远：

> 纷纷五代乱离间，一旦云开复见天。
> 草木百年新雨露，车书万里旧江山。
> 寻常巷陌陈罗绮，几处楼台奏管弦。
> 人乐太平无事日，莺花无限日高眠。

这些论断，都是过甚其辞的。当时的形势，哪像他讲的那么乐观！"太平无事"，更是无从谈起了。太祖刚刚取得政权时，其统治区域只限于黄、淮流域，主要是中原一带。后来有所发展，整个国土面积也只有唐朝的一半左右；到了南宋时期更加可怜，或许不到明朝的三分之一，清朝的五分之一。

当时，北方雄踞着先它五十余年立国的契丹，还有虎视眈眈的北汉；西面有日夕图谋东进的西夏；西南有坐险自大的后蜀；南面有吴越、南汉、南唐，占据着重要经济地区，割据称雄。太祖、太宗两朝，整整用了二十年时间，才结束了十国割据局面。尔后，太宗七年间两度征辽，都惨遭失败，特别是高梁河之役，他自己中了箭，回来就因创死去。到了第三代皇帝宋真宗时，辽军大举南下，直抵汴京以北的澶州，宋廷惊恐万状，甚至拟议迁都，最后与辽国订立了屈辱的"澶渊之盟"，开创了有宋一代以金银布帛换取苟安的先河。后期又面临着金人的大举入侵，北宋覆亡，徽钦二帝被俘获到五国城。总之，终北宋之世，尽管没有发生过大的内乱，但外患频仍，兵连祸结，迄无宁岁，却是公认的事实。

怪就怪在，面对如此严峻的形势，当权者竟会作出"外患不足畏，内忧深可惧也"的判断，确定下"重文轻武""守内虚外"的方略。

本来，开基创业的封建皇帝，立国之初，都是迷信武力的，像前代的秦始皇、汉高祖、唐高祖，后世的元太祖、明太祖、清太祖，可说无一例外。而且，五代十国是武人的天下，赵匡胤正是在武人堆里混大的。奇怪的是，这位"一条杆棒等身齐，打四百座军州都姓赵"，纵横捭阖、睥睨一世的旷代枭雄，得了天下之后，竟然惧武如虎，憎武如仇，说来也有些难以理解。

赵匡胤出生于公元 927 年，其时正处在唐末五代干戈扰攘之际，当时，武将擅权篡位，一起接着一起，社会上盛行重武轻文的风气。他的父亲也是一位骁勇善战、长于骑射的武将。生长在这样一个社会、家庭环境之中，自然养成这个"将门虎子"习武知兵、不畏强梁的性格。赵匡胤从小就练就一身精湛的武艺。有一次，他飞身跃上一匹没有络上笼头的烈马，那马狂突乱跳不止，尔后冲上了城墙斜道，将他从门框顶上撞将下来，观者都以为必将脑浆迸裂。不料，他却迅速站立起来，重新腾身上马，往复驰骋如初，使在场的人个个大感骇异，惊为神人。

五代的后汉有一位禁军统帅，曾经说过这样一句话："安朝廷，定祸乱，直须长枪大剑，至于毛锥子（笔），顶什么用！"许多人都奉为至理。可是，赵匡胤却另有所见，大不以为然。尽管武力曾经帮助他完成了由普通一兵到禁军统帅直到位登九五的宏图伟业，但他并没有把武力神圣化、绝对化。他的观点，与前代帝王所达成共识的"马上得天下，不能以马上治之"有些相似，但又进了一步。

说来也怪，本来，赵匡胤识字不多，而且半生戎马，是无暇专门研究学问的；可是，对于读书、治学却一向极端重视，即使在行军途中，也左经右史，手不释卷。一旦得知哪里有奇书异史，他会不惜重金购得。还在随同周世宗征讨南唐时，曾有人向皇帝揭发他掠夺了大量财宝，装了几车。世宗当即派人搜查，结果发现，除了几千卷图书，再没有其他财物。

太祖初登大宝，年号叫作"建隆"，四年之后，改为乾德。对这个年号，他是很欣赏的，宰相赵普也跟着说好，还列举了许多实事，说明使用这个年号乃是圣上英明之举。不料，却遭到了翰林学士卢多逊的耻笑："好倒是好。不过，四十几年前，前蜀王衍就曾用过这个年号，当然，时间很短，几个月过去便覆亡了。"太祖听了大吃一惊，赶忙找人去查，果然不错。怎么竟然弄出这么一个"晦气"的货色？当即又羞又恼，一口气没处出，就把赵普叫过来训斥一顿，叫他向卢多逊看齐，抓紧时间读书。最后，还留下一句传诵千古的名言："宰相要用读书人。"

这些，都为宋朝立国之初奉行"重文轻武"的统治方略提供了依据。

一着败棋

当然，宋初"重文轻武"的出发点，主要还是为了防备拥兵自重的武将势力夺权。

说是"轻武"，其实质恰恰是"重武"，也就是过于看重武力的作用了，以致言兵色变，带上了一种恐惧心理。这样一来，在确定治国方略时，就逐渐形成了"崇文抑武"的思路，即抑制武力因素对于国家政治及社会生活的超强干预，强调以意识形态化的儒家道德规范、纲常伦理来控制社会，最终达到维护专制皇权与王朝稳定发展的目的。

于是，便抛弃了以往依靠和培植军功阶层作为统治柱石的传统，而转向大量提拔、重用那些没有跋扈资本，也缺乏造反能力，又比较驯服听话的文人士大夫。随着一系列"崇文抑武"政策、制度的确立与推行，特别是科举考试制成为培养忠君报国以及传统道德思想的重要载体，军功贵族、豪强世家逐渐失去了发展的根基，武将的地位一落千丈。《宋史》记载，太宗时代，功勋卓著、位居枢密使高官的大将曹彬，谨小慎微，"遇士（大）夫于途，必须引车避之"。而文官队伍的作用则日益提升，逐渐成为政权的主要依靠对象，获得了历史上未曾有过的优越地位。论者以十五字概括之："文官多，官俸高，大臣傲，赏赐厚，责罚轻。"

北宋时期，甚至出现了"皇帝与士大夫共治天下"的现象。文人知州，文人入相，文人管辖军队，文人可以较为随便地议论时政，整个政坛到处都有文人士大夫的参与。所谓"今世用人，大率以文词进。大臣文士也，近侍之臣文士也，钱谷之司文士也，边防大帅文士也，天下转运使文士也，知州郡文士也。虽有武臣，盖仅有也"。（蔡襄语）结果就像宋人诗句所形容的："满朝朱紫贵，尽是读书人。"

这固然有利于促进文化事业的发展；但也应该看到，它的负面效应同样是巨大的。在整个宋代，"重文轻武"从最初统治者的一种政策、策略，逐渐演变成为一种社会风气，成为主宰整个社会的统治意识，直接影响到当时以至后世整个民族的文化心理和价值观念。正当封建时代从前期向后期过渡的一个重要关口，发生如此重大的转向，其后果是不容忽视的。

其实，这种"重文"，恰也说明，在太祖心目中，文人无足轻重，是最容易驾驭和控制的。"秀才造反，三年不成。"任凭几个书生焉能翻起大浪？据《宋史纪事本末》记载，赵匡胤曾经说过：我现在用百余名儒臣分治百藩，纵使他们都去贪污，其为害也赶不上一个武将。这番话，极为露骨地道出了重文的实质。

宋代初年重文轻武的一个重要表现形式，是所谓"守内虚外"。从宋太宗的论述中，可以大致了解它的底蕴。他曾对近臣说过："国家者无外忧必有内患。外忧特边事耳，皆可预防。若奸邪共济为内患，深可惧也。"这里反映出他对"外忧"缺乏应有的戒备和足够的认识。他同乃兄一样，平生所习闻惯见的，是晚唐至五代期间，宦官擅权、藩镇割据、特别是武夫悍将长期主掌政局，"乱哄哄，你方唱罢我登场"；而外敌入侵，攻城略地，蹂躏中原，生灵涂炭，却都是后来才发生的事情。

北宋年间，军队分为禁军与厢军两种，相对而言，禁军战斗力较强一些；厢军，无论就数量和质量来看，都难以济事，他们的职责不是上阵打仗，只在地方当杂差，地方政府有什么力役，就调遣他们去做。所以，空有其名，只是摆设。对此，司马光评论说：这样一来，各地方镇都自知兵力虚弱，远不是京师的对手，自然谁也不敢再有异心，只能服服帖帖，唯命是从。这也正是太祖的用意所在。

由于养兵的目的只在于消极地防守，完全没有进攻的打算，因而，作为主要兵力的禁军，半数以上都布置在京师与内地的要冲，以防备和对付"内患"。至于北部数千里长的边界线上，则只有少量兵力，又分散在多个孤立的据点上。而为了防止"兵将相习"以致肇祸作乱，便不停地将广大兵员调来调去，而领兵的将帅却在原地不动，从而造成"兵无常帅，帅无常师"，"兵不习将，将不知兵"的奇怪现象，部队的凝聚力、战斗力，根本无从谈起。也正是从这个意义上说，"宋代立国是没有国防的"。

苏轼等有识之士看得就更透彻一些，明确指出，部队中多是一些资望甚浅的人担任将帅；而在第一线领兵的，"非绮纨少年，即罢职老校"，"一旦付以千万人之命，是驱之死地矣"。至于兵员，素质就更没法说了，"河朔沿边之师，骑兵有不能披甲上马者，每教射，皆望空发箭，马前一二十步即已堕地。步兵骄惰既久，胆力耗惫，虽近戍短使，辄与妻孥泣别"，"披甲持兵，行数十里，即便喘汗"。在人们的心目中，士兵的形象也很糟糕，"好铁不打钉，好男不当兵"的俗谚，就正是这时传出来的。

马可·波罗在其游记中追述前朝情景时，也曾说过："这片土地上的人民，决非勇武的斗士"。"皇帝本人满脑子里都是女人，他的国土上并无战马，人民也从不习武，从不服任何形式的兵役。"孟元老在《东京梦华录》的自序中也写道："太平日久，人物繁阜，垂髫之童，但习歌舞，斑白之老，不识干戈。"

宋朝立国当时，总兵力不过二十万人，太宗时达到六十六万（《水浒传》中林冲为八十二万禁军教头，那是后来的事），且以步兵为主。因为骑兵所需的马匹，只有东北蓟辽之野与西北甘凉河套一带两地出产，前者已为辽朝所有，后者沦于西夏。而辽朝的军队总数在三十万人以上，主要都是骑兵。当时，边防重点在于辽阔的北方，骑兵匮乏，就无所谓战斗力。双方力量对比，强弱甚是悬殊。史载，北宋与契丹的战事，先后进行过八十一次，除一次获胜外，其他的都是连连败绩。翻开北宋的整个对外作战史，这种令人心丧气沮的溃逃、败降记录，可说是连篇累牍。

每一次失败的结果，自然都是通过外交途径屈辱求和，每年都要把无尽的白银、绸缎作为"生存税金"向外方进贡，以购买昂贵的"和平"。从订立"澶渊之盟"开始，北宋每年要向辽国进贡白银三十万两——这个数字比当时中国以外的世界所有国家白银的总量都要多。与西夏作战，四年过去，死伤数万，只好屈辱求和，条件是每年"赏赐"对方白银五万两，绸缎十三万匹，茶叶两万斤。对待入侵之敌，先是"奉之如骄子"，后来沦为"敬之如兄长"，最后败落到"事之如君父"，真是一蟹不如一蟹。

宋人张知甫的《可书》中，引述了绍兴人的谐谑：人们将金人和宋人的事物作类比，说金人有柳叶枪，宋人有凤凰弓；金人有凿子箭，宋人有锁子甲；金人有狼牙棒，宋人有天灵盖。鲁迅先生在引证这则令人哭笑不得的趣话时，愤慨地说了一句："自宋以来，我们终于只有天灵盖而已！"

一着死棋

史载，宋初，太祖十分厌恶奢靡，恭行节俭。公元964年，北宋扫平了后蜀，亡国之君孟昶来到开封，献上一个装饰着七彩珠宝的尿壶，太祖见了，怒形于色，当即掷之于地，令侍从把它敲个粉碎，并气愤地对孟昶说："一个便器就这么讲究，那么，你该用什么器具来贮藏食物？如此骄奢淫逸，怎么能不亡国！"

为了给下面做出榜样，太祖带头把日常的开销降到最低，所用乘舆十分简朴，寝宫中的帷帘以青布包边，穿的衣服有的带有补丁。他对家人说：

> 我大宋富有天下，即使宫殿用金银来装饰也不难办到。但身为国君，就要为天下百姓着想。古人说，以一人治天下，不可以天下奉一人。如果全为一己考虑，那么，天下人又该怎么办呢？

可是，又有谁能够料到，就是这样一位素以节俭、克己著称的开国皇帝，身后竟会一代一代地出现腐败奢侈、荒淫糜烂的上层统治集团。明末清初的大学者王夫之，在《读通鉴论》中有一句名言："大俭之后，必有奢男。"这种现象确实存在；那么，其间是否有规律可循呢？

这里单说宋代。如果溯本求源，问题的根子确实应该追索到立国伊始。本来，北宋一朝的官员，尤其是中、高级官员的俸禄收入就非常丰厚，居于中国历朝之首。有人统计，与明朝官员相比较，大概要高出几倍甚至十几倍。又兼当时，宋太祖实行的是以"经济赎买"换取君臣相安的策略，有意识地给予一些功臣宿将兼并土地的特权，使他们可以收取巨额地租，作为官商本钱；而一般官僚仕宦在丰厚的俸禄之外，再加上高利盘剥，贪污索贿，同样具备经商的条件。他们竞相动用官府车船，偷税逃税，经营包括域外与禁榷的各种物资，获取高额利润。真宗朝，两浙转运使和镇州知州，在倒卖金银布帛的同时，还从事贩卖人口生意。这种雄厚资本与政治特权的结合，不仅使国家财政遭受极大的损失，而且，造成了官僚政治的严重腐败。

立国初期，皇家鼓励开国功臣及时退休，大量蓄养歌僮舞女聊以自娱。尔后，这种奢靡浮华的风气，便逐渐在整个社会中弥漫开来，每逢宴会照例有歌舞侑酒，有时出来歌舞承欢的就是主人的家伎。仁宗朝，晏殊以宰辅之尊，日日以饮酒赋诗为乐，每会宾客，必有宴饮。从北宋时许多文人常为歌女演唱而写作，且多沿袭五代《花间集》的传统，可知一代文风是和当时的世风时尚紧相关联的。

在强敌入侵的危急存亡之秋，朝野上下，生活方式仍然极度奢侈淫靡。在宫廷士大夫中间，盛行击球活动，击球时，先设东西两个球门，高丈余，百余名球员，骑马或者驴骡，各执彩绘的球杖，击弄球子。乘骑击球之外，还有脚踢者，称为"蹴踘"。佞臣高俅，就是由于"蹴踘"技艺高超，得到徽宗赏识而提拔重用的。

汴梁城内到处布满酒楼、食店、妓院、戏场。宋代诗人刘子翚，青少年时代曾久住开封，"靖康之祸"发生后，他回故乡福建做官、讲学，忆起当年在东京的醅歌醉舞的往事，写了《汴京纪事》诗二十首，其一曰：

> 梁园歌舞足风流，美酒如刀解断愁。
> 忆得少年多乐事，夜深灯火上樊楼。

当时的樊楼三层高耸，五楼相向，彼此飞桥横架，明暗相通，为东京城内酒楼之最。当时，像这样的星级大酒店有七十二座，"向晚灯烛荧煌，上下相照，浓妆妓女数百，聚于主廊檐面上，以待酒客呼唤，望之宛若神仙"。每家高级酒店饮客常在千人以上，多为达官贵人。工商店铺多达六千四百家。这从《东京梦华录》和名画《清明上河图》中，也看得很清楚。最令人怀记的是州桥夜市，它是东京著名的景观之一。刘昌诗在《上元词》中作了生动的记述：

忆得当年全盛时，人情物态自熙熙。

家家帘幕人归晚，处处楼台月上迟。

花市里，使人迷，州东无暇看州西。

都人只到收灯夜，已向樽前约上池。

诗中备述故都太平景象，已经隐伏着后日的危败之由。当日邵雍"颂圣"的诗句中预想的景象："寻常巷陌陈罗绮，几处楼台奏管弦"，完全在尔后的现实中出现了。

宋徽宗赵佶更是把这种骄奢淫侈之风推向极致，其生活之腐朽糜烂，在历代的皇帝当中，是少有其比的。他用了十多年时间，在京城东北部修起一座"万岁山"，范围超过北宋皇城的三倍。里面峰峦起伏，曲池环绕，山林翁郁，楼阁参差，是当时世界上独一无二的特大皇家园林。为了让这座"万岁山"有一种云雾缭绕的氛围，亲信们叫人做了许多油绢口袋，弄湿后挂在山岩上，充分吸收水蒸气，然后把口扎上。待皇帝到来再打开口袋，水汽外溢，宛如云雾蒸腾，名为"贡云"。

为了满足以赵佶为首的统治集团的享乐要求，还特意在苏州、杭州设立了应奉局、造作局，只要发现士庶之家有奇石异木，便即用封条作记，收为皇家禁物。在淮河、汴河之中，专门运送"花石纲"的船只，舳舻相接，数月不绝。这座园林后来毁于金人的战火。人们在一座建筑的盘龙柱上刮下金屑达四百多两，其豪华富丽于此可见一斑。

元代诗人李溥光咏叹道：

一沼曾教役万民，一峰会使九州贫。

江山假说方成就，真个江山已属人。

诗句是说，万岁山建成之日，即江山易手之时。这一假一真，讽刺深刻而感慨深沉。

当时，还有一首咏《万岁山图》的七绝：

　　万岁纲船出太湖，九朝膏血一时枯。
　　阿谁种下中原祸，犹自昂藏入画图！

诗人的一腔怒气未敢直接发向皇帝，结果对着假山放了一通火炮，但其抨击的效果却是一样的。

煞尾

为了赵氏王朝的千秋永固，太祖登基之后，外平叛乱，内削将权，可谓呕心沥血，虑远谋深。可是，历史的发展并不以人的意志为转移，许多事情都不是始料所及的。

世事如棋，千折百曲，变化无穷，有时一着不慎，满盘尽输。不过，棋枰对弈，尽可往复千遍，错了还能重来；而人生却是一次性的。这种直线单行，使它的每一瞬间、每一轨迹都具有独一无二的价值。这就要求，必须识机在先，巧加抉择。

不能预先看出五步、十步，难称高手；但世事充满了不确定性，由于它系无数细节构成，而细节尽多玄机、隐秘，经常呈现非理性状态，并无逻辑可循。所以，更多时候倒是：纵使"机关算尽"，到头来并不尽如人意，甚至完全悖反。"本来要驰向草原，结果却闯进了马厩"，是司空见惯的事。

《资治通鉴》记载，唐太宗晚年，太史占卜，谓"女主当昌"，民间又传"秘记"云："唐三世之后，女主武王代有天下。"于是，太宗对疑似的人严加查治。默想武卫将军李君羡，小字五娘，且他著籍武安，又封为武连县公，处处带着"武"字，莫非应在此人身上？遂调他出外，任为华州刺史，后有御史弹劾他谋为不轨，干脆下诏活活处死。可是，唐太宗并没有想到，娇滴滴的武媚娘就睡在身旁，最后还是祸起萧墙之内。

同样，宋太祖也绝没有料到，倾覆的祸患不在于禁军首领和方镇的节度使，而在于"卧榻之旁"睡着一个篡权夺位的同胞弟弟。没到五十岁，他就暴病而亡，"烛影斧声"成了千古之谜。而赵光义，自己坐上哥哥的龙椅还不餍足，并且，处心积虑，要建立一个本支世系，一代一代地传下去，结果把哥哥的两个儿子也迫害致死。这样一来，就成了后人所说的那样："光义不义，匡胤不胤（没有胤嗣）"了。当然，这着棋的摆设，与太祖无关。这里之所以还把它作为话题，无非是想来验证一番当日陈抟老祖的偈语："世事如棋难自料，心思耗尽死方休"罢了。

不过，最出乎赵匡胤意料之外的，还是三百多年之后，像当年后周的符太后领着刚刚七岁的周恭帝向他让出了御座一样，赵氏王朝的寡妇孤儿——全太后和刚刚六岁的宋恭帝，不得不向元世祖忽必烈奉表出降，亦步亦趋地重复了前朝亡国败降的命运。元代诗人有这样两首七绝：

卧榻而今又属谁，江南回首见旌旗。

路人遥指降王道，好似周家七岁儿。

——刘因：《书事》

忆昔陈桥兵变时，欺他寡妇与孤儿。

谁知三百余年后，寡妇孤儿又被欺。

——北客：《宋太祖》

　　诗出两人之手，内容却不谋而合，都是讥刺宋太祖赵匡胤的。元将伯颜也曾对南宋的降臣说："汝国得天下于小儿，亦失于小儿，其道如此，尚何多言！"这历史上的惊人相似之处，确是一个绝妙的讽刺。

作个才人真绝代

一

西方有一句格言，说"人生最奢侈的事，就是做你想做的事"。难道"做你想做的事"，竟是那么难能可贵，那么不易实现吗？是的。

徽宗赵佶本来是个非常出色的书法家、绘画大师和诗词作手，又是一位十分称职的宫廷画院院长，可是，命运老人在关键时刻搬了个道岔儿，结果，阴错阳差地当上了北宋的第八任皇帝。

你道这皇帝可是好干的？当日在宋哲宗赵煦龙驭宾天之后，皇太后就有意让赵佶接班，可是，执掌铨衡、善于识人的宰相却说他"轻佻，不可以君天下"。当然，"胳膊总拧不过大腿"，最后还是老太后一锤定音。这样，赵佶就被拥上了龙椅，开始了中国历史上出名的无道昏君的浪荡生涯，而他自己也就走上了充满悲剧色彩的人生道路。

赵佶继位之后，他的心思仍然是专注于书画的创作与欣赏，便将治国理政的 应大事，全都交付给了权奸蔡京和宦官童贯等一干人。而这，正是这班野心勃勃、权欲熏心的人所求之不得的。且听听蔡京父子是怎样劝说徽宗的："人主当以四海为家，太平为娱，岁月能几何？

岂可徒自劳苦。"既然要以"太平为娱",那就需要大把大把的银子作支撑啊,于是,他们就告诉徽宗了:"今泉币所积赢五千万,和足以广乐,富足以备礼。"进而倡导"丰、亨、豫、大"之说,蛊惑徽宗纵情挥霍民脂民膏,尽情尽兴于声色狗马,大兴土木,恣意享乐。这对徽宗来说,可说是"仰体圣衷,正中宸怀",乐得过着花天酒地的放荡生活,整天吃喝玩乐,尽享荣华富贵。

徽宗末年,发生了这样一件事:说起来也很蹊跷,你说徽宗皇帝不问政、不作为吧,偏偏又贸然决定,联金灭辽,以图收复燕云十六州。原来,这个主意是大阉童贯帮他出的。燕云十六州经后晋的"儿皇帝"石敬瑭之手奉献给契丹人,已经过去了一百八十年,现在要把它收回来,应该说,是一件名垂竹帛的千秋伟业。可惜,这在当时只是一场虚幻的梦想,根本不具备实现的条件。对此,许多朝臣都是一清二楚的。当听到朝廷将"兴燕云之役",引金人夹攻契丹时,中书舍人宇文虚中立即上疏进谏:

> 用兵之策,必先计强弱,策虚实,知彼知己,当图万全。今边围无应敌之具,府库无数月之储,安危存亡,系兹一举,岂可轻议?且中国与契丹讲和,今逾百年,自遭女真侵削以来,向慕本朝,一切恭顺。今舍恭顺之契丹,不羁縻封殖,为我蕃篱,而远逾海外,引强悍之女真以为邻域。女真借百胜之势,虚喝骄矜,不可以礼义服,不可以言说诱,持卞庄"两斗"之计,引兵逾境,以百年骄惰之兵,当新锐难抗之敌;以寡谋安逸之将,角逐于血肉之林。臣恐中国之祸未有宁息之期也。

在这篇奏章中,通过精辟的论辩,揭示徽宗决策致命的弱点——犯了用兵的大忌:既不知己更不知彼。以当时的国力、兵力,北宋根本不具备出兵条件，实际上，已经到了"泥菩萨过河——自身难保"的尴尬地步。而徽宗却头脑发热，竟要轻启边衅，引狼入室。说明他不会分析形势，更不懂得如何因应时变，判断敌友。当此之际，辽朝已是强弩之末，而金人正处于"百胜"的强势，早有吞辽蚀宋之志，与它订盟，不啻与虎谋皮；而设想像古代勇士卞庄那样，让两虎相斗，然后坐收渔利，尤其是不现实的。到头来，必然是开门揖盗，祸在不测。

后来的实践完全验证了这一判断的正确性。出人意料的是，奉献高明、警策见解的宇文虚中，不但未能得到表彰与重用，反而遭到奸臣的倾陷，受到了降职处分。说到家，就是徽宗根本不具备政治运作的资质和条件，依靠他来运筹帷幄、决策千里，无异于"盲人骑瞎马，夜半临深池"，后果不问可知。何况，身旁还有那班成事不足、败事有余的阉宦大佬，就更是必然跌入覆亡深渊的。

这么说来，宋徽宗赵佶简直是一无是处了。你看他，在位二十六年，政治上信任奸臣，昏庸无道，边防废弛，民变于内，兵败于外；生活上，穷奢极侈，纵情挥霍，花天酒地，荒淫无度。要说经邦济世，治国泽民，他真正是个低能儿，在"靖康之变"的历史耻辱柱上，刻下了千秋万世永难湔雪的破国亡家之痛。不过，换个角度去看，他又是一位少有的艺术天才。作为多才多艺的书画家和诗人，他曾以其独具特殊审美意义的艺术才华，占据了中国以至世界文化艺术史上的一页辉煌。

赵佶原本就以"天纵才智"见称，有着超群的艺术天分和感悟能力，又兼自幼便与许多知名的大家交往，获得高人指点，更使他的艺术才能得以充分地施展。宋人蔡絛《铁围山丛谈》记载，未当皇帝之前，他就与驸马王晋卿、宗室赵大年往来。这两个人都"善文辞，妙图画"，又富于收藏。他还同内知客吴元瑜一起学画。这个吴元瑜本是著名花鸟画家崔白的弟子。赵佶年轻时经常与这些书画名家往来，耳濡目染，从中获取许多教益，锤炼了坚实的艺术功力，尔后，勤奋耕耘，数十年不辍，更加精益求精。

北宋艺学十分昌盛，内府收藏名人书画浩如烟海。《宣和画谱》记载，仅徽宗一朝收藏的花鸟画，即有二千七百八十六件，占全部藏品的百分之四十四。这使他大大地开阔了眼界，具有得天独厚的机会。面对如此珍贵的艺术遗产，通过朝夕展玩，并一一亲手临摹，转益多师，从而使他的创作水平日渐提高。加之，他在汴京的宫苑中，罗致了一切能够到手的各种珍禽异兽、名花美卉，为他提供了绝好的描形写生的现实条件。

绘画史名著、南宋邓椿的《画继》一书，对于宋徽宗的画作评价极高，说他"笔墨天成，妙体众形，兼备六法，艺极于神"。其艺术成就以花鸟画为最高。赵佶艺术的独创性和对后代的影响力，也主要体现在花鸟画中。他的花鸟画构图，匠心独运。如《鹦鸲图》轴，画幅下面靠左边以水墨写鹦鸲两只，奋翅相争，纠缠错结，一反一正，羽毛狼藉。上者处于优势，以利爪抓住对方的胸腹，张嘴怒视；而下者也不示弱，奋力挣扎，予以反击，回头猛啄对手的右足。描形拟态，惟妙惟肖，鹦鸲的心理感情，也刻画得细致入微。他画的《雪江归棹图》，形体谨严，风度凝重，气韵苍古，满幅充溢着一股荒寒之气，被誉为"直闯王右丞（王维）堂奥"。他画禽鸟，创造了"点睛多用黑漆，隐然豆许，高出缣素，几欲活动"的全新技法。

在历代擅长书法的帝王中，赵佶是最具创造性的。他初习黄庭坚，后又学褚遂良和薛稷、薛曜兄弟，并杂糅各家，既取众家所长，又能独出己意，最终创造出别具一格的"瘦金书"体。宋代书法以韵趣见长，赵佶的"瘦金书"即体现出这种时代审美趣味，所谓"天骨遒美，逸趣霭然"；又具有强烈的个性色彩，即"如屈铁断金"。其书结体严谨，骨骼纤瘦，笔画细挺，顿挫有节，外露锋芒，风流飘洒，在刚劲中透出秀丽的风姿，堪称书苑奇葩。这种书体，在前人的书法作品中，还未曾出现过。他的草书，信笔挥洒，一气呵成，狂放酣畅，可以看出张旭和怀素（特别是怀素）的门径。对于前辈和当代书家，他总是师其神髓而变其法度，达到自出新意，自成一家。

他即位以后，经常召见著名书画家、鉴赏家米芾，相与探讨书法艺术。《钱氏私志》云：

> 徽皇闻米芾有字学，一日于瑶林殿张绢图方广二丈许，设玛瑙砚、李廷珪墨、牙管笔、金砚匣、玉镇纸、水滴，召米书之。上映帘观赏，令梁守道相伴，赐酒果。米反系袍袖，跳跃便捷，落笔如云，龙蛇飞动，闻上在帘下，回顾抗声曰："奇绝陛下！"上大喜，即以御筵笔砚之属赐之，寻除书学博士。

由于北宋时期文学艺术昌盛的优良环境的熏陶，前代留存下来的丰富艺术遗产的借鉴，加之赵佶本人对艺术的倾心揣摩、勇于探索，使他终于成为一位诗词书画并精，山水、人物、花鸟、杂画兼善，具有全面艺术修养的"皇帝艺术家"。

赵佶诗词现存几十首，总体上看，质量是比较高的，尤其是后期作品，产生于变乱、屈辱的环境中，凄绝哀婉，感情深沉而真挚，颇有特色。他有一首《燕山亭·北行见杏花》词，艺术性很高，一向被推为千古杰作：

> 裁剪冰绡，轻叠数重，淡著胭脂匀注。新样靓妆，艳溢香融，羞杀蕊珠宫女。易得凋零，更多少无情风雨。愁苦！问院落凄凉，几番春暮？　　凭寄离恨重重，这双燕何曾，会人言语。天遥地远，万水千山，知他故宫何处？怎不思量，除梦里有时曾去。无

据，和梦也新来不做。

赵佶在被金兵掳往东北苦寒之地的途中，忽然见到了盛开的杏花，一时百感交集，写下了这首刻画困顿生涯与凄苦心灵的泣血之作。开头描写凌寒怒放的杏花，运笔非常细腻，好似一幅淡淡的工笔画。接着，陡作变徵之音，从杏花的极盛写到"易得凋零"，难禁风雨，急转直下，仿佛一落千丈的凄惨人生。所有的文字都是痛感、悲情的释放。情绪低沉，音调哀伤，体现了"亡国之音哀以思"的特点。李后主词："梦里不知身是客，一晌贪欢。"至赵佶则曰：连梦也不做了，其情岂不更惨！

二

赵佶在文学艺术方面的贡献，不仅表现于自己具有卓绝的艺术天才，创作出大量传世的诗书画杰作；而且，由于他非常重视文艺事业的传承与发展，凭借其特殊地位和卓越才能，成功地改善、强化了画院制度，积极培养艺术人才，为繁荣北宋末年以至后世的艺术事业做出了突出贡献。历代都有一些帝王喜爱鉴藏书画，有的还参与创作，但像宋徽宗那样，以全副身心投入到书画事业中去，并能把个人的爱好广泛而深入地推广到全社会的文化生活中去，使之成为一种社会文化现象，却是独一无二的。

这方面的建树，突出表现在他对宫廷画院的改革与建设上。有宋一代，继承前代西蜀和南唐的传统，在宫廷中建立了翰林书画院，组织画家进行艺术创作，并培养大批书画方面的人才，直接为宫廷服务。

作为画院的直接的组织领导者，宋徽宗按照自己的艺术旨趣和鉴赏标准，实施了一系列颇具创造性的革新措施，为它订立了一套完整的制度，在画学、考试、课程设置和教学过程中，进行了大胆的探索与改革。

徽宗改画院征召体制为考试录取，正式列入科举考试之中，像遴选高级官员一样，开科取士。这是一项带有根本性的改革。前朝帝王仅仅是将画院看作一种服役机构，而徽宗则从长远建设出发，从人才培养、艺术发展的高度去建设画院。他采取了"旧人旧办法，新人新办法"的区别对待方针，除前代留下的已在院内供职的知名画家外，其余全部通过考试录取。由于徽宗本人深谙绘画艺术，他所招纳的人才自然也是高标准的。在国子监增设画学，共设佛道、人物、山水、鸟兽、花竹、屋木六科。又设"博士"衔，作为监考官。以"不仿前人，而物之情态形色俱若自然，笔韵高简"为评画标准。据说，当时四方考生源源而来，盛况不下于今天的美术院校联考，有幸中选者为百里挑一。

考试时，摘取古人诗句为题，令考生作画，用以测试学生对于诗画结合、诗情画意的理解能力。要求作画者能够先读懂直至深悟诗句的境界，然后再把它化为可视的画面。考题如"嫩绿枝头红一点，动人春色不须多""深山藏古寺""竹锁桥边卖酒家"等。在试绘"踏花归去马蹄香"诗意时，许多人只是着意于描写归马、落花，就题作题；有一位聪明的画家，却只画几只蝴蝶，在马蹄后面飞逐，便巧妙地暗示出抽象的花香。对于"野水无人渡，孤舟尽日横"的考题，许多人都是画一个空船，或者船头立着一只水鸟，以表示船上无人。但取得第一名的，却画了一个舟子在船尾酣然睡去，身边放置一根笛子，说明并非无人，只是"无人渡"而已。这样，就更加切题，而且意境深远。再如，画"深山藏古寺"一题，立意原在"藏"字上，不须颇费气力地去写丛林、古刹，只要画一个小和尚在溪边担水，就足以凸显画题了。要做好这种富有意境和情趣的试题，应试者必须具有高度的想象力和表现力，富于独创精神，否则难以夺魁、入选。正如《萤窗丛谈》所说的："夫以画学取人，取其意思超拔者为上。"所谓"超拔"，就是创意新颖，不蹈袭前人；观察能力、思想感情、技巧修养都须有过人之处。赵佶把它作为取舍的标准，颇具识见。

因为赵佶本人诗书画兼擅，有深厚的文学功底，所以，在教学中也并非单纯地传授艺术技法，而是全面讲授文化基础知识，课程中包括《说文》《尔雅》《释名》等学术研究。赵佶特别重视对于青年画家的培养。他看到画院学生王希孟很有天才，便亲自教授他笔法，使之迅速成长，终于创作出了《千里江山图》这样优秀的鸿篇巨制。他对学生的要求非常严格，经常亲自检查、指导。要求师法自然，把握对象的"情态形色"，符合物理，不倚傍前人。

龙德宫建成后，赵佶亲自前往验收壁画，看到有一枝月季花，画出了春天中午的形态，他表示满意，立即赐予作画的青年画家"服绯"。他告诉大家，月季开花"四时朝暮，花、蕊、叶皆不同"，对于"动植之物"，必须细致观察，以求"曲尽其性"。还有一次，他要一位画家画孔雀升屏，画了几次他都不满意，原因是，孔雀开屏升高时一定先要举左脚，而画家却都画成抬右脚了。赵佶不仅重视写生，还讲究物理法度。他曾画过鹤的二十种不同姿态。在这些方面，影响了当时画院以至整个时代的院画风格。

书画院中的学生身分各有等差，一般分为外舍、内舍、上舍三级。对学品兼优者依次晋升。画家被录取之后，根据其文化修养和出身的不同，分为"士流"（士大夫出身的）与"杂流"（从民间工匠选入的），"别其斋以居之"。"士流"可以转作其他的行政官员，而"杂流"不行。同时，按照成绩的高下，对每个学员分别授以不同的职称，其名目有画学生、供奉、祗侯、待诏、艺学、画学正等。经过每月的"私试"和每年的"公试"，随时进行遴选、拔升。

从前，宫廷画家的地位、待遇都是非常低的，即使是后来办了画院，情况有所改善，较之其他文化部门仍然差很大一截。这和前代帝王把那些画家只看成服务工具，"俳优蓄之"，有直接关系。到了宋徽宗手下，他们被作为艺术人才、创作力量来看待，这就有天壤之别了。政和、宣和年间，赵佶取消旧制，特意恩准书画两院的人员和其他文官一样，不但可以服绯紫，而且能够佩带鱼袋（一种代表身分、等级的金质或银质的鱼形装饰）；有的画家还授予官衔。在朝廷序班上，画院为首，书院次之，而后才是琴院、棋院、百工等。领取薪俸，画、书两院称为"俸直"，其他诸院叫作"食钱"。画院诸生习学，凡系籍者，每有过犯，止许罚值；其罪重者，亦听奏裁。由于待遇优厚，一般画家都把能够进入画院引为荣幸。

在皇帝的亲切关怀和不懈努力下，当时画院与画学在培养人才方面，已经具备一套比较系统完整的体制，对于以后的艺术人才培养和艺术教学、画艺研究产生了重要影响。说是画院，其实，与后世常见的那种单一的、松散的画家组合不同，而是一所由皇帝亲自领导、亲自执教，完全按照其旨意办学的名副其实的高等艺术学校。其办学成就是巨大的。

首先，培养了大批优秀画家，如：张希颜、费道宁、戴琬、王道亨、韩若拙、赵宣、富燮、刘益、黄宗道、田逸民、赵廉、和成忠、马贲、孟应之、宣亨、卢章、张戬、刘坚、李希成等人，都是宣和画院的名家。即如南渡后的代表性画家李唐、刘宗古、李端、李迪、苏汉臣、朱锐等，也都是宣和年间的画院待诏。

其次，由于画院采用了考试制度，不少来自民间的优秀画家，被录入画院，故而很多具有民间风格的作品，也在画院中出现，使民间风格在画院中占有相当地位。

其三，由于画院教学中重视学生的诗、书方面修养，从而开拓了绘画的新境地，使文人画日益繁荣，画院体制更加完备。

其四，在推进书画鉴藏和金石学研究方面，也取得了优异成绩。赵佶对于艺术珍品酷爱到极点，即位不久，即派心腹宦官去全国各地搜罗古器物和书画名迹。《画继》记载：

> 宣和殿御阁有展子虔《四载图》，最为高品，上每爱玩，或终日不舍，但恨止有三图，其水行一图，待补遗耳。一日中使至洛，忽闻洛中故家有之，亟告留守求观，既见，则愕曰："御阁正欠此一图。"登时进入。

在徽宗皇帝的刻意搜求下，秘府收藏之富百倍于先朝；同时，他还组织画院画家临摹了许多内府收藏的名迹，为保存与赓续中国文化的优良传统作出了颇多贡献。流传至今的传统绘画作品中，有相当一部分是依靠宋代的摹作才为后世所知闻的。尤其值得大书特书的，是《宣和博古图》《宣和书谱》《宣和画谱》的编著。这些具有画史与画学理论研究丰富内涵的著作，对于后世美术事业的发展，其作用是不可低估的。

上有所好，下必甚焉。北宋末年亲王、宗室、贵族、官宦学画之风蔚然兴起，并出现了赵伯驹、赵伯骕那样的皇族名家。加之，徽宗朝经常举办观赏御府所藏图画及临摹古画活动，使朝臣、贵胄眼界大开，逐渐提高了艺术修养，在一定程度上促进了两宋之交文化艺术的繁荣。

三

　　说到宋徽宗赵佶的文采风流，人们会联想到南唐后主李煜。他们许多方面是相像的：

　　他们都是文学艺术领域的佼佼者，是创造诗书画"三绝"的多面手。像徽宗一样，李后主艺术天分也非常高，从小就废寝忘食地浸淫于诗词、书法、绘画、音乐的广阔天地。书法初学柳公权，后来博采众长，匠心独运，创制出具有独特风格的"金错刀"体；他也善画，举凡人物山水、花木翎毛，无不涉猎，尤精墨竹；同时精于鉴赏，酷爱收藏。至于诗词，更是独步千古。因为有了李煜，词体完成了从应歌侑酒的"歌辞"向抒写个人情志的新型抒情诗词的转变，特别是在描写人生缺憾和表现哀婉之情方面，达到了文学史上新的巅峰。

　　他们同样都是悲剧的角色，人不能尽其才，才不能尽其用，硬是"赶鸭子上架"，不情愿地被按在龙墩之上，以致消极怠工，荒废政事，纵情声色，误国误民。

　　他们同样整天沉溺于宗教的虚幻世界，而不能自拔：徽宗执着地崇信道教，后主则一意佞佛，取号"莲峰居士"，头戴僧伽帽，身穿袈裟，礼佛诵经，跪拜稽首。最后，都同样导致了亡国。

　　他们同样信任奸佞，陷害忠良。对于李后主的荒政、乱政，当时许多朝臣都曾冒死进谏，言词最激烈的是内史舍人潘佑，连上八道奏章，并当面批评说：

　　　　陛下蔽奸邪，曲容谄伪，遂使家国愔愔，如日将暮。古有桀、纣、孙皓者，破国亡家，自己而作，尚为千古所笑；今陛下纵容奸佞，败乱国家，不及桀、纣、孙皓远矣！

后主冥顽不灵，根本听不进去，潘佑反而因此被逼致死。

他们都是亡国之君，结局同样悲惨。巧还巧在，他们败降之后，又分别遇到了宋太宗和金太宗两个同样凶狠、毒辣、残忍的对手。当宋太宗用牵机药毒死李煜的时候，他绝对不会料到，一百五十七年之后，他的五世嫡孙赵佶竟瘐毙在金太宗设置的穷边绝塞的囚牢之中。

他们同样遭到无情的命运的作弄，先是不得其宜地登上帝王宝座，使他们阅尽"人间春色"，也出尽奇乖大丑，然后手掌一翻，啪的一下，再把他们从荣耀的巅峰打翻到灾难的谷底，让他们在残酷无比的炼狱里，饱遭心灵的磨折，充分体验人世间的大悲大苦大劫大难。

也许因为他们两个人的相似之处太多了，于是，有人就传说宋徽宗是南唐李后主托生的。据说，徽宗出世前，他的父亲宋哲宗赵煦曾经去秘书省观看李煜的画像，对这位风流才子的儒雅风标颇为心仪。随后，赵佶就降生了。有人写诗为赞：

闻说重光有后身，道君耽艺岂无根？
谁知百五余年后，也作降王拜女真。

李煜字重光；赵佶笃信道教，称"教主道君皇帝"。李煜死后一百五十二年，赵佶父子也作了金人的俘虏。有人说，这是宋太宗赵光义残酷虐杀李后主的因果报应。

这当然属于无稽之谈，但宋徽宗与李后主由于才非所用，最后导致灭国亡身的悲惨命运，却是千真万确的。关于这位南唐国主，宋太祖赵匡胤有个十分恰当的评价："李煜好个翰林学士，可惜无才作人主耳！"又说："李煜若以作诗工夫治国事，岂能为我虏乎？"清代诗人郭频伽也咏叹他："作个才人真绝代，可怜薄命作君王！"本来不是君王的材料，却偏偏被拥上"九五之尊"，结果，既逃脱不了亡国罪责，留下千秋的愧憾，又要终日以泪水洗面，断送残生，而且祸殃妻孥，真是所为何来？实在是一场历史的误会。

历史不容假设，但我也曾偶发痴想，假如宋徽宗、李后主，当初没有当上皇帝，而是从其所欲，专心致志于所擅长的专业，那又会怎样呢？

清代文人程羽文听到朋友聊天说：古今多少才子佳人，由于父母一手包办，或者从中作梗，不能和意中人畅怀适意地缔结鸳盟，以致郁郁终生，每番想起这些前人的憾事，都意气难平，看来，卓文君与司马相如那样私奔、偷情，真是上上策了。为这番话所打动，程羽文回去后，便作了一篇《鸳鸯牒》，充分发挥想象力，打通古今，漫游时空，让那些先辈的古人自择婚配，如愿以偿。

总共为三十六位才子佳人（包括文学人物）另择佳偶。比如朱淑真，旷世一怨女也，虽才气纵横却难免嫁作商人妇，"困此驽庸"，程羽文拉出宋代的苏子瞻、秦少游、晁无咎、陈季常、黄山谷、王晋卿、晏同叔、苏子美、柳耆卿等多位风流才俊，让她从中任选其一。再如，他把"灵心慧齿，辱迹穷庐"的蔡文姬配给弥正平，二人琴瑟相和，"以胡笳十八拍，佐渔阳三挝鼓，宫商迭奏，悲壮互陈"。他还想让"英华鲜颖，诏可催花"的武则天，"借配魏武帝，锁之铜雀台上"；或者"正配海陵王，两雄旗鼓，颇足相当"。让继承其兄余业、补作《汉书》的才女班昭，去匹配注《十三经》的郑玄。用程羽文的话说：这一家子是"六经为庖厨，百家为异馔"，堪称人间佳偶。

我想，如果我们顺着这种"如愿以偿"的思路做下去，分配赵佶去当宣和书画院的院长，李煜出任金陵的诗词学会会长；或者把权力再扩大一些，让他们分别担任北宋和南唐的文联主席或者文化部长，充分用其所长，那么，就不仅能够确保其个人才智充分发挥，为泱泱华夏以至整个人类留下更多的精神财富；而且，可以在更大的时空中扩展他们的积极影响，润育当时，泽流后世。而这两个国家，也会因为少了一个无道昏君，生灵免遭一些涂炭。

历史上类似的事例还有很多。南怀瑾老先生曾引述过他的塾师所作的一首七绝：

> 隋炀不幸为天子，安石可怜作相公。
> 若使二人穷到老，一为名士一文雄。

意思是说，隋炀帝运气不好，当了皇帝；而王安石很可怜，作了宰相。如果这两个人终生不得志，一贫到老死，那么，王安石将成为雄视古今的文豪，要比他现有的声誉高得多、重得多；而隋炀帝，若是作为一个名士、一个才子，也就不致留下千古骂名了。

还有唐朝的几个皇帝，比如那个具有卓绝的音乐、戏剧天才，创办过"梨园"戏校的唐玄宗，那个酷嗜象棋、而且棋艺甚高的唐肃宗，那个马球技艺娴熟、自称如果"应考球进士，一定能考得头名状元"的唐僖宗，如果都能让他们从其所愿，能够在艺术、体育方面做出应有的贡献，那该多么理想啊？

至于另外一类同样富有文誉、才华横溢、风流倜傥的帝王，比如金代的海陵王完颜亮，则不应归入此列。因为他怀有强烈的权势欲、占有欲和磅礴的政治野心，其本色与初衷，原非献身于艺术，更不甘心只做一个诗人或者学者，而是要开创一番惊天伟业，成为秦始皇那样名垂青史的有作为的君主。这样的人，还是该做什么就让他去做什么，远离文艺圣殿为好。而李、赵等人则异于此。你看，赵佶对于画院竟然那么全身心地投入；李煜更是诗人第一，帝位第二，直到最后，也还表示无意于皇权的占有，他曾上表给宋太祖，说微臣乃先君的一个普通皇子，为人庸碌无能，自幼虽热心向学，但视功名利禄如浮云。原想恬淡逍遥，像巢父、许由、伯夷、叔齐那样归隐山林，只是形格势禁，身不由己，真是万般无奈的事。

"自是人生长恨水长东。"应该说，悲剧的意味也正在于此。德国悲观主义哲学家叔本华说过："人生是在痛苦与无聊之中像钟摆一样来回摆动"，而且"一个人的智力愈高，认识愈明确，就愈痛苦，具有天才的人则最痛苦"。单就赵佶与李煜说来，整个一生都处在想要做的与已无缘，而不想做的却又无力摆脱的"囚徒状态"，就必然会感受到加倍的痛苦与悲哀，这就使他们真正成为"可怜虫"了。

当然，也不妨作如是想：如果他们能够从心所欲，不是沦为阶下囚，不是"此中日夕，只以眼泪洗面"，跌进任人宰割的苦难深渊；而是在安富尊荣中尽享文园艺海之乐，那么，他们还能成为"以血书者"，写出令人心碎、传诵千古的《燕山亭》《虞美人》词吗？苦难造就了诗人。"欢愉之言难工，愁苦之言易好"（韩愈语），"国家不幸诗家幸，赋到沧桑句便工"（赵翼诗），如此而已，岂有他哉。

王国维在《人间词话》里写道："词至李后主而眼界始大，感慨遂深。"而李煜最有名的作品，当数他的绝命词《虞美人》，即使是千年后的我们读起来，仍为作者心中无边的愁云和悔恨所笼罩：忧愁是那样的深，那样的广，那样的无穷无尽。除了赞赏他的旷世奇才，我们又不能不充满憾恨地说上一句："南唐才子真无福，不作词臣作帝王！"

撑篙者言

一

这分明是一番梦中场景,一幅山水画卷。

滔滔汩汩的九曲溪宛如一条飘逸的玉带,纡回萦绕在丹崖翠嶂之间,流贯了武夷山大部分景区。一曲数峰,一峰多景,数不尽的婉转迷离,使有限空间增添了无尽的容量。随着清溪的流转,四围山景不断地变换着形态,时而壁立如屏,时而穿云似塔,一眨眼间,断笋孤根又幻化为莲花并蒂,各自都争奇赌胜地展现着妩媚娇姿。在这天造地设的奇境中,游人坐在竹筏上,可以悠然自得地骋怀纵目,恣意赏玩着大自然的鬼斧神工。

初冬的一个响晴天。我们中国作家闽北采风团一行六人,在游过了云窝、天游景区之后,匆匆用过了午餐,便驱车来到星村码头,登上了竹筏,开始了"武夷九曲"的漫游。两位篙工一男一女,都很年轻、漂亮,而且知识面宽,富有情趣,口才也都很好,据说,他们在上岗之前,都曾经过专门的培训。两人神采飞扬地站立在竹筏的两头,见我们已经坐稳,便合力撑篙,把竹筏划向中流,同时风趣地说:"欢迎各位作家上了我们的贼船。"大家一齐笑了起来。

竹筏自"第九曲"启航，顺流而下。一舟容与，载浮载沉，翻腾的浪花不时地扑打在衣襟上，沁凉心脾。笑语喧哗杂着涛声林籁，激活了寂静的群山，顿觉两旁的云峦竹树都鲜活灵动起来，满眼生机盎然。前行不远，右侧山壁上忽然现出一处摩崖石刻，细看原是一首七言绝句：

> 九曲将穷眼豁然，桑麻雨露见平川。
> 渔郎更觅桃源路，除是人间别有天。

这是南宋著名理学家朱熹《九曲棹歌》组诗的最后一首，带有总结、收场性质，所谓"曲终奏雅"。

陪同游观的东道主、作家 S 先生说，正像人们到了西湖定会记起白居易、苏东坡，登上岳阳楼不能不提到范仲淹和杜甫一样，来到武夷山是必然要接触到朱熹的。这一带是朱夫子的"过化之乡"，他在此间前后寓居四十余年，足迹遍布川原村社，茶场书坊，最后选定一个叫作黄坑的村落，作为他的夜台长眠之地。八百年过去了，至今还随处可以感受到他的流风遗韵，其深远影响，遍及整个中华大地以至朝鲜、日本和东南亚。至于身后是非，为毁为誉，那就是另外一码事了。

"是的，"我接上说，"作为理学大师，朱熹自有其不可磨灭的历史地位。但是，即使在旧时代，对他说东道西，甚至猛烈抨击的，也所在多有。"有的不仅痛斥他扼杀人性，批评他制造情感悲剧、宣扬禁欲主义，甚而连类于诗文。性灵派的主将袁枚不用说了，这里只引述清人张霁南的诗句：

浪填僻典苦搜罗，芳草斜阳信口哦。

更有程朱称李杜，诗中迂腐逼人多。

平心而论，朱熹的诗与其他道学家的不同，往往是寓理趣于叙事、抒情之中，还是比较活泼有趣的。比如，刚才看到的那首棹歌，就比较清新自然；文字简约生动，意蕴十分丰富。作者巧妙地运用了《桃花源记》中的故实，并不属于"浪填僻典"，因为这是读书人尽皆通晓的。诗中一、二两句，纳入了陶潜文中"复行数十步，豁然开朗，土地平旷，屋舍俨然，有良田、美池、桑竹之属"的内涵，描述"九曲"过尽，眼前所见的村原实景；三、四两句是一种倒装语法，意思是说：除非"别有天地非人间"，否则，世外桃源便非此莫属了。

竹筏顺风顺水，很快地便进入了"八曲""七曲"。大家兴致勃勃，在饱游饫看水光山色的同时，一路上，不断地欣赏着朱夫子的其他几首《棹歌》，觉得像"却怜昨夜峰头雨，添得飞泉几道寒"，"金鸡叫罢无人见，月满空山水满潭"，"虹桥一断无消息，万壑千岩锁翠烟"一类诗句，都是可圈可点的，既含蕴着深刻的禅思、理趣，又并没有使人感到枯燥乏味。

二

一直在沉思默想的散文作家 V 女士，突然插了一句："朱熹诗句确也不错，九曲溪的景观更是妙境天成。可是我总觉得，如果要给它编排次序，总该是顺着流向，一、二、三、四地往下排列，现在却是'九曲''八曲''七曲'地一路倒数下去，实在有些别扭。"

"是呀，游程刚一开始就演奏《九曲棹歌》的尾声，我也觉得这么'倒尾为头'的做法，非常滑稽。"诗人 G 先生说，"当时，我的脑子里突然闪现出一个真实的故事：'文革'中某市一个造反派头头，抡大锤的出身，'文化水'很浅，刚刚走上领导岗位。这天，他出面主持一个大会，秘书事先给他起草好了开幕词和闭幕词，他也没有细看，就分别放在左右两个衣兜里。由于他事先并没有弄清楚会议的主题、开法和讲话稿里的意思，跨上了主席台，就照本宣科地读了一通，结果，开幕式上竟把闭幕词念了，闹出了大笑话。……朱老夫子可是硕学鸿儒啊，莫非他老先生也要幽我们一默？"

"显然，这和朱夫子当年逆游九曲溪有直接关系。"男篙工说，"各位刚才都经过了，'七曲'之上一滩高似一滩，顶着激流漩涡，撑篙难度很大；不像我们这样顺水漂舟，省时省力。所以，当地有两句俗话，叫作：'古人是笨蛋，今人是懒汉。'"

"其实，"我说，"顺行、逆行，各有各的道理。走顺水船，'舟摇摇以轻扬，风飘飘以吹衣'，淋漓酣畅，充溢着一种快感；可是，过眼云烟，不像逆水行舟那样，可以深思熟想。打个比方，前者属于诗人气质，后者就有点儿像哲学家了。这位朱夫子整天在那里细推物理，格物致知，自然就喜欢船走得慢一点。听说，他终生不吃豆腐，这倒不是因为滋味不鲜，也不是觉得做起来费事，只是由于他发现豆腐做出之后，重量超过豆、水、配料的总和，反复'格致'也不得其解。"

大家笑说，这真是一个古怪的老头儿。

我们正在这么七嘴八舌地议论着，突然发觉，这些欢声笑语竟然招来一阵阵的空谷响答。篙工说，竹筏已经到了"六曲"的响声岩。这里两岸高峰壁立，岩壑纵横，形成一处天然的回音壁，因而山鸣谷应。

九曲溪在这里绕了个大弯子，北侧就是著名的云窝和天游峰，为武夷山的第一胜境。上午我们已经游览过了。云窝者，云屯雾聚之地也，其高可想。古人有诗："白云本是无心物，寻得溪岩便作窝。"天游峰下，面对九曲清溪，有一座高达四百米、平滑如镜面的巨型岩壁，上面布满了斑斑水迹。斜阳映射下，晴光闪烁，宛如素练悬天。晒布岩，大概是由此得名吧。

怪不得我们站在天游峰上俯瞰，那一弯碧水缓缓流动着竹筏，竟像古画上的"曲水流觞"一般；此刻，我们坐在竹筏上遥望峰头的几伙游人，简直就是一行行的墨点；靠近一些的，可以依稀地看见有些人在向我们招手。我真想对他们哦诗相应："君岸已登我在筏，羡从峰顶看迷津。"

舟行"五曲"，男篙工指了指对面的山峰，告诉大家说，朱熹在这座隐屏峰下建立了武夷精舍，经常到这里来传经讲道。这时，竹筏过处，恰好闪现出摩崖石刻上朱熹的《棹歌》诗句：

五曲山高云气深，长时烟雨暗平林。

林间有客无人识，欸乃声中万古心。

我说："看得出来，朱老夫子当时的心境是十分孤寂的。"

"自命清高，孤芳自赏。"V女士陈述了她的看法。

"也可能是撇高腔儿。弄不好，就成了'此地无银三百两'。"女篙工说，"诸位往左上方看，那里有一个很大的山洞。民间传说，当年里面住着一个聪明、美丽的狐仙女郎，化名胡丽娘。每当黄昏人静之后，她都要到武夷精舍去，悄悄地和朱熹幽会。当时称为小妾，现在时髦的说法，叫作恋人。"

男篙工有意逗趣，偏要反话正说："人家可不是'家里红旗不倒，外面彩旗飘飘'。书本上考证了，那个时候，朱老夫子的老婆已经病故了，所以，人家就是再娶一房，也是顺理成章的。”

"就算是老婆死了，再娶。朱熹可是信奉孔孟之道的，也应该遵照圣人的教导，'非礼勿动'，等待'父母之命，媒妁之言'啊。说一套，做一套，难怪人家说他言行不一。"女篙工口口不咬空，也是够厉害的。

朱老夫子究竟有没有这桩风流韵事，史无明文。也可能是当地民众颇不满于他那可憎的道学面孔，有意识地作践他、取笑他——越是正襟危坐，道貌岸然，越要给他抹上一鼻子白灰。

三

不过，要说朱熹言行不一，倒也并非游言无根，而是有迹可察的。鲁迅先生说过："道学先生是躬行仁恕的，但遇见不仁不恕的人们，他就也不能仁恕。所以朱子是大贤，而做官的时候，不能不给无告的官妓吃板子。"

这个"无告的官妓"指的是天台营妓严蕊。这是一起典型的冤案。据晚于朱熹的南宋词人周密记载，唐与正守台之日，曾与严蕊有过交往。朱熹想要惩治这位唐与正，就指控他行为不轨，"与蕊为滥"；并把严蕊捉进官府里来，刑讯逼供，以进一步索取唐与正奸邪放荡的口实。可是，严蕊并不为权势所屈，始终未有"一语及之"，结果，"两月之间，一再受杖，委顿几死"。应该说，这和朱熹所标榜的"仁者，本心之全德"，"民吾同胞，物吾与也"，是大相径庭的。

其实，抹杀人性，压抑人的正常情感，原本是朱熹这些道学先生的一贯态度。史载，与朱熹同时期，有个胡铨，为南宋名臣。他曾上疏朝廷，请求将秦桧等卖国求和的贼臣斩首示众，结果，却被秦桧倒打一耙，枉加罪名，贬谪岭南十年。流放期间，胡铨在广州恋上了一个名叫黎倩的女子，遇赦之后，带上了她，从贬地北归。朱熹得知这一消息，当即写下两首七绝，予以指责、批评。其二曰：

十年湖海一身轻，唯对黎涡尚有情。

世上无如人欲险，几人到此误平生。

在朱熹看来，"人欲"是一种险恶可怕的东西。一旦跌入这个罪恶的深渊，任凭你曾经是条铁骨铮铮的硬汉，也会误尽平生，一蹶不复。因此，他提出要"存天理，灭人欲"，以一种"蹈虎尾，涉春冰"的危惕意识和养正、居敬的功夫，去压抑情感，制服人欲。其中为害至烈的，就是鼓吹女人全贞守节，反对寡妇再嫁。

实际上，古人早就说过："饮食男女，人之大欲存焉。"欲望是生命之所以成为生命的决定性本质。清代学者戴东原曾批驳说，离开人欲，何谈天理？生与欲不可分，要生，又怎么能完全否定欲呢？

两位年轻的篙工都来自武夷山南麓的建阳农村，当年朱熹曾长期定居于此。女篙工说："各位作家不是前来采风吗？建议能到建阳看看。"

他们说，建阳过去有一道特殊的风景线——贞节牌坊随处可见。看上去倒是挺壮观的，可是，人们知道，每一座牌坊下面，都有一个甚至几个孤孀的灵魂在低声啜泣，每一座牌坊下面，都掩埋着一部辛酸悲惨的血泪史。

一般的无法统计，这里只说那些声名赫赫、载入旧县志的节妇烈女的典型，仅清代就有五六百人之多，数量远远超过青史留名的全县的举人进士、文武官员。有一户老陈家，婆婆、媳妇、孙媳妇都是青年丧夫，有的根本就没有见过丈夫的面，只是苦苦守着一个"名分"——说开了不过是一个男人的名字。就这样，祖孙三代，同时孀居守节，最后换得一座两层楼高的"三节坊"。

"这种现象真是世间最残酷，最凄惨的。"女作家小 N 一扫平时天真烂漫的常态，沉痛地说：

"我觉得，贞节观念简直比迷信天堂、来世还要荒唐、虚妄。一些善男信女为了虚无缥缈的来生，为着一种无法验证的灵魂寄托，不惜以牺牲现实的今生为代价，心安理得地去等待呀，向往呀，整天以苦为乐，沉醉在无限憧憬里，直到生命终结也不晓得那手中握定的绳子的终端原本空无一物。说来也是很可悲的。但是，他们毕竟还是有着一种信仰追求——执着地信奉冥冥中确实存在一个美妙的天国。

"而节妇烈女所追求的是什么呢？一片漆黑。这些孤苦无告的弱女子所面对的，是捆缚着她们的封建礼教的绳索，是强大如山的世俗舆论压力，是残酷、冰冷的现实，是生不如死的漫漫长夜。为着严守那个'失节事大'的训条，她们不得不咬紧牙关，斩断情缘，苦捱死撑，极人世未有之艰辛，从妙龄少女一直熬到白头老媪，最后，在乡里建坊、官家赠匾的闹闹嚷嚷、吹吹打打中，告别了凄凉的人世。"

"不须更觅桃源路"，在朱夫子心目中，这里分明就是人间的理想世界。可是，阴错阳差，恰恰在这充满无限生机的情山媚水之间，在过去的数百年中，竟有难以计数的孤孀嫠妇，以其凄凄切切、惨惨戚戚的酸辛血泪，涨满了滔滔东下的九曲溪潮。这真是一种绝妙的讽刺！

四

"人事几回伤往事，山形依旧枕寒流。"武夷山水是清白无辜的。亿万斯年，这从万山丛中奔泻而出的一线清流，无论其为涓涓、潺潺，还是滔滔、滚滚，也不管前路如何崎岖险阻，纡回曲折，它总是满怀着旷世痴情，矢志不移地环绕着丹峰翠嶂，紧相依傍，难解难分，体现出一种动人心魄的炽烈真情。世间还有比这更清淳、更缠绵、更执着的醉心依恋吗？

可是，情到浓时，又常常为造物所忌，结果免不了要出现令人扼腕的悲剧性结局。竹筏漂流到了"二曲"，面对着风姿绰约的玉女峰，女篙工满怀深情地讲述了一个凄婉动人的传说。

她的叙述方式很特别，没有急于铺陈故事，而是先把故事中的一个个形象鲜明地摆在听众面前。这有点儿像古典小说前面的"绣像全图"，也和现代剧本开列一个"剧中人物表"相似。她首先引导大家欣赏玉女峰的风姿、俊采：玉立亭亭，俯瞰着一溪碧水，娇羞不语，楚楚怜人，实在是俏极了，美极了。接着，又指点着前面的大王峰，看！多么巍然高拱，英气不凡。最后，向大家介绍夹在两峰中间的铁板嶂：身材扁窄，体貌黝黑，一副形神猥琐的样子。

三个形象都定位了，女篙工这才开始叙述情节：玉女和大王原本是玉皇大帝的爱女和侍卫将军，由于耐不住天庭寂寞，二人偷偷下凡，赋形为两座隽秀的青峰，在风光旖旎的武夷山朝夕聚首，相亲相爱。不料，后来被面貌奇丑、心性阴暗的铁板鬼发现了，告了密，玉皇大帝便吩咐他严加监管，确保两人永生不得聚在一处——把这作为铁板鬼亡魂超度的条件。在这个鬼魅的蓄意破坏下，这对恋人"盈盈一水间，脉脉不得语"，咫尺天涯，遗恨绵绵。而那个破坏者也作法自毙，自作自受，成了一座隔在两峰中间、永世动弹不得的铁板嶂。

面对着这种深情爱恋，任是铁石心肠的人也会为之动容的。可是，道学先生朱熹却不然，在玉女峰前，他竟板着面孔，冷冷地吟出几句诗来：

二曲亭亭玉女峰，插花临水为谁容？

道人不作阳台梦，兴入前山翠几重。

听着大家读诗，撑篙女工插了一句："其实，这是矫情。"

两个小时的游程就要结束了，"一曲"已经抛在我们身后。下筏前，大家卸下马甲式的救生衣。男篙工故意学着赵本山的腔调，逗乐说："脱了马甲，我也会认出你们来的——希望我们能够再见。有道是，十年缘分同船渡，百年缘分共枕眠。看来，咱们至少都有十年的缘分。"

"这么说，你们两位是有百年缘分了？"我对他们颇有好感，因而这么随便问了一句。

"不是。"女篙工笑着摇了摇头。

"白天同摆一条船，夜晚回家各自眠。朱老夫子英灵在上，山野小民是不敢胡来的。"男篙工的话刚一落音，立刻又引发出一阵哄堂笑声。

文明的征服

一

考究历史上每一个封建王朝，都会把握一个处于核心地位的话题。说到北宋，总也绕不开"重文轻武""守内虚外"这个属于战略性的决策；而论及大明王朝，人们立刻会想到"宦官政治"，"权阉肆，祸如林"。那么，金源王朝的历史，什么是核心话题呢？恐怕非"汉化"莫属了。

这个话题说来就长了。金太祖完颜阿骨打在创建大金国之前，女真族还处于部落联盟的社会形态。对辽朝用兵之始，本民族尚未形成文字，由于言语不通，又没有文字可以表达意向，遇事辄以射箭为号。民众不明岁时节序，没有纪年知识，见一次草青便算过去一年。即使是上层贵族，也没有种种岁时活动，不知生日时辰。后来，受汉族风习影响，从皇帝、大臣开始，各自选择吉日作为生辰，比如，金熙宗选定为七夕，粘罕选定的是元旦。

当时的上京，实际上只是一个较大村寨聚落。"皇帝寨"之外，还有"太子庄""国相寨"等，都是植木为栅，十分简陋。都城外无城郭，内无宫室，四顾茫然，清一色都是茅草覆盖的土房。居民随意往来，车马杂沓而过，自"前朝门"至"后朝门"尽为出入之路，并没有什么禁制。北宋使臣马政等来到这里，太祖首先安排他们随驾出猎，归来后，指令几个儿郎各具酒肴，款待使者。待朝廷正式宴请时，太祖与大夫人于炕上设两个金装交椅，并肩而坐。他对使者解释说："我家自上祖留传，即是如此风俗，不会奢侈；只住此类房屋，冬暖夏凉，不另修宫殿，免得劳费百姓。请勿见笑。"

根源于原始的自然产生的民主制文化，金朝立国之初，仍然实行军事民主制。史载：当时，"有事集议，君臣杂坐，议毕同歌合舞，携手握臂，略无猜忌"。讨论问题时，大家围坐在一起，就着沙地随画随议，讨论完毕即全部涂掉。为了广泛听取各方面意见，臣下发表看法时，由地位低、年纪轻者先讲，各陈其策，君主最后择善而从。

其时虽有君臣之称，而无尊卑之别。太祖、太宗和普通的女真族臣民一样，"浴于河，牧于野"，乐则同享，财可共用。至于车马、屋舍、服饰、饮食之类，与一般臣僚均无明显差异。皇帝唯一特殊的，是有一座供开会使用的乾元殿，也并非坐落于戒备森严的宫禁之中，仅栽植一道柳墙加以围拢。大殿中环绕四壁搭置土炕，每逢开会，臣僚杂坐于四面炕上，由太祖后妃恭侍饮食。在皇宫内廷里，如遇下雨积水，后妃们即脱去鞋袜，赤脚走在"御道"上。这些，都体现了当时完颜家族与普通臣下的平等关系，反映出当时的淳朴风尚。

在女真军队中，当时上自大元帅，下至百户长，上下级之间，军官与士兵之间，饮酒会食，有如父子兄弟，比较随便，彼此情通意洽，很少产生隔阂和疑忌。行军打仗之前，军事首长召集部下官兵聚餐、会饮，一边吃喝，一边议事，主帅很注意听取各类不同意见。战役结束，长官主持全体大会，兵丁场上环坐，由参战有功人员据实自述劳绩，其他人员参与考核。偶尔出现赏罚失当，有欠公允，可以随时更改、调整，准许当事人进行申诉，发表不同意见。

北方少数民族没有太多的文化积淀，自然也不存在着浓重的旧习的因袭和历史的负累。除了野蛮、落后的一面，在文化心理、社群关系上，还保持许多原始的健康成分的底蕴。苦寒的气候，辽阔的原野，艰难的生计，赋予女真族以豪勇性格、强壮筋骨、质朴民风，和冲决一切的蛮劲，蓬勃旺盛的生命活力。他们刻苦耐劳，勇于进取，擅长骑射，能征惯战。因而，在完颜阿骨打这个女真族的卓越的统帅指挥下，铁骑所至，望风披靡，奇迹般地战胜了军事力量超过自己几倍甚至十几倍的强大对手。十一年间，即扑灭了立国二百零九年的辽朝。然后由太宗完颜晟接手，又吞噬了北宋王朝这个庞然大物，也只用了两三个年头。

二

当然，一切事物都是发展变化的。女真上层统治集团，也和前朝的契丹、身后的蒙元一样，当他们从漠北的草原跨上奔腾的骏马驰骋中原大地的时候，都在农耕文化与游猎文化的撞击与融合的浪潮中，自觉不自觉地经受着新的文明的洗礼，面临着一场勃兴与衰颓、生存与毁灭的严峻考验。

本来，女真人主要是生活在白山黑水的森林地带，从事渔猎和粗放型的农耕以及作为经济补充的定居型的畜牧生产，与生活在草原上的游牧民族有很大的区别；而与汉族人生活方式则比较接近。这是他们接受"汉化"的重要背景条件。又兼随着金人铁骑的军事扩张，以及作为金朝基本国策的大批汉人北迁和女真人的徙居中土，使他们有更多的机缘与汉文化接触。这样，他们便面临着一个极为严峻的现实课题，就是作为文明程度相对低下的女真族与经济、文化高度发展的汉族自然融合与同化的问题。民族融合的首要条件，是必须各族人民在一起生活。而金代统治者挺进中原的军事行为和"内迁外徙"的重要国策恰恰提供了这一条件。

北宋时期，高度发展的中原文化，对女真这个北方游猎民族的吸引力和融摄力是巨大的。儒家思想是汉文化的核心。金太祖时，一批望风归顺或被迫羁留的辽、宋两朝汉官，首先把儒家思想带了进来，并为金王朝初步制定一套君臣朝仪制度，受到了举朝欢迎。熙宗朝，正式确认儒家思想为其统治思想。鉴于熙宗和海陵王先后惨遭杀害，篡弑行为屡屡发生，金世宗践位后，更把中原地区儒家的忠君、孝亲的纲常伦理，视为维护统治、调协君臣关系的法宝。

从铁一般事实中，金朝君主逐渐领悟到，马上得天下，不能马上治之。要巩固已经取得的统治地位，进而统一全国、君临天下，还须在创建"剑与火"的赫赫武功的同时，有效地饱吸汉民族的文化乳汁，全面借鉴历代中原王朝治国驭民的统治经验。

金朝统治者出于对文化载负者的敬重和对汉文化的认同，早在立国之初，就采取了"借才异代"的特殊政策。他们多方延揽中原文士，曾经委派专人赴山西访寻北宋名臣富弼、文彦博、司马光的子孙；还发出诏令，要求河北各州县四出寻索进士、举人。对于由宋入金的使者，特别是硕儒名士，他们都设法加以挽留。为了罗致人才，金太宗于天会元年实施开科取士。灭辽、侵宋过程中，女真统治者曾反复强调，必须尽力保护图书典籍，并指名索要国子监博士和太学生。汴京城破，金廷明令戒杀儒士，说"秀才潝恚，忠孝为国，不要杀他"。

随着北宋王朝倾覆，徽、钦二帝被掳，大量中原文物尽入女真铁骑的囊橐。从显形文化范畴的礼乐、仪仗、典籍，到隐形文化范畴的封建等级制度、儒家正统观念以及讲排场、图阔气的贵族生活方式，都受到了女真统治者的倾慕。他们并没有把中原文明付之一炬，而是毫不迟疑地主动地接受了汉文化的浸染与熏陶。

其时，举凡文字创立，教育、科举、官制、典章、礼仪的实施，都大量吸收了汉文化的质素。在最高统治者的带头倡导下，通过与汉文化的融合，金源文化的形态与结构得以迅速改观，政治、经济和整个意识形态都发生了深刻变化，对于这个建立在马背上的帝国的巩固与走向成熟，起到了催化作用。当然，其间也包含着颇大的负面效应。

三

据《大金国志》记载，太祖之孙、第三代君主熙宗完颜亶，自幼即十分聪悟，后来跟随长辈南征中原，接受燕人韩昉和中原儒士的教诲，遂醉心于汉文化，平日儒服打扮，喜欢诗词、书法和弈棋、象戏，所交游的都是一些文墨之士，这种生活环境决定了他的文化选择，从而完全丢掉了女真族固有的文化传统。他对女真的开国旧臣竟斥之为"无知夷狄"；而他在这些耆宿旧臣眼中，则"宛然一汉户少年子也"。

熙宗非常明朗地表示："太平之世，当尚文物，自古致治，皆由是也。"他可以算是金朝第一代的汉化女真人。登基之后，出巡燕京，长达八、九个月，流连忘返，乐不思归。古老而丰富的幽燕文明，包括中原皇帝威仪万方的无上尊荣，汉族士子诗礼蔚然的儒雅风流，以及楼阁的巍峨，弦歌的优美，街市的繁华，生活的潇洒，都使他如饮醇醪，既愉悦了身心，又大开了眼界。

历史上，从陈胜到刘邦，这类草莽英雄初践皇位时，都曾遇到过如何制定礼仪以建威严的现实问题。陈胜刚刚称王，原来一起佣工的伙伴跑来要见他，门卫不给通报，他们便在街头拦住陈王的乘车，并大声呼叫着他的名字。没奈何，陈胜只好载上他们一起回来。进了王宫，看到宫室之美、陈设之精，这些人又指手画脚，议论短长，闹闹嚷嚷，不成体统；不仅随便进进出出，而且讲些陈王的不尽光彩的旧事。为了维护王者的尊严，陈胜接受侍臣们的建议，索性把他们杀掉了事。结果呢，很糟很糟，一些老朋友都相继走开，躲得远远的，再也没有人亲近他了。

刘邦即皇帝位，虽然也曾遇到过类似麻烦，但是，由于身旁有几个懂得"周公之礼"的儒生帮忙，情况便大不一样。当时群臣喝醉了酒，个个争功邀赏，有的狂吼乱叫，有的拔剑击柱，弄得高祖十分烦苦。儒生叔孙通便为刘邦出主意：依照先王旧制，明尊卑之序，定君臣之礼。礼仪一定，有章可循，人们的行为受到了规范，朝廷内外立刻井然有序。那些共同起事的将领，无拘无束惯了，这回都变得服服帖帖，一个个规行矩步，跪拜如仪。刘邦高兴地说："吾乃今日知为皇帝之贵也！"

金熙宗同样尝到了这个甜头。在燕京期间，身旁的一大批儒臣，每天都投其所好，大唱赞歌，讲些谄谀媚上的话，教之以宫室之丽、府库之盈，服御之美，燕乐之侈，妃嫔之盛，乘舆之贵，禁卫之严，礼仪之尊。这样，熙宗便接受了群臣所上封号，初御衮冕，始备法驾，美得"不亦乐乎"，光是仪仗队就动用士卒一万四千多人。

返驾回銮之后，熙宗也在会宁府设立仪卫将军，禁止亲王以下佩刀入宫，出则清道警跸，入则端居九重，大臣勋戚要到规定时间方得朝见，而且也效仿汉家制度，臣下面君必须拜伏阶墀。早在几百年前，唐代诗人骆宾王就曾咏叹过："山河千里国，宫阙九重门。不睹皇居壮，安知天子尊！"熙宗此刻也正是这样，安坐在金銮殿上，饱享天子的安富尊荣。自此，君臣上下迥分霄壤，确立了皇帝的专制威仪，摈弃了建国之初君臣、尊卑、贵贱混同的礼俗。在尔后的八九年间，熙宗对朝廷的职官制度、地方行政制度、法律制度、礼制、仪制、服制，以及历法、宗庙制度，都进行了全盘改革，呈现出"政教号令，一切不异于中国"的局面。

四

海陵王完颜亮也是太祖之孙，从小就接受了系统的汉文化教育，有很高的文学修养。其父完颜宗干为熙宗朝推动女真族学习汉制、改革女真旧俗最为得力的权臣政要。在这种环境下成长起来的完颜亮，杀掉熙宗，登上皇帝宝座之后，自然会在女真"汉化"方面迈出更大的步子。迁都燕京是其决定性的一步。这一举措，表明了他以最大的决心加速推进改革，强化中央集权；并主动介入汉人居住地区，与汉族地主、官僚进一步结合，消除民族间的对立，铲削氏族贵族的特权，彻底同女真旧势力决裂，走中原封建制的道路。

尔后，海陵王为部下所杀，由同是太祖之孙的完颜雍践位，是为金世宗。初始阶段，他对完颜亮迁都燕京和女真急剧"汉化"所带来的种种后果是深感不安的，他担心长此下去，女真族的子孙后代会"数典忘祖"。接受前朝教训，为了笼络宗室贵族，他一上台即声讨海陵王捣毁上京的罪行，恢复上京名号，重建宫室、宗庙，并亲临上京巡幸，同据守在这里的本族元老派势力一道，进行抵制全盘"汉化"的斗争。世宗强调宗室子弟必须说女真话，学习本民族文字。当时，女真人改汉姓、着汉服、习汉俗的现象极为普遍。世宗痛斥说："习学汉人风俗，是忘本也。"通过开展各种活动，倡导恢复女真古风，并于大定十三年、十七年先后两次颁布禁令，不许女真人改用汉姓和着南人衣装，犯者抵罪。

世宗对于恢复女真族习武、骑射，尤为重视。他多次号召，要通过整军经武，重振故国雄风。一次，南宋贺生辰使到达燕京，按惯例，双方要举行宴射活动。宋使射中五十，而金廷卫士只射中其七。世宗当场批评他们"饱食安卧，专务游惰"，从这里可以看出他的良苦用心。

但是，当时"汉化"倾向已成不可遏止之势，不管如何下令制止，都无法阻止这种社会风尚的蔓延。而世宗本人，认识与实践也并不一致。虽然他严苛指责海陵王忘本弃祖，而他自己却也同样醉心于中原文化。他和前面的完颜亮以及后来继承大统的金章宗完颜璟，都是才华横溢的诗人。君主带头吟诗填词，无疑会产生强大的号召力，成为风行全国的"诗教"，从而逐渐形成强劲的尚文崇儒风气。

其实，这种浸染汉习、修文偃武的风尚，主要还是由金朝几代皇帝带动起来的。原来，在"汉化"方面，金朝与辽朝有所不同。辽朝吸收汉族士子，主要着眼于政治体制的改革，而不在于借鉴文化；辽朝的帝王对于汉文化也并没有颇大的兴趣；而金朝则不然，汉族士子对于吏治并没有太多的建树，只是在文学方面大显身手，而这方面，恰恰得到了中、后期的金朝最高统治者的重视。

对于君王们一意崇文尚儒，一些女真军事贵族早就产生了强烈的不满情绪。一天，金世宗正在与诸王、大臣赋诗唱和，著名军事家完颜兀术的儿子、武将完颜伟实在抑制不住内心的不满，闯进去叩首直言，说：

> 我国起自漠北，君臣将帅凭借着强大的武力与雄才伟略，得以灭辽吞宋，诸番惧服。近年来，辽、宋亡国遗臣，以华文丽采

败坏我们的淳厚土俗，不能不引起应有的警惕。当前，南宋志在恢复，蒙古更不受调役，西夏亦复屡次犯边，而本朝的军威与武备，已经大不如往时。可是，皇帝却从来不谈论兵事，把战将们抛在一边，认为同这些人无话可说；只是让文士们朝夕守在身旁，难道要靠那些整天玩弄诗词的人去上阵杀敌吗？

这一席酸中带苦的悻悻之言，充分暴露了一些军事贵族久积胸臆的愤懑情怀和忧患心理。

金世宗号称中兴令主，在旧代史书中有"小尧舜"之誉。尽管其中不无溢美的成分，但此后的二十余年，确曾出现过治平景象。当然，里面也隐伏着深重的危机，晏安鸩毒，军无斗志，正在逐渐成为金朝中、晚期的不治之症。世宗之后，整个国运就开始走下坡路了。一个带有规律性的历史现象，就是：颓势一经形成，便如病入膏肓，不但无法逆挽，而且总是愈演愈烈，直到最后彻底垮台。

五

回过头来看，当日女真贵族从本集团的切身利益出发，种种忧虑和不安都不是无谓的。尽管以他们所处的社会时代和认知能力，不可能解读深藏其中的文化价值哲学的底蕴和社会历史发展规律，但直观的感觉在提醒他们注意：作为胜利者，女真贵族集团在充分获取、享用汉、辽文化硕果的同时，也在吸收这两个封建王朝的消极、腐朽的东西，而把本民族所固有的健康质素渐渐地丢掉。此之谓"成也萧何，败也萧何"者也。

是的，从茫茫塞野的"弓刀夜雪三千骑"，到繁华都会的"灯火春风十万家"，对于一个世代生长在艰苦环境中的质朴的民族来说，无疑是十分严峻的生存考验。作为统治集团利益的代表，他们当然不能忽视这样一个至关重大而又无法回避的课题：在政治制度、民族素质、文化情境、社会心理方面，如何割除腐败、奢靡的肿瘤，振作民族精神，克服晏安积习，保持本民族所固有的优势？

女真人的全盘"汉化"，彻底改变了其传统的生活方式，养成他们骄惰奢靡、晏安逸乐的生活作风，从而使这个一度生气勃勃的民族最终走向衰落。正如金世宗对臣僚所说的，山东、大名一带的一些军事贵族，骄纵成性，本人不亲稼穑，也不让家人从事农作，而是全部交给汉人去耕作，坐取租金而已。富家之家尽服纨绮，酒食游宴，而生活尚不富裕的也争相效仿。有的则"种而不耘，听其荒芜"，甚至靠出卖奴婢和土地来维持其寄生生活。即使是生活在金源内地的女真人也同样染上了懒惰奢靡之风，"宗室子往往不事生业"，而女真官僚"随仕之子，父没不还本土，以此多好游荡"。

女真人的全盘"汉化"，彻底销蚀了其传统的尚武精神，使得这个昔日强大无比的马上民族，在蒙古人的铁蹄下变得不堪一击。当日以二千五百人起兵的完颜阿骨打，仅用了十一年的时间，就将辽、宋两大帝国彻底征服。那时的女真人何以如此强大？《金史·兵志》上说："原其成功之速，俗本鸷劲，人多沉雄，兄弟子姓，才皆良将，部落保伍，技皆锐兵。"然而，仅仅三、四十年之后，随着南迁内地，女真人就渐渐浸染了中原浮靡骄惰的积习，而尽失其昔日的勇锐。女真人的"汉化"，从根本上改变了他们昔日的好战精神和勇敢无畏的性格。宋人对此做过比较：

> 金人之初甚微，……当时止知杀敌，不知畏死，战胜则财物、

子女、玉帛尽均分之，其所以每战辄胜也。今则久居南地，识上下之分，知有妻孥、亲戚之爱，视去就、死生甚重，无复有昔时轻锐果敢之气。

更有甚者，是到了金朝晚期，宣宗完颜珣经受不住蒙古铁骑的袭击，从燕京仓皇逃窜到汴京。像当年的宋徽宗一样，整日间醉生梦死，纵情声色，倚红偎翠，笙歌不绝，似乎强敌的威胁根本就不存在。主荒于上，臣嬉于下，把一个好端端的江山弄得一塌糊涂，不但武备虚弱不堪，而且，文治也无从谈起。

女真人从尚武到不武的转变，给大金王朝的国运兴衰带来了决定性的影响。借用一句元人的话来说，就是"金以兵得国，亦以兵失国"。

六

人，既是社会文化的创造者，也是社会文化的制成品。一方面，人们在社会生活中不时地接受一定文化的传播，又必然不时地摈弃着某种文化；另一方面，人类创造的文化，无一不包含着自我相关的价值、功能上的悖谬，并且随着时间的推移，不断地作反向的运动与转化。这种文化上的悖论，似乎有意地开人类的玩笑——创造的结果、最后的效应，恰好同原初的愿望悖反。

这里，我想到十九世纪初发生在欧洲的一则逸事。在沙皇亚历山大的亲自率领下，帝俄军队与奥、普等反法联军一起追击拿破仑的部队，驰骋在欧洲大地上，并以胜利者的身份进驻巴黎，算是彻底打败了法国。可是，当俄军撤离法国凯旋时，人们却惊奇地发现，这支军队已为被征服的土地上的新的思潮所濡染。战士们回到俄国，见到城乡中依然盛行着农奴买卖制度和残酷的肉刑，不禁为之义愤填膺，纷纷起来抗议。这又是沙皇亚历山大始未及料的。

类似问题也出现在蒙元帝国。开国的成吉思汗大帝，武功赫赫，横扫亚欧大陆，那该是何等强盛啊！可是，几代传承之后，就一步步走向式微。蒙古军一旦住进繁华的农耕区，很快便在歌舞狂欢、酒肉征逐中败下阵来。不出百年，就腐败得将军拉不开弓，战士跑不动马，面对着汉族的起义军一触即溃，最后，末代皇帝只好从繁华的大都狼狈地逃回草原，逐渐地消逝得无影无踪了。成吉思汗及其子孙的光华夺目的军威，在人类古代战争史上，终于像彗星般一掠而过的事实表明，文化落后者是不可能长久保持武力征服成果的，到头来终将在思想上、文化上溃败于被征服者。

上述情况也说明了，弥漫于当日金廷上下的种种殷忧是无济于事的。某种文化世界一经被创造出来，便不以某些个人的意志为转移，而是作为一种超越自我的异己力量客观地存在着，它不为尧存，也不为桀亡。这里反映了一种社会发展的必然趋势。

金章宗完颜璟是他的祖父金世宗在世时亲自指定和培养的继承人。完颜璟由金源郡王晋封为原王，操女真语入朝谢封。其时，世宗正在大力倡导保持女真旧俗，见状大喜，对群臣说："朕曾诏命诸王习本朝语，惟原王习之最力，朕甚嘉之。"可是，正是这个原王，即位后，大倡文治，崇尚儒雅，整天谈经论道，寄兴吟哦，每当发现群臣中工于诗文者，必定记下姓名，拔擢到要害部位；正是这个原王，推行汉化最坚定，也最见成效；正是在他当政时期，最后完成了女真社会的封建化；也正是这个原王，像宋徽一样醉心文艺，偏好宋徽宗的瘦金体，书法专学徽宗，笔迹酷似，以致后人难分彼此。因而宋人传说：金章宗的母亲，原是徽宗一位公主的女儿。所以，章宗"凡嗜好书劄，悉效宣和，字画尤为逼真。金国之典章文物，惟明昌（章宗年号）为盛"。

女真汉化，亦即封建化的进程，直接推进了金源文化的发展。不过几十年时间，就从建国之初尚无文字，发展到大定、明昌之际文化上的巨大跃迁，以至自立于唐、宋之林，以文治见称于史册。有金一代，不仅诗词创作达到了一个新的高峰，而且，院本、杂剧与诸宫调也在后来的文学史上放出了异彩，为北曲和元人杂剧的发展与繁荣创造了条件。通过异质文化的融合渗透、优势互补，更使多元一体、具有丰富内涵的中华文明获得了不断发展的契机与活力，形成了兼收并蓄，集多种民族文化之长的完整体系。

金人侵宋是野蛮的，非正义的，它给中原大地带来了一场灾难。而中原文化与北方文化的融合，却主要是在战争过程中实现的，战争的胜利者在征服敌国的过程中接受了新的异质的文明；这种新的文明最后又反过来使它变成了被征服者。从这一点来说，却又是文明的征服。诚如马克思所说，野蛮的征服者总是被那些他们所征服的民族的较高文明所征服，这是一条永恒的历史规律。

狮山梵影

一

　　说起彩云之南的风景名胜来，人们会滔滔不绝地讲滇池，讲大观楼，讲石林，讲西山，讲苍山洱海，讲西双版纳，可是，十有九人忽略了滇中北部的楚雄彝族自治州武定县的狮子山，令人不免有遗珠之憾。

　　其实，狮子山不仅自然风景绝佳，而且颇富人文价值。我在这里住了两天，仅仅看了三大景区中的一个角落，但已觉得充盈丰满，美不胜收。应该承认，这对一个景区来说，并不是很容易达到的。

　　若论幽邃、僻静，风景宜人，生态环境良好，绝少污染，同时又地处少数民族地区，这里很像川西北的黄龙山、九寨沟，也很像湘西的张家界。不同之处，是这里拥有十分丰富的历史积淀、人文景观，而且主要是围绕着一个传说遁入了空门的帝王的行止、出处展开的。这倒又一次为"天下名山僧占多"的说法提供了佐证。

　　狮子山在武定县城西南四公里，号称"西南第一山"，素有"雄奇古秀"之誉。在一百六十六平方公里的风景名胜区内，有四分之三面积覆盖着郁郁葱葱的长林古木，中间盘踞着一个硕大无朋的雄狮般的山峦，更显得气象非凡。

循着石级登上耸入云天的凭虚阁，但见翠海接天，不知何处是岸，一片白墙赭瓦的庞大建筑群，掩映其间。穿行在林海里，两侧有寒流啸壑，溪水潺潺，古树栖云，浓荫盖地。纵使外面溽暑炎蒸，燎肌炙肤，此地依然清爽异常，确是理想的避暑胜地。林间草地上，山花野卉，姹紫嫣红开遍，引逗得蝶舞蜂喧，把一个寂静的山陬，装点得霞拥锦簇，生意盎然。

山中的正续禅寺，始建于元武宗至大四年（1311年），其后于元延祐、明永乐、宣德年间又经过多次扩建、续建，遂使殿宇层层，依山错落，气势雄伟，颇具规模。但在明代中叶以前，对外似乎并没有产生太大的影响，文献中也很少记载。后来，由于明初流亡出走的建文帝朱允炆曾在此间避难多年的说法传播开来，遂使狮子山名闻遐迩，以致闹腾得沸沸扬扬，数百年持久不衰。

漫步山中，几乎随处可见据说在这里避难为僧的建文帝的踪迹。一进山门，就看到迎面照壁上绘有"建文逊国"故实的大型壁画。我以为，这不过是近些年随着旅游事业的开发，风景区管理部门特意找人绘制，用以吸引游人的，所以并没有怎么在意；可是，当走到大雄宝殿前，见到那株树龄五百余年、粗可五人合抱、标牌上注明"建文帝手植"的孔雀杉，就觉得非同凡响了。

在天王殿的南侧，还有一处名为"帝王居"的宅院，顾名思义，乃建文帝当年栖迟之地，院内也有他的手植柏。转到后山，在山半腰的林木葱茏处，隐约可见一处朴陋的建筑物，名曰"龙隐庵"，据说这里是明廷搜索期间这位流亡皇帝的临时避难所。

走着走着，陪同人员又引领我看了建文帝亲手栽培的白牡丹、虎头兰和木芍药。对于这些，我可就不肯轻易置信了。现在，受商品经济大潮的冲击，为了招揽游客，人们惯常在一些以古迹著称于世的旅游景点上弄虚作假，牵强附会，以致许多景物弄得不伦不类、非今非古、真假难分。说句心里话，对于这类做法，我是很反感的。

东道主可能察觉到了我的怀疑情绪，他随手打开背包，从里面抽出一本陈旧不堪、已被虫蚀多处的线装古籍，名为《纪我所知录》，作者为罗养儒。里面记载："建文住正续寺亦积有年，乃于寺之佛殿前植木芍药二本"，"此花在云南颇少，唯见鹤庆之朝霞寺内有此佳种，建文当日或由迤西移其种而来也"。尽管这也属于古老传闻，但起码是流播久远，而且说得凿凿有据，总还称得上"一家之言"吧，我不能再作无谓的怀疑了。

最引人注目的是藏经楼下的帝王宫。有丹墀、品级阶、九龙口，完全按帝宫形制设置。宫内有塑像三尊，大小与真人相等。中间为建文帝，身披袈裟，双手合十；左右各塑一太监和老臣。藏经楼两侧有配殿，里面供奉着相传随建文帝出亡的护驾臣僚的牌位。

从一本名为《建文从亡十一先生记》的旧籍中得知，这座建筑物落成于清康熙七年（1668 年），建文帝的塑像为同时作品。宫门抱柱上雕着两条夭矫的蟠龙，一条向上升腾，一条俯身下降，各臻其妙，栩栩如生。关于它们的寓意，当场我听到了两种解释：一种说法，两条龙分别隐喻抢班夺权、位登九五的朱棣与逊位出走、遁迹空门的朱允炆；另一种说法，象征着建文帝由天子沦为庶人的起伏经历。

一

帝王宫外的廊柱上嵌有三副长联，都是充满诗情、理趣、禅机的史家上乘之作。

其一曰：

> 僧为帝，帝亦为僧，数十载衣钵相传，正觉依然皇觉旧；
>
> 叔负侄，侄不负叔，八千里芒鞋徒步，狮山更比燕山高。

寥寥四十二字，概括了明初朱元璋、朱棣、朱允炆祖孙、叔侄三代君王的行藏、史迹与传说。

上联说的是祖父和孙儿。所谓"僧为帝"，是指朱元璋。他家世贫苦，十七岁，在故乡投皇觉寺为僧，手持木鱼、瓦钵游方化缘，过了三年"乞丐"生涯，又回到寺里。此时，皇觉寺已遭火毁，在走投无路的情况下，投奔濠州郭子兴起义军，以骁勇机智为子兴所器重。朱元璋善于用兵，战功卓著。经过十几年的征伐，一步步扩充实力，剪除群雄，略地南北，扑灭元朝，于1368年在应天府即皇帝位，国号大明。

为了巩固皇权，保持朱家天下的万世一系，朱元璋可说是"机关算尽"，煞费苦心。他既担心故元王朝的地主官员对他不服，更害怕一同起事的文臣武将怀有二心。于是，从洪武五年开始，连续颁布申诫群臣的《铁榜文》《资世通训》《臣戒录》《志戒录》，纂录历代诸侯王、宗戚、宦官之属悖逆不道者数百余事，遍赐群臣，使知所鉴戒。

这充分说明，他对臣下一直是心存戒虑，防范甚严的。他不光是言者，而且是行者。先后兴起胡惟庸、李善长、蓝玉三起大狱，株连文武臣僚被诛杀者近四万人。大案而外，一些开国功臣也被相继剪除，或被明令处置，或遭暗中毒害，绝大多数都不得善终。

与此相对应，是建立了皇室分封制度，分封诸皇子在各地称王。目的在于依靠朱氏子孙辅翼王室，以确保朱明王朝的长治久安。而这一手，恰恰为日后的皇室争权，埋伏下了隐患。

明初，封建诸王分内外两线，有的分封在内线，如太原的晋王、西安的秦王、青州的齐王、开封的周王等；还有九个藩王分封到边塞前沿，主要是防止境外的事变，其中以燕王朱棣势力为最强大。允许诸王在其封地建立王府，交给他们一支护卫军和指挥当地驻军的权力，以监视和控制各地的异姓臣僚。兵力多者达万余人，有的甚至"带甲八万，战车六千"。燕王、秦王、晋王都曾屡次带兵出征，节制沿边诸将，威权日重。

洪武九年（1376年），训导叶居升曾直言进谏，说：当前，朝廷赋予诸侯王的权力过大，要警惕出现下强上弱，尾大不掉的局面。现在就应早作措置；否则，等出现离心倾向时再去减地削权，便会引起诸王的怨恨与反抗，像汉朝的七国、西晋的八王那样，或据险自守与朝廷抗衡，或率兵入京制造叛乱，到那时就无法控制了。不要认为，这些人都是皇子，不会干出这种事来。七国诸侯王于汉景帝皆为至亲，不是照样兴兵作乱吗？由此可见，分封制弊端甚多，希望皇上及早采取救治的措施。

应该说，这一建议是非常富有远见的，而且提得正是时候。可是，刚愎自用、一意孤行的朱元璋，听了之后却愤怒异常，认为叶居升心怀叵测，有意挑拨关系、制造混乱。大嚷大叫，一定要把他杀死。最后，叶居升终于被击死狱中，此后，就再也无人敢于进谏分封诸王之事了。

二

明太祖有子二十六人。太子朱标温文尔雅，赋性仁厚。朱元璋觉得他有些柔弱，有意识地让他处理一些复杂事务。这样，就更明显地看出，父子两人为政之道，差异甚大。老皇帝主张以猛治国，通过严刑酷法来威慑官民；而太子却主张仁政爱民，认为杀人越少越好。

一次，他向太祖进谏说："陛下杀人过滥，恐伤和气。"朱元璋没有作声，第二天，父子俩在东阁外闲步，朱元璋故意把一条带刺的手杖扔在道上，叫朱标把它捡起来。朱标面有难色。朱元璋说："你害怕手杖有刺不敢拿，我把这些刺先给你削光了，再交给你，岂不更好。"

眼看着"手杖"上的刺削得差不多了，不料，太子朱标竟一病不起。这时，太祖已经六十四岁了。究竟传位给谁，一时竟没有了主意。他认为四子朱棣沉雄、果断，颇有父风，有心立为太子，但群臣中多持异议。理由是，朱棣前面还有两个兄长，弃兄立弟，于礼不通。其实，更大的障碍还是，朱棣本系庶出，其生母是高丽国进贡给太祖的一个妃子。按照正统观念，入继皇位的必须是皇后所生的嫡子。

既然皇子中没有办法安排，事出无奈，只好把太子朱标的儿子、十六岁的朱允炆册立为皇太孙。朱元璋也料到了诸叔王未必服气，便特意编写一部《永鉴录》，教育诸王安分守己，顾全大局；又颁布了《皇明祖训》，把皇帝与诸藩王、臣下所应恪守与不该做的事，规定得一清二楚，还提出，皇亲中如果发现谋逆之事，格杀勿论。

但是，这一切终究是纸上文章，一当他撒手红尘，任何约束力也就化为乌有了。诸叔王凭借手中的雄厚实力，言多不敬，行辄越法，根本不把这个年轻、文弱的小皇帝放在眼里。特别是燕王朱棣，从青年时代起，即跟随父亲驰驱疆场，战功卓著，成为诸王中的实力派、佼佼者，对于朱允炆的帝位造成了严重威胁。

早在太祖册立皇太孙那天，诸王都按时侍立两侧，唯独燕王朱棣姗姗来迟，到了之后，又重重地拍打着皇太孙说："我这个侄儿真是幸运啊！"受到了太祖的严厉斥责。朱允炆即皇帝位，群臣入宫朝贺，朱棣竟无视礼法，从皇帝专用御道上殿，而且不叩不拜。

监察御史曾凤韶以"大不敬"罪弹劾燕王，建文帝却说，都是亲人，不必追究了。户部侍郎卓敬密奏建文帝说，燕王才智过人，酷似先帝。而北平向为强悍民族聚居之地，金、元两朝都从北平发迹。应速将燕王改封到南昌，以绝后患。建文帝还是不以为然，说，燕王与我乃亲生骨肉，何至于此！

但是，形势毕竟是异常严峻的。面对诸叔王特别是燕王声威日烈、步步进逼的局面，建文帝也日益感到问题的严重。燕王返回北平后，建文帝即派都督耿炳文掌管北平都司业务，又安排都御史景清为北平布政司参议，都是为了监视燕王府的动静。当事态进一步发展后，他便接受齐泰、黄子澄等谋士的意见，颁布了削夺诸藩的诏令。于是，燕王朱棣借口奸臣跋扈，朝廷孤立，社稷危亡，援引《皇明祖训》，以"清君侧"为由，入京"靖难"。从而爆发了一场持续四年之久的争夺皇位的内战，史称"靖难之役"。

朱棣攻占南京，登了帝位，建文帝下落不明。《明史》记载："都城陷，宫中火起，帝不知所终"；"或云帝由地道出亡。自后，滇、黔、巴、蜀间，相传有帝为僧时往来迹"。而成书早于《明史》八十多年的《明史纪事本末》则记为：建文帝从地道出逃，一些随从人员从水关出城。鉴于多人聚集多有不便，只留三人在建文身边。他们乘船经吴江、京口，过六合，而后陆行，取道襄阳，最后到了滇南，又西游重庆，东到天台，转入祥符，侨居西粤，经常往来于云贵之间。

明末著名史学家谈迁在《国榷》中记载，燕兵攻破南京金川门后，建文帝束手无策，想蹈火而亡。这时，翰林院编修程济从奉先殿后取出一个铁条箍紧的匣子，说："太祖生前嘱咐：太孙日后临大难时，可打开此匣，以找出解救办法。"建文帝忙叫人打开，只见匣子里装的全是和尚的用品，有剃度用的工具，还有两副袈裟、两副度牒。建文帝悲叹道：这是运数已尽啊！于是，抓紧剃去头发，穿上僧服，乘夜逃出聚宝门。整个亡命过程中，建文始终都是以僧人身分出现的。联语中说的"帝亦为僧"，本此。

乃祖僧为帝，阿孙帝作僧。这倒不是朱家与佛门有特殊的凤缘，更非一场简单的历史性游戏，其间存在着制度方面的深层的种因。那位以撰写大观楼一百八十字长联闻名于世的清代诗人孙髯翁，在《登狮子山吊建文帝》一诗中，有"滁阳一旅兴王易，建业千官继统难"之句，说的是朱元璋创业有方而交班无术，凭吊兴亡，寄慨遥深。

清代大诗人、史学家赵翼则从更深层次上进行剖析，在《金川门》一诗中有句云："乃留弱干制强枝，召乱本由洪武起"，"岂知衅即起萧墙，臂小何能使巨指"。明确地指出，肇祸的根源乃在朱元璋身上，正是分封诸王制度造成了干弱枝强、指大于臂，最后，祸起萧墙，无法收拾。

联语中"正觉依然皇觉旧"，分别讲了孙儿与祖父出家的场所。建文帝避难滇中，在正续寺为僧，"正觉"是对正续寺的隐括。联语作者拉出它来与明太祖早年出家的皇觉寺相提并论，一个庙貌"依然"，一个已经"破旧"，看来也不是闲笔，里面似乎隐喻着褒贬的意味，反映出一定的倾向性。

四

"寓褒贬，别善恶"，在下联就更加明显了。下联是扯出叔侄来加以评断。燕王朱棣从侄儿手中夺取了皇位，因此，联语中"叔负侄"云云，容易理解。那么，"侄不负叔"又当作何解释呢？我以为，这里至少有两方面的根据：

燕王朱棣起兵后，曾多次遭遇危险的处境。建文三年三月的一天，在保定的夹河，燕王的军队再次败在大将盛庸手下，黄昏时节，走投无路的朱棣率领十几名骑兵竟误入盛庸的营地，被朝廷的军队团团围住，如果此时断然加以解决，那么，所谓"靖难之役"也就灯吹火灭了；但是，当时竟没有一个人前去抓捕和伤害燕王，这是因为建文帝事先向部队作过交代，双方交战，不可伤害燕王，以免背上杀害叔父的恶名。结果，燕王得以安然脱险。此其一。

其二，当燕王的"靖难"军攻入京师时，建文帝尽管逃身在外，也还是有一定的抵抗实力的。其时，江南一带基本上还是他的天下，辽东仍控制在朝廷手中，孙岳、铁铉、梅殷等几个心腹重臣分别据守凤阳、山东、淮上，且夕间即可开赴京师，举兵勤王。民间有个说法，建文帝为了解除内战中黎民之苦而甘愿逊位于叔父。这当然是臆测之说。但是，二百四十二年后，南明福王就曾称之为"让皇帝"，并正式追谥建文为惠宗，其后，清乾隆帝又追谥为惠帝，也似乎为此种说法提供了一个佐证。

"四十载衣钵相传"，讲的是祖孙递嬗，太祖在位三十一年，建文帝在位四年，"四十载"是取其概数。这是从时间上纵论；而"八千里芒鞋徒步"，则是从空间上展开。"八千里路云和月"，形容建文帝的亡命生涯，征程迢递，远哉遥遥。

从史书记载中得知，关于建文帝的下落，最先是由明成祖朱棣一锤定音的。他在登基之后给朝鲜国王的诏书上是这样写的："建文为权奸逼胁，阖宫自焚。"后来，官修明史便据此作了记载。在朱棣看来，若是建文帝真的死于宫中大火，这当然是最理想不过的。不仅可以减轻他继承大统时制度上的约束和舆论上的压力，而且，也消除了前朝复辟的后顾之忧。因为他比谁都清楚，只要这个皇侄还活在世上，就无异于悄然树起一面神圣的旗帜，在他的皇帝宝座旁埋下一颗威力强大的定时炸弹，对他的皇权统治随时都会构成威胁。

为了遮人耳目，进一步坐实建文已死这件事，他又编演了一场"辍朝三日，遣官致祭"的把戏。但这显然又引起了更多的人疑窦丛生，因为要"致祭"，就总得有建文的陵寝，要有御制的碑铭。可是，这些全都没有。明末崇祯年间，曾有人上疏请将建文帝入祀，崇祯就说："建文无陵，从何处祭？"

实际上，朱棣本人也并不相信建文帝已经死去。为了寻觅这个皇侄的踪迹，他处心积虑几十年，寝不安眠，食不甘味。他在永乐三年派遣郑和下西洋，目的之一就是在域外查探建文帝的下落。《明史》上说，"成祖疑惠帝亡海外，欲踪迹之"。

从永乐五年（1407年）开始，又派遣户科都给事中（相当于现在的公安部长）胡濙以颁布御制诸书和访察仙人张三丰为名，遍行天下州郡乡邑，暗察建文藏身之地，前后两段在外奔波了十五年。为了同样的目的，成祖曾多次命礼部榜示天下，申明僧侣、道人"俾守清规，违者必诛"；还以对照度牒的办法，对出家人严加巡查。

《明史·胡濙传》载，永乐二十一年（1423年），胡濙还朝，紧急谒见皇帝，当时成祖已经就寝，听说胡濙到了，赶忙穿上衣服，召他入内。胡濙就把访察建文帝的情况作了报告，直到漏下四鼓才出来。究竟是什么内容，君臣竟谈了这么长时间？史书上没有明说。只是交代了这个情节：此前，传言建文帝蹈海去，现在才解除了疑虑。

我们可以据此推想：是不是掌握了建文帝已经死去的信息？或者，虽然建文帝尚在人世，但已寄迹佛禅，无心俗务，或因健康状况不佳，总之，对朝廷已不再构成威胁了。否则，朱棣何以"至是疑始释"呢？一年后，朱棣即病死于北伐途中。

在二十二年的皇帝生涯中，朱棣无时无刻不被这个侄子的疑踪搅扰着，说来也是堪笑又堪悲的。

五

至于建文帝究竟逃亡到了哪里，至今史学界也没有定论，可说是
聚讼纷纭，莫衷一是。有的主张"在近不在远"。上海学者徐作生先生
通过多年实地勘查，并研究大量文献资料，认定建文帝一直藏身于苏
州吴县的穹窿山皇驾庵，其庇护人竟是曾辅佐朱棣得天下的和尚道衍
（即姚广孝），有皇驾庵的碑刻资料为证；并考证，穹窿山拈花寺后半
山坡上的当地人所称的"皇坟"，即建文帝的陵墓。有的则坚持"流落
滇黔说"，认为武定狮子山即定居地之一。

我在武定访问期间，为了揭开这个历史上的疑团，或者说，要为
"流落滇黔说"多找到一些史证，曾走访了当地的史志办、图书馆，翻
阅了大量文献资料，可惜所获甚微。其中较有价值的，是清初《武定
府志》的记载："帝（建文）乃先入蜀，未几，入滇。虽往来广西、贵
州诸寺，止于狮子山正续寺者数十年。"清乾隆时檀萃著《武定凤氏本
末》一书，也有"让帝遁荒至滇，黔国公送之凤氏所"的记述。但即
使这些资料，也都是事隔二三百年之后的往事钩沉了。

资料缺乏，载记寥寥，这原是容易理解的。鲁迅先生早就说过，
过去的历史向来都是胜利者的历史，失败者如果不遭到痛骂，也要湮
没无闻。何况，有明一代，以至清初，很多时间它都被当作一个异常
敏感的政治问题。不过，就我闻见所及，痛骂建文帝的还没有，这对
这位倒霉的流亡皇帝来说，也算是够幸运的了。

我从史书及方志中抄录了一些传说是建文帝遁迹禅林后的诗篇。

其中有这样一首七律：

> 阅罢楞严磬懒敲，笑看黄屋寄云标。
> 南来瘴岭千层迥，北望天门万里遥。
> 款段久忘金凤辇，袈裟新换衮龙袍。
> 百官此日知何处，惟有群乌早晚朝。

当是初入空门时所作。尽管诗的文学价值不高，但确是一种真情的流泻。

那天，我漫步在狮子山的林间小径上，目注隐现在"云标"中的寺庙，默诵着建文帝的述怀之作，觉得他虽然已经侧身缁流，但对于往日的凤辇龙袍、早朝陛见，仍然流露出丝丝缕缕的眷恋，未能完全释然于怀。

后来，这位流亡皇帝经过南北东西的流离颠沛，沧海惯经，风霜历尽，百般磨折过去，世事从头数来，虽然未能如太上之忘情，脑子里有时仍然浮现着朝元阁、长乐宫的影子，但一切一切毕竟已经是梦幻、泡影了。这种情怀，充分反映在他的晚期的诗作中：

> 牢落西南四十秋，萧萧白发已盈头。
> 乾坤有恨家何在，江汉无情水自流。
> 长乐宫中云气散，朝元阁上雨声收。
> 新蒲细柳年年绿，野老吞声哭未休。

忽忽几十年过去了，松风吹白了鬓发，山溪涤荡着尘襟。"绝顶楼台人倦后，满堂袍笏戏阑时"。旧梦如烟，岂堪回首；风光不再，漏尽灯残。漫步山野间，这位白头老衲不禁慨然低吟：

杖锡来游岁月深，山云水月傍闲吟。

尘心消尽无些子，不受人间物色侵。

这里与其说杂有某些颓唐之气，毋宁说是翻过筋斗、勘透机锋之后的一种智慧与超拔，是经过大起大落的一种高扬的澄静。

后人也许正是根据这番诗意，撰写了一副对联刻在"建文祠阁"的廊柱上：

沧桑变太奇，可怜一瓶一钵一袈裟，忽忽把君王老了，直到那华发盈头，面目全非，听夜静钟声，皇觉始归正觉；

黄粱梦已醒，回忆走东走西走南北，处处都荆棘丛生，何如这昙云满地，庄严自在，看潭澄月影，帝心默认禅心。

六

由于建文帝的下落是个极为尖锐、敏感的政治问题，永乐年间被视为一个禁区。当时，本来知情者大有人在，但是，正如后代诗人写到的，"国初杀气浑不除，越三十年还相屠"，刀光剑影中，人人都不寒而栗，噤若霜蝉。

明代中期以后，随着形势的变化和朝廷注意力由内向外的转移，诛杀较少，禁网渐疏，加上朱棣的后代已不再担心流亡皇帝会复辟，于是，士大夫中开始有人议论建文逸事；到了第十一代皇帝武宗临朝之后，甚至有人上疏请求为建文帝追加庙号、谥号。据《明实录》载，万历二年（1574年）十月，神宗皇帝御临文华殿，曾与辅臣张居正谈论起建文帝的下落问题。说明此事已正式开禁。

正是在这个前后，记载建文帝行止的书也陆续出现。传闻明成化年间，浙江松阳县人王诏闲游吴中治平寺，听到寺内转轮藏上窸窣有声，遂上去查看，原来是几只老鼠在啃一本旧书，翻开一看，里面载有随建文帝出亡的二十几位旧臣的逸事。王诏怜其孤忠，在每人事迹之前各加数句赞语，题名为《忠贤奇秘录》，刊行于世。

到了万历年间，又传出署名史仲彬的《致身录》，记载了建文帝南京出走后亡命西南的经过。其他还有《建文朝野汇编》《罪惟录》等多种。其中，集大成者为刊行于顺治十五年（1658年）的《明史纪事本末》，以专门一章系统记述了建文帝出亡过程和流落西南各地的行迹。因为作者谷应泰是清初官员，又是一位颇有成就的史学家，而且这部书又是以正史面目出现的，所以，传播甚广，影响颇大。

但是，到了康熙十二年（1673年）冬反清事件"朱三太子案"出现后，人们又开始讳言其事。清初，流传明崇祯帝第三子尚在民间，一些人即以"朱三太子"为号召，举兵反清。京师有个叫杨起隆的人，诈称他就是"朱三太子"，组织旗下奴仆、佃户，密谋起事。因事机漏泄，为清廷镇压，杨起隆逃匿。

康熙十九年（1680年）、四十年（1701年），先后又在陕西和江浙，发现诈称与拥立"朱三太子"者，闹得假假真真，使清廷大伤脑筋。这在当时是绝对忌讳的。因为如果有明室的嫡裔子孙在，就可以系故臣遗民之望，可以为反抗新朝者资为号召。所以清廷一经发现。便断为伪冒，而格杀勿论。议论建文之事，颇有借古喻今之嫌，因此，人们都避开这一话题；有的甚至进而直接指斥"建文出亡说"之谬妄，以适应当时政治的需要。

康熙十八年（1679 年）诏修明史，自然会受到这方面的影响。王鸿绪在《明史稿》及《史例议》中，大放厥词以谄媚时君，明史馆修撰之臣也希旨迎合，认定建文帝焚死宫内，绝无逃匿之可能，都与此有直接关系。

到了乾隆末叶，明亡已逾百年，所谓"朱三太子"被获处死也过去了六十多年，朝廷已不再担心明室嫡裔复辟的事，于是在乾隆四十二年（1777 年），诏改明史本纪，把"建文焚死"改为"棣（永乐帝）遣中使出后（马皇后）尸于火，诡言帝尸"。这样，文士们才又旧话重提。乾嘉之际的赵翼在《金门川怀古》诗中，有"一领袈裟宵出窦，九江纨绮夜翻城""从亡芒履千山险，骈戮欧刀十族空"之句，坐定了建文出亡之事，并敢于议论明成祖残酷杀戮建文遗臣的暴政，即是明证。

七

联语中"狮山更比燕山高"一语，寓意十分丰富而深刻。它涉及到建文帝与永乐帝的历史评价问题。由于作者认定建文帝匿迹武定狮子山，所以，这里以"狮山"借代建文，而"燕山"则指的是永乐。

这种句法原是从唐宋诗人那里学来的。唐人罗隐评价光武帝与严子陵，有"世祖升遐夫子死，原陵不及钓台高"的诗句。范仲淹则把东汉开国功臣拉出来和严子陵对比，结论是："世祖功臣三十六，云台争似钓台高！"这些诗句，都是通过对严子陵那种不慕名利、淡泊自甘的风范的颂扬，体现出浓重的士大夫自命清高、浮云富贵、粪土王侯的思想感情。联语中揄扬退位隐居的建文，而贬抑攥权窃位的永乐，与此有一定关系。

中国自古以来，就有崇尚隐逸的传统。几千年前的《易经》上就讲，"肥（飞）遁，无不利"；"不事王侯，高尚其事"。特别是庄子，系统地宣扬了隐逸思想。他最先阐发了对后世发生极大影响的"身外之物"论。他说，外物偶然到来，只是寄托，寄托的东西，来时不能阻挡，去时不能挽留。可是，人们并不懂得这个道理，"寄去则不乐"。因此，他感喟地说："今世俗之君子，多危身弃生以殉物，岂不悲哉！"

庄子为人们描绘了一幅热衷权势者的画像：权到手了战战兢兢，权势丢了痛哭流涕；睡了做噩梦，醒着不安宁。磨墨墨磨，弄权权弄。究竟是人在当官，还是官在磨人？这种隐逸思想文化的确立，正是泥涂轩冕、归钓江湖的严子陵被历代文人捧得那么高的社会思想背景，也是关于建文帝的这幅联语的意蕴所在。

由于这副联语是悬置于正续禅寺的，因此，它对于是非、高下的判定，必然考虑到佛禅的"红尘觉悟"。佛家认为，功名富贵不过是因缘和合的一种偶遇，用终极关怀的眼光看，并不具备真正价值和实际意义。建文帝王冠落地，遁入空门，由大起大落而大彻大悟，在佛家看来，当然要比不择手段地追逐权位的永乐帝高超百倍。

如果不从庄、禅的角度，而是就史论史，专从事件本身来考究，联语中的结论也可说是"言之成理，持之有故"的。

据明史记载，朱允炆继位之后颇有一番作为，深得人心。他"天资仁厚"，"亲贤好学"，对祖父的诛戮功臣、雄猜忌刻，一直持有异议；亲政之后有意识地调整那种君主集权政治，注重发挥臣下作用，提高文臣地位；同时诏行宽刑薄赋，举遗贤，兴教化，重农桑，赈饥民。这一系列的兴革措置，为长期生活在高压、紧张的政治环境里的官民，提供了一种宽松、温煦的气氛，一时道化融洽，万民称治。不期这位颇得人心的青年皇帝，只维持了四年统治，就横遭惨败，饮恨终生，自然引起了当时和后世许多人的同情与怀念。

明乎此，就容易理解：当朱棣挥师进入南京后，为什么朝中诸臣拒不降燕，战死及自杀者那么多，仅弃官逃走的就有四百六十多人。许多人无视酷刑峻法，甘冒斧钺之诛，抗命不屈，死得极为惨烈。史称，"建文诸臣，三千同周武之心，五百尽田横之客"。所表现的气节，简直比改朝换代、异姓称王还要厉害。

对此，明代诗人朱鹭借凭吊死难遗臣方孝孺作了真实的描述：

> 四年宽政解严霜，天命虽新岂忍忘！
> 自分一腔忠血少，尽将赤族报君王。

而对于朱棣，在明清两代文人中则多有微词。人们当会记得，吴敬梓在《儒林外史》中曾借一位儒士之口，说："本朝天下要同孔夫子的周朝一样好的，就为出了个永乐帝，就弄坏了。"不仅朱棣本人，就连受他器重、辅佐他"靖难"夺位的僧道衍（姚广孝）也遭到了时人的非议与厌弃。

据《明史》和《逃虚子集》记载，由于道衍助"桀"为虐，滥杀无辜，在他贵登高位之后，回到家乡吴县去拜望姐姐，姐姐却闭门不纳。访问老朋友王宾，王宾也不肯相见，只是站得远远地，连声说道："和尚误矣，和尚误矣！"亲人、朋友的鄙视和冷漠，使他的心灵受到强烈的震撼，此后便不再参政，潜心遁迹佛门。

传说，在他的晚年还曾保护过逃匿在外的建文帝。但明朝的后世君臣对他仍无好感。嘉靖年间，明世宗以"姚广孝系释氏之徒，恐不足尊敬祖宗"为由，将他的牌位从太庙中搬出。

说句公道话，无论如何，永乐帝在历史上还算得一位英主。他继承太祖的基业，巩固了明王朝的统治。同时，坚持"怀柔远人"的方针，力求与周邻国家和睦相处，避免战祸，进而成功地建立了经济与政治的联系。他的名字将与郑和下西洋、营建北京城、修纂《永乐大典》的丰功盛烈同其千古。而且，我们评议历史人物的功过是非，既不应感情用事，也不能囿于封建伦理。无论叔侄哪个作了皇帝，应该说，都是代表封建地主阶级掌权，代表反动统治者利益的。

八

这里想要指出的是，永乐朝的弊政为后世提供了许多深刻的教训。成祖之失，一是晚年一意北征，劳师耗饷，招致边境不宁；一是信用宦官，为政苛猛。永乐帝为侦察臣民的行动，除加强原有的锦衣卫外，又设置东厂，交由宦官掌管，秘密侦察朝内外官员动静，阁臣一切活动，都由宦官秘密陈报；甚至派遣宦官赴外地监军，以防范驻防军将专权。

但是，最大的最不能令人原谅的过失，还是夺位之后，对建文遗臣和所有的逆命之士，大开杀戒，滥用酷刑，从开国元勋、硕儒、宿将，到诸司官吏、州县衙役，一直到平民百姓，凡有牵连，就要满门抄斩，甚至诛灭九族，转相攀染，村里为墟，直杀得朝野震怖，四海惊心，因而不免要受到后世的强烈谴责。

据史料记载，建文帝有两个儿子，长子文奎在靖难之役中失踪；次子文圭当时仅仅两岁，但朱棣也不放过，告诉太监将他幽闭起来，只许喂饭，不许教他说话，让他成为会喘气的废物。结果，监禁了五十五年，出狱时果真成了白痴。建文帝的三个弟弟，有两个死于凤阳的牢狱，另一个由朱棣授意他人纵火，被烧死在家中。

朱棣在夺取皇位之后，有案可查的共杀戮了一万四千多人，而且，手段也非常残忍。胡闰被剥皮；铁铉被油炸；景清不仅本人被敲牙、割舌、剥皮，九族也诛灭无遗，连同村的人都全遭屠戮，这便是历史上所说的"瓜蔓抄"。以文章、理学名世，人称"正学先生"的方孝孺，由于不肯为朱棣起草即位诏书，并号啕大哭，掷笔痛骂，先被削掉下颏、割断舌头，后又千刀万剐，并被诛灭九族及其门生，号为十族，共处死八百七十三人。

罪人的妻女则被发付到教坊去作妓女。一般的娟妓是静候嫖客，而她们按照永乐定法，需要不断"转营"，每个兵营里都要住上几天，以便为尽可能多的男性所糟蹋。生出孩子来，被称为"小龟子"和"淫贱材儿"，更要遭受非人的待遇。对前朝逆命之臣及其遗属，竟施以如此残酷、如此残暴的惩罚，在中外历史上都是少见的。

持续十几年的血腥屠杀，不仅斫丧了国家元气，而且在民族心理上造成了剧烈的创伤，以至清初有人总结明亡教训时，把这作为一个缘由。他们认为，由于朱棣残杀无度，毁坏了正气刚风，造成后来许多臣子只知明哲保身，顺时听命，持禄固宠，再也无心顾念社稷了。

离开武定狮子山，已经三个月了。每当记起有关建文帝的种种传说和后人对明初这场惨烈的流血斗争的评判，我总觉得，西哲的那句名言："历史，就是耐心等待被虐待者获救的福音。"确是有些道理。

纳兰心事几曾知

一

纳兰性德的挚友曹寅写过这样两句诗："家家争唱《饮水词》，纳兰心事几曾知。"

纳兰性德，满洲正黄旗人，出身名门贵族，他的父亲明珠是权倾朝野的宰相，官阶从一品，位列文官之首；他本人更是一路春风得意，十八岁中举，二十二岁成了二甲进士，后来被授为皇帝的一等侍卫，出入扈从，显赫无比，直到三十一岁去世，一直得到康熙帝的青睐和倚重。他天资早慧，英才艳发，是清代成就卓异的词人，曾被王国维誉为"北宋以来，一人而已"。纳兰词在他生前就有刻本问世，产生过"家家争唱"，"传写遍于村校邮壁"的轰动效应。

纳兰公子是一个长于思索，心事很重的人。他的师友回忆说，年少时，由于未经世事的磨炼，他闲谈天下事常常是无所避忌的；及长，阅历增多，沧海惯经，就逐渐地成熟、老练了，"料事屡中，不肯轻为人谋"，"或问其世事，则不答，间杂以他语。人谓其慎密，不知其襟怀雅旷固如是也"。他酷爱诗词，日常行止交游，每有所感，总要通过吟诗填词来抒怀寄兴，习惯于运用文学形式以尽倾积愫，吐露衷曲。这应是《饮水词》的一大特点。但是，正如曹寅所慨叹的，恐怕没有多少人能够透过那些清词丽句来洞见作者的深心，深刻悟解其背后的底蕴。

当然，他的一些知心朋友、莫逆之交，对此还是早有洞察的。纳兰的挚友，长他三十二岁的严绳孙说，公子辞世前一个多月，为他返回江南无锡饯行，座上并无他人，相与议论生平之聚散，人事之终始，备极恳恳；语有所及，往往怆然伤怀。两人执手握别之际，看当时纳兰的神情，似乎有所不能释然于怀者，却又没有迳情直述，梗塞着一种难言之隐。他还谈到，在日常生活中，纳兰公子总是惴惴然，存在着临深履薄般的忧惧。

其实，这种心曲，只要认真研索他的诗词作品，不难看得一清二楚。有人统计，在现存三百多首词中，"愁"字用了近百次，"泪"字、"恨"字也都出现过几十次；此外像"断肠""无奈""伤心""怆怀""无意绪""可怜生""冰霜摧折""芳菲寂寥"等，几乎是开卷可见，字里行间渗透着深挚而哀怨的情思，宛若杜鹃啼血，声声凄切；即便是一些情辞慷慨、奋袖激昂之作，也间杂着变徵之音，流露出沉痛的人生空幻之感。

> 我是人间惆怅客，知君何事泪纵横，断肠声里忆平生。
>
> 强把心情付浊醪，读《离骚》，愁似湘江日夜潮。
>
> 君不信，向西风回首，百事堪哀！
>
> 自然肠欲断，何必更西风！
>
> 余生未三十，忧愁居其半。心事如落花，春风吹已断。
>
> 长漂泊，多愁多病心情恶。心情恶，模糊一片，强分哀乐。
>
> 残阳影里，问归鸿、归来也未？且随缘、去住无心，冷眼华

亭鹤唳。

一般地说，这种悲观厌世、空虚苦闷的心理状态，应该属于那种孤臣羁旅、迁客流人。没有经历过坎坷崎岖的颠折，危身灭门、破国亡家的奇祸的，很难获得这种生命体验和心灵体验。而纳兰性德，当然是与此毫不沾边的。

  他的祖辈跨着野性难驯的征骑，冲出丛林莽原，驰驱南北；他的躯体里流淌着一个勇武慓悍、劲健雄强的游猎民族的血液；

  他出身于钟鸣鼎食、裘马轻肥的天潢贵胄之家，自幼生长在温柔富贵乡、烟柳繁华地，薰沐在绮靡金粉的环境里，到处都是花团锦簇，紫舞红翻；

  他是八旗子弟中的凤毛麟角，中华大地上新一代的佼佼者，在飞黄腾达的锦路鹏程上，受到时人的敬重，父母的珍爱，天子的赏识；

  他在世人眼中是典型的幸运儿，可以说是要风得风，要雨得雨。功名冠冕，安富尊荣，举凡常人所向往、所企盼、所追求的，他几乎全部都拥有了。

而就是这样一个人，竟然富有戏剧性地产生颓唐的心态，发出哀婉凄切的心灵悲歌，词作以长愁伤感闻名，声泪俱随，令人不能卒读。这种奇异的生命现象，实在是令人诧异，难于索解。

清代学人杨芳灿在《纳兰词序》中分析："先生貂珥朱轮，生长华膴，其词则哀怨骚屑，类憔悴失职者之所为。盖其三生慧业，不耐浮尘，寄思无端，抑郁不释，韵淡疑仙，思幽近鬼。年之不永，即兆于斯。"词人芑川对此也曾发出过疑问，并试图加以诠释："为何麟阁佳儿，虎门贵客，遁入愁城里？此事不关穷达也，生就肝肠尔尔。"

其然，岂其然乎？

二

西人有所谓"性格决定命运"的说法。如果我们把"生就肝肠尔尔"理解为性格特征的话，那么，可以说，正是纳兰性德所处的特殊的社会历史环境，他的独特的个性及其内在思想冲突这内外两方面，造就了他的凄婉的悲剧品格。

纳兰公子是吸吮汉文化的乳汁长大的，自幼深受儒家学说的浸染，抱定了立德立功、显亲扬名的宏图远志。他同中国历代的读书士子一样，沉酣在"学而优则仕"的迷梦里，在"闲庭照白日，一室罗古今。偶然此楼栖，抱膝悠然吟"的环境和心态下，俨然以诸葛孔明自居，留心当世之务，不屑以文字名世，只待知音举荐、圣主赏识，然后一展鸿才，"竟须将、银河亲挽，普天一洗。麟阁才教留粉本，大笑拂衣归矣"。他想干一番经天纬地的事业，然后功成不居，解佩出朝，退居林下，彻底实现一个政治家的人生之旅。

为了使夙愿得偿，他清介自持，刻苦向上，虽然身处贵盛之家，而闲斋萧索，庭院寂然，户外没有登门进谒的趋奉之勤，内庭没有裙妓、丝管、呼卢、秉烛之游。每当夙夜寒暑，晨昏定省之余，他总要抓住片刻闲暇，游心于翰墨，寄情于艺林，并能撷其英华，匠心独至，表现出高雅的襟怀和强烈的使命感，也充分揭示了处于上升阶段的阶级成员所特有的勤奋精神和进取心态。

但是，实际上却是事与愿违，他所面对的现实，完全是另外一种状态。如同他的最知心的朋友顾贞观所说："所欲施之才百不一展，所欲建之业百不一副，所欲遂之意百不一酬，所欲言之情百不一吐。"纳兰自己在诗词中也是这样说的：

> 我今落拓何所止，一事无成已如此。
> 平生纵有英雄血，无由一溅荆江水！

> 马齿加长矣，枉碌碌乾坤，问汝何事，浮名总如水，判樽前杯酒，一生长醉。

那么，这种状态又是怎么造成的呢？

原来，康熙皇帝出于对纳兰公子的赏识，以其出身于勋戚之家，又有超人的姿质，一照面便对他倍垂青盼，把他留在自己身旁，视作心腹，擢为侍卫。而且，一任就是十年，直至公子病逝。对一般人来说，有幸成为天子宠臣，目睹龙颜之近，时亲天语之温，真是无比荣耀，无上尊贵，求之不得；可是，纳兰却大大不以为然。他十分清楚这种职务的实质：努尔哈赤崛起之初，大汗的侍卫由其家丁或奴仆充任，担负保安、警卫事务；后来虽然改由宗室、勋戚子弟担任，但其性质仍是司隶般的听差，在皇帝左右随时听候调遣，直接供皇帝驱使，具体负责宫廷宿卫，随驾扈从。

在纳兰心目中，当侍卫，入禁庭，实无异于囚禁雕笼，陷身网罟。他在《咏笼莺》的五言律诗中，借咏物以抒怀，可谓凄怆怅惋，寄慨遥深。

> 何处金衣客，栖栖翠幕中。
> 有心惊晓梦，无计啭春风。

漫逐梁间燕，谁巢井上桐。

空将云路翼，缄恨在雕笼。

黄莺别号"金衣公子"。享用着锦衣玉食，却戴着金枷银锁的纳兰公子，引"笼莺"以自况，真是最恰当不过了。你看这个莺儿，遍身绮羽，食以香谷，罩以雕笼，整天蹦蹦跳跳，被人玩弄于股掌之上，既无冻馁之虞，又不愁惨遭弹丸的袭击，表面上看去，真是富贵安逸，令人艳羡。它什么都有了，唯一缺少的是身心自由——它不能像其他同类那样任意地飞翔，自在地鸣啭。

因此，它的内心是十分苦闷的，"栖栖"二字，透出了端倪，可见那种蹦跳不停的举动，并非由于心情振奋，而是栖栖惶惶、焦躁不安的表现。"何处"一词，是说它原本不在这里，并非笼中固有之物。颔联中的"有心""无计"，写黄莺栖惶、焦躁的缘由，表明矛盾的所在，里面透露着一种蓄势，一种期望，一种新的觉醒：要冲破梦幻，面对现实，要勇于抗衡，争取自由。颈联写黄莺心灵的跃动，写它想望、向往着"翠幕"外的广阔天地，歆慕初春时节上下翩飞、呢喃细语梁间的紫燕，艳羡筑巢、饮露于高梧之上的桐花凤。而这一切，在它都成了难以实现的幻想。尾联以冷语作结：空有同样的羽翼，空对浩渺的苍冥，最后只能在雕笼中默默地吞声饮恨，郁郁以终。

如果说，这还只是情辞委婉的拟托，那么，他的《拟古诗》则是愤懑直陈了：

我本落拓人，无为自拘束。

倜傥寄天地，樊笼非所欲。

嗟哉华亭鹤，荣名反以辱！

一开板就毫不隐讳地申明：我本是散淡、落拓的人，寄傥傥于天地，不想受到任何形式的拘束，因此，对于樊笼厌恶极了。可是，时乖命蹇，造化欺人，最后还是变成了"华亭鹤"，反因荣名羁绊而受尽拘辱。古人有"人生在世间，贵乎得所图。问渠华亭鹤，何似松江鲈"的诗句，"华亭鹤"与"松江鲈"，都出在上海的松江，这里面各有一个典故：晋代陆机为奸人所谗，临刑前叹曰：再想听听华亭鹤的叫声，做不到了！而同时代的张翰则知机在先，他以想念故乡的鲈鱼味美为由，毅然挂冠，归隐吴中，从而避开残酷政治的风险，得全性命于乱世。从纳兰所引据的故典中，不难窥见其悔涉仕路、误陷牢笼的隐衷。

悔也罢，误也罢，其实都是无能为力、无可奈何的。像不能拔着自己的头发离开地球一样，纳兰所面对的同样是无法扭转的命运，在皇帝的长拳利爪之下，他的人生道路是不属于自己的。

再联系到远处穷荒绝塞的吴兆骞和身边的顾贞观、陈其年、严绳孙、姜宸英等一时佳隽的凄苦处境，更令他感到失望与伤感。他对现实中英才不被赏识而庸才、蠢才却能飞黄腾达，且又"一人得道，鸡犬升天"的极端悖理的世象，感到由衷的愤慨。在写给顾贞观的《虞美人》词中，发泄了他的强烈不满：

> 凭君料理花间课，莫负当初我。眼看鸡犬上天梯，黄九自招秦七共泥犁。　　瘦狂那似痴肥好，判任痴肥笑，笑他多病与长贫，不及诸公衮衮向风尘。

"黄九""秦七"即宋代的著名词人黄庭坚和秦少游，这里代指作者与顾贞观。眼看着一群鸡犬飞升天界，而他与顾贞观这样的旷代奇才却自甘坠入地狱（泥犁）。"瘦狂"与"痴肥"，比喻仕途上失意与得意。"诸公衮衮向风尘"，意谓那些得志者登高位，握重权。杜甫有"诸公衮衮登台省，广文先生官独冷"之句。这里对"黄钟毁弃，瓦釜雷鸣"的不合理现象进行了嘲笑与抨击，对那般禄蠹官迷则投以极端轻蔑的目光。

由于他的现实处境与心灵追求存在着不可调和的矛盾，致使身心两造经受着双重的压力：一方面是现实与理想的背离，他有理想，有憧憬，有追求，无时无刻不在试图对于人生道路作出自己的选择，却又百不偿一，一切都不能尽如人意，好像命运专门与他作对，最后因难堪命运的残酷摆布而灰心绝望；另一方面，就是所谓"生就肝肠"亦即人性、个性同所处的社会环境的冲突，他天性萧疏散淡，渴望过着无拘无束的生活，个性十分鲜明，结果却是不但活动的范围和时间的支配受到严格的限制，而且，必须极力掩饰自己的七情六欲、至情至性，一言一行都要唯皇帝之旨意是从，不允许有半点含糊、半点疏漏，否则后果就不堪设想。这种苦况，在他写给知心朋友张纯修的信函里作了露骨的披露："鄙性爱闲，近苦鹿鹿。东华软红尘，只应埋没慧男子锦心绣肠。仆本疏庸，那能堪此！"在写给"忘年交"严绳孙的书简里，谈得更加充分：

> 兹于廿八日又扈东封之驾，锦帆南下，尚未知到天涯何处，如何言归期耶！汉兄（指吴汉槎）病甚笃，未知尚得一见否？言之涕下。弟比来从事鞍马间，益觉疲顿，发已种种，而执反如昔，从前壮志，都已灰尽。昔人言，身后名不如生前一杯酒，此言大是。

把这些发自肺腑的倾吐内心衷曲的私人信函，同他那些或婉转其辞、或直抒胸臆的诗词作品结合起来读，纳兰心事就不难窥见了。

三

李后主早就说过了："往事只堪哀，对景难排。"身为皇帝的侍从，纳兰在随辇出巡、宦游南北中，少不了要旧迹寻踪，追怀往古，这同样为他带来了诸多的感慨。

康熙二十一年（1682年），纳兰性德随驾抵达吉林，来到了松花江（旧称混同江）畔，当年这里原是一片古战场。入关之前，女真族在统一过程中，建州、海西、野人诸部互相残杀，彼此并吞，拼命争夺，给后世留下了无尽的心灵创伤。诗人触景伤情，一时百感丛生，情怀怆楚，写下了一首《满庭芳》词：

> 堠雪翻鸦，河冰跃马，惊风吹度龙堆。阴磷夜泣，此景总堪悲。待向中宵起舞，无人处、那有村鸡。只应是，金笳暗拍，一样泪沾衣。　　须知今古事，棋枰胜负，翻覆如斯。叹纷纷蛮触，回首成非。剩得几行青史，斜阳下、断碣残碑。年华共，混同江水，流去几时回。

词的上阕开头五句写景，把象征性的古战场——龙堆展现在读者眼前：鸦飞雪上，马跃冰河，惊风掠地，亡灵夜泣，"一将功成万骨枯"，极写其萧索、肃杀之惨相。"堠"指战争中留下来的瞭望敌情的土堡或古代记里程的土堆。"龙堆"原在西域，这里泛指边地的古战场。磷火俗称鬼火，"阴磷"喻战死的鬼魂，唐诗中有"战鬼聚阴磷"的诗句。诗人接着抒发感慨：本要效法东晋的祖逖，中夜闻鸡起舞；可是，这里悄无人迹，根本就听不到荒鸡乱鸣。言下之意是纵有一片报国情怀，也无由实现，徒增感喟。只好暗暗吹起金笳，同样令人悲不自胜，涕泪沾衣。

下阕全是议论，从兴亡的梦幻中体现人生之悲慨。语调低沉抑郁，寄怀深远。诗人喟叹古今兴亡，有如棋枰翻覆、蛮触争雄，无论为胜为负，都是转眼成空，体现了历史的虚无，人生的空幻。"蛮触"，蜗角中的两个小国，为争地而兴战，语出《庄子》。意谓双方所争者小，原无实际意义。留下来的不过是断碑残碣上几行记载，掩映于斜阳之下，而悠悠岁月已经随着混同江水流逝，再也不能复回了。

这次出塞巡行，曾经到过松花江畔的大小兀喇，在返回的路上，还凭吊了辽宁开原的战略要冲龙潭口。这两处距离纳兰的祖居地都不太远。他的先世为海西女真叶赫部。后来，海西各部陆续被努尔哈赤统率的建州女真所剿灭。纳兰的曾祖父金台什是叶赫部的首领，老城陷落后拒绝投降，纵火自焚未果，努尔哈赤下令将他绞死。六十几年过去了，现在，金台什的当侍卫的曾孙，正扈从努尔哈赤的当了皇帝的曾孙来到当年海西女真故地，为兴为废，为主为奴，心中自然不胜沧桑变幻之感。且看他的《浣溪沙·小兀喇》和《忆秦娥·龙潭口》：

桦屋鱼衣柳作城，蛟龙鳞动浪花腥，飞扬应逐海东青。　　犹记当年军垒迹，不知何处梵钟声，莫将兴废话分明。

山重叠，悬崖一线天疑裂。天疑裂，断碑题字，古苔横啮。　　风声雷动鸣金铁，阴森潭底蛟龙窟。蛟龙窟，兴亡满眼，旧时明月。

词中寄寓了无边的感慨。山下追奔，城头喋血，最后胜利究竟属于谁呢？还是"莫将兴废话分明"吧。"兴亡满眼，旧时明月"，绝非泛泛之言，它使人想到刘禹锡的"淮水东边旧时月"照临的"故国""空城"。早年恩怨，记忆犹新，其间自有一番心折骨惊的沉痛。只是为妨触忌，未便直言，不得不寄幽思于隐掩之间。

看得越多，也就会想得越多，不能不令纳兰公子感悟人生的多故，世事的无常。退一步说，纵使往昔的部族间的兴亡之恨已经淡漠了，那伴着刀光剑影，充满血腥气味，为争权夺位相互残杀的残酷的家族史，总该深深地留存在纳兰的记忆里，像团团乌云一样，遮蔽着他的心扉，令他怵目惊心，不寒而栗。

他永远也不会忘记外祖家的朝荣夕悴，盛衰相循。外祖父英亲王阿济格，是努尔哈赤的第十二子，从十五岁开始即随父出征，出生入死，屡建勋劳，战功卓著，成为后金统治集团中权位极高的主旗贝勒之一，拥有显赫的地位。但是，由于他缺乏政治谋略，一味恃功自傲，暴戾蛮横，后来，被顺治皇帝勒令自尽，子孙夺去爵位，削除宗籍。一番腥风血雨，刮得月暗星沉，转眼间，富贵就成了梦幻。如同孔尚任在《桃花扇》里所写的：

> 俺曾见金陵玉殿莺啼晓，秦淮水榭花开早。谁知道容易冰消。眼看他起朱楼，眼看他宴宾客，眼看他楼塌了。

如果说，这些都是陈年旧账了，"老皇历翻不得"，那么，眼前的又怎样呢？更是令他心惊肉跳。他时刻为其父亲的险恶处境而忧心忡忡。纳兰性德最清楚不过了，康熙皇帝驾驭权臣的一贯策略，是当某一派系势力过于强大时，就立刻蓄意扶植与之对立的派系，以保持朝廷权力的均衡，便于自己操纵控制。权臣鳌拜炙手可热，飞扬跋扈，他就扶植索额图；待到索额图恃功自傲，尾大不掉，他又转而扶持明珠；而当明珠权势陡增，朝臣竞相趋附时，他又去扶植台下的僚属予以牵制。明珠的最盛时期，是在平定三藩之乱过程中，当时被康熙皇帝倚为股肱重臣；但随着变乱平息，他的辅佐作用已经逐渐弱化，特别是因他位高权重，日渐为天子与群臣所忌，眼睁睁地看着已经陷进"烹狗藏弓"的魔圈里。而明珠自己，却欲令智昏，全然不知收敛，依然货贿山积，宾客盈门，结果激起政敌不停地攻讦，有的甚至奏请皇帝，立刻将他处斩。

"荣华及三春，常恐秋节至。"这使得纳兰公子忧心如捣，夜不成寐。果然，公子殁后不出三年，他的父亲就在激烈党争中塌了台。

四

纳兰性德绝顶聪明，而且极度敏感，极度清醒，这使得他时刻处在生命的煎熬之中，心境没有片刻的宁帖。他惶悚惕惧，谨言慎行，每根神经都绷得紧紧的。俗话说，"伴君如伴虎"，"天威难测"，说不定什么时候就会遭致灭顶之灾。

对于中国古籍《韩非子》，他了如指掌。大政治家、思想家韩非，根据切身体察和总结他人的经验，得出了君王最难相处的结论。在《说难》中他列举了七种足以造成"身危"——杀身之祸的情况：

> 事情总是由于保密而成功，因为语言的泄漏而失败。未必是说者自己泄漏了什么，只是说者无意中道破了君王隐秘的心事；
>
> 君王表面上做出了一件事，实际上是利用它作幌子来达成另一个目的，说者不仅知道他表面上做的事，还洞悉他这样做的真实目的；

说者成功地替君王筹划了一件异常的事情，而另外一个人并未参预其事，却私下里猜测到了，致使事情泄漏了底细，君王一定认为是说者自己有意泄漏的；

君王对说者的亲密程度、信用程度还没有那么深厚，而说者讲出极知心的话语，即使有幸得以实行，取得了功效，也会因为并非其亲信而被忘记，如果因未得施行而遭致失败，君王则疑心说者是有意坑陷他；

君王有了过错，说者明言礼义以责其失德；

在君王正扬扬得意而自以为功的时候，你给点明了，似乎预知其计；

勉强劝说君王做他所做不到或者不肯做的事，强力制止君王不肯罢手的事。

紧接着，韩非又列出面对君王无法处置的八个难题：

你和君王议论他的大臣，他就会认为你是在离间他们的君臣关系；

你和君王议论某某小臣有才可用，他便认为你企图窃取、盗用属于他的权力；

你和他谈论他嬖爱的人，他会以为你要倚君王之所爱做靠山；

你和他谈论其所憎之人，他会认为你在试探君心；

你在君王面前，说辞直捷简易，他以为你不明事体、愚钝不堪；

你若是辞辩广博，口若悬河，又会嫌你繁复琐碎而加以弃置；

你如果简略地陈述己见，会说你怯懦而不敢尽言；

你若是把考虑到的问题广泛而尽情地合盘兜出，又会说你草野而侮傲。

真是："反贴门神左右难"——怎么做也不得好。

康熙皇帝虽然号称英主，但赋性雄鸷，足智多谋，喜怒无常、恩威莫测。对于这一点，作为身边的侍从，纳兰公子从里到外看得透亮。在这样一个老谋深算的主子面前，即使是老成练达的"官油子"，也会感到捉襟见肘，穷于应付；更何况纳兰这样的性情中人，一介书生。真是苦了他也。

在这种情态下，每次出巡护驾，纵使面对莺飞草长、杂花生树的三春丽景，快绿怡红、芰荷十里的九夏清光，也难以引发出他的游观兴趣，必然是怅触无端，了无意绪。他在一首《蝶恋花》词中写道：

> 又到绿杨曾折处，不语垂鞭，踏遍清秋路。衰草连天无意绪，雁声远向萧关去。　　不恨天涯行役苦，只恨西风吹梦成今古。明日客程还几许，沾衣况是新寒雨。

如果说，"不语垂鞭""无意绪"，是直写心境的消沉；那么，水驿山程，客途迢递，新寒雁唳，风雨泥途，则为暗喻"天涯行役"之苦。说是"不恨"，其实，字里行间已经充分透露了个中原委。那么，恨的又是什么？西风吹老英雄梦，等闲白了少年头。一种牢骚、怨望的情怀跃然纸上。

在那种鸟笼般的侍卫生活环境中，回到朝中入直，日子恐怕更为难挨。这从纳兰的《踏莎行》词中可以看出："金殿寒鸦，玉阶春草，就中冷暖和谁道？小楼明月镇长闲，人生何事缁尘老。"宫殿里的生活，充满了难言的痛苦，无奈的悲凉，这种孤寂无聊、空耗岁月的侍卫生活，使他感到空虚，感到厌倦。可是，"就中冷暖"却又没处去说，"如鱼饮水"，只能自伤、自叹。从这里也可以悟解纳兰以"饮水"二字命名词集的用意所在。

他深悔自己出生在富贵之家，借着咏雪，他高吟："冷处偏佳，别有根芽，不是人间富贵花"；他酷爱身心自由，渴望摆脱宦海的羁绊，避开险恶的现实，去过清静的生活，身在高门广厦，常有山泽鱼鸟之思。他在庭园中特意修建了一座茅屋，并填写一首《满江红》词，借以抒怀述志：

> 问我何心，却构此、三楹茅屋。可学得、海鸥无事，闲飞闲宿。百感都随流水去，一身还被浮名束。误东风、迟日杏花天，红牙曲。　　尘土梦，蕉中鹿。翻覆手，看棋局。且耽闲嗜酒，消他薄福。雪后谁遮檐角翠，雨余好种墙阴绿。有些些、欲说向寒宵，西窗烛。

词人说，我修筑茅屋的目的，是为了要过闲适自在、无拘无管、无忧无虑的海鸥般的生活。过去，浮名束身，实在耽误得太多了。其实，那些如烟如梦、覆雨翻云般的仕宦生涯，看穿了也真是没有什么意思。真不如西窗剪烛，纵酒闲吟，雪后观松，雨余种绿，过一番平常人的日子。

当然，就连这"些些"想望，对他来说，也是甜蜜蜜的妄想，不可能兑现。在康熙这位手握王权、口衔天宪的尊神面前，是进既乏术，退亦无方。唯一能够获得解脱的，只有死之一途，那样就苦啊，痛啊，忧啊，闷啊，"百感都随流水去"了。

山庄里的两对祖孙

一

说到承德避暑山庄，它的旖旎风光，人们无不交口称赞，叹为观止；而其灿烂、丰厚的文化蕴涵，尤其令世人倾倒。可以说，这里浓缩了一部多姿多彩的清代历史，而且，随处都能感受到当日创建者的深谋远虑，良苦用心。

徜徉其间，人们首先会想到康熙大帝。当时，处于内忧外患频仍之时，特别是沙皇俄国侵略扩张的触角已经伸向了黑龙江地区，这引起了康熙帝的高度警觉和深重的忧虑。于是，在平定了"三藩之乱"后，及时地把主要精力转向了北方，着手策划反击沙俄的侵略和统一厄鲁特部蒙古。而这一切，都有赖于整军经武，弘扬民族的尚武传统，保持八旗军固有的勇悍的战斗力。为此，他坚持了由顺治皇帝始创的北出口外，围场射猎的制度，并圈建了总面积约一万平方公里的木兰围场，以身作则，倡导娴习骑射，演练兵马。

与开辟木兰围场相结合，康熙四十二年（1703 年），又在靠近围场的承德武烈河畔始建避暑山庄。这里"左通辽沈，右引回部，北压蒙古，南制天下"，地理位置十分优越，是沟通中原与东北，直达黑龙江、尼布楚，接连内、外蒙古的必经通道。而且，此间离京师不过二百公里，驿差驰马传递文书，往返只需两天时间；如果用"五百里加急"方式传送皇帝诏谕，甚至可以朝发夕至，确实是个理想的所在。

纵观历代园林之营造，一般都着眼于创造理想的栖居环境。尤其是皇家园林，几乎无一例外，都是为皇帝提供游幸、憩居、享乐、赏玩的生活空间。而康熙帝营造避暑山庄，则有意突破这一局限，除了夏日避暑，更多地还是出于巩固政权、治理国家的考虑，带有浓重的政治色彩。结果，这里成了以弘扬民族尚武传统、安抚和团结边疆少数民族、巩固国家统一为旨归的清代第二个政治中心。在康熙皇帝心目中，此处之山水园林，实际上是表达与寄托着帝王政治思想与治国抱负的特殊场所。诚如他的孙子、后来的乾隆帝所言："我皇祖建此山庄于塞外，非为一己之豫游，盖贻万世之缔构也。"西方哲人黑格尔也敏锐地发现了这一点，他从避暑山庄这座园林诸多与众不同之处，特别是从"周围那些规格高贵的寺庙"，看出了"亚洲大皇帝的用心"。这种政治考量，当时的朝鲜使臣也分明注意到了，他们在山庄接受觐见后，就说：此乃"天子身自备边也"；具见"康熙皇帝之苦心。而其曰避暑者，特讳之也"。

这从康熙皇帝在山庄题写的两首"望月"七绝中，也可以充分地看出：

> 荒塞天低夜有霜，一轮明月照苍凉。
> 不贪玉宇琼楼看，独在遐陬理外疆。
>
> 桂树清光挂碧天，云开万里塞无烟。
> 远人向背由敷政，惟在筹边与任贤。

前一首，通过述志抒怀，表达了这位雄才大略的帝王的志趣：不贪恋九重丹陛、玉宇琼楼的荣华、尊贵，而是居安思危，励精图治，置身遐荒塞外，处理安边固本的大事。后一首，由绘景抒怀进入理性思考，得出规律性的认识——面对着蟾桂高悬、云开万里的碧空清景和边烽不举、紫塞无烟的升平气象，他想到了政策与策略关系着人心向背、国脉兴衰这一千古至理，要想"合内外之心，成巩固之业"，一在筹边，即实施恰当的民族政策，同时，整军经武，建立牢固的国防；一在选贤任能，治理内政。

康熙大帝深深懂得，历代边关不宁，多在北方，祸患往往起于居无定所的游牧民族。为此，他把维护国家统一、笼络北方民族、实现民族团结作为营造避暑山庄的落脚点。为了接待蒙古王公，在山庄周围敕建了溥仁寺、溥善寺等豪华的寺庙，营造一种浓重的神秘的宗教气氛，用以象征边疆各民族心向朝廷，如众星之拱月。以后又应其他各族之需，修筑了十多座寺庙，笼括了藏传佛教、中土佛教、各地民俗多神信仰、伊斯兰教和尊孔崇儒等多方面供奉的内涵，以及各具特色的建筑格局，形制华美、壮观，格调威严、肃穆，成为北部、西北部和西南边疆各个民族礼佛、朝觐向往之所在。其用意是既深且远的。

当然，更实际、也是更深层的考虑，还是通过辟建围场，开展名为"木兰秋狝"的习武、射猎活动（实质上即是古代形式的大规模的军事演习），保持与发扬本民族的尚武精神。满族原本是一个在严酷的自然环境下成长起来，以骑射宰制天下的勇猛精进的民族；可是，自从八旗军进关之后，数十年间，承平日久，渐远干戈，昔日那种勇武剽悍的传统已日渐式微。表现在平定吴三桂叛乱的战斗中，许多当关的将帅已无攻城拔寨之志，而个别久战沙场的名将，一听说要提兵打仗，竟然托病请求免征，有的甚至丢开队伍，临阵脱逃。这一危险的兆头，使康熙帝深感忧虑。

于是，下决心要对八旗将士严加整饬，首先由皇子皇孙、宗室子弟带头，先行严格训练。规定从康熙二十年（1681年）开始，每年都要定期北巡，组织骑兵、射手去木兰围场习武射猎。前后达四十八次之多，每次二十天左右。他把这里看作是训练军队的战场，磨炼皇子皇孙意志和体力的熔炉。那个时期的围猎活动，要求与实地作战一样，非常严格，非常艰苦。康熙帝有言：木兰秋狝，"往来沙塞，风尘有所不避，饮食或致不时"，可以让那些公子哥儿，"博犀兕以作气，冒风雪以习劳"。用意是十分鲜明的。

二

显然，康熙帝创建避暑山庄的初衷，是弘扬祖上尚武传统和中华大一统精神，开展多种有利于巩固边疆的活动；而几十年过后，到了他的孙子乾隆帝手里，这里的主要功用，便逐渐转化为赏赐封爵，召见各民族首领，开展各种外事活动。一以迎宾宴集，歌舞承欢；一以笼络各方，强化统治；一以宣扬中华大国的天威。当时，正处在清代的鼎盛时期，又兼乾隆帝本人极爱也极善于表现自己，所以，整个山庄便成了他借以示富、示威、示盛、示恩的理想场所。即以木兰秋狝来说，名称没有改变，但内容实质已发生了变化，遵照蒙古习俗，在这里举行所谓"塞宴四事"：赛马、什榜（演奏活动）、相扑（摔跤）、教驷（驯马表演）。从山庄中满布着一些赏景、饮宴与观戏之设施，即可以充分地看到由实战性向娱乐性的转变。

继位的第六年，乾隆帝首次以君王身份驻跸山庄，曾即兴赋两首七绝：

> 香风摇荡绿波涵，花正芳时伏暑三。
> 词客《关山月》休怨，来看塞北有江南。

> 菱花菱实满池塘，谷口风来拂棹香。
> 何必江南罗绮月，请看塞北水云乡。

《关山月》，汉乐府横吹曲名，出自文人笔下，内容多写边塞士兵久戍不归伤离怨别的情景。唐人王昌龄《从军行》有"更吹羌笛《关山月》，无那金闺万里愁"之句。乾隆之诗翻用了这层诗意。两首七绝的主旨，都是说山庄就是"塞北江南"。正因为塞北也有江南，所以，告诫词人不要再谱写怨别伤离的《关山月》曲了。他写的也是塞外，而且也写到了月华，我们不妨拿它同康熙帝的两首"塞外望月"诗对照一下，研究研究他们祖孙在立意方面的差异。

乾隆的诗没有多少味道，但应该承认，他的感觉还是不错的。漫步在芝径云堤上，与如意州、冷香阁隔水相望，确实有一种置身江南的感觉。想象中，一列文臣雅士在风流皇帝带领之下，衣冠雍容，神情潇洒，凭栏远目，赏景吟诗，实在很难把他们同那个轻骑射猎，骁勇顽强的民族联系起来。心中不由得涌出了一句话："真个是：江南妩媚，雌了男儿！"

乾隆皇帝的寿辰为农历八月十三，当时称为"万寿节"，正处于山庄避暑季节。因此，除个别时候要返回京师庆贺，平时每年的祝寿活动都要在山庄内举行。在他的七十寿诞那天，所有部院大臣和全国各地的督府、大员都赶到避暑山庄来向皇帝送厚礼，结果在古北口外，当时运送礼品的大车就有三万多辆。同康熙时代"落日照大旗""沙场秋点兵"的寒光闪烁、刀剑争辉的场景相对应，此际的笙歌彻夜、舞影蹁跹的承平气象，成了山庄的另一类风景线。

举行于山庄万树园等处的"草原盛宴"是另一类的典型。乾隆年间，先后经历了对厄鲁特蒙古两个部落的战争，对回部布拉尼敦、霍集占的战争，完成了天山南北的统一，从而最终实现了全国的统一。对这一煌煌胜绩，乾隆颇引以自豪。因此，每当回部、厄鲁特部、哈萨克部首领入朝进贡时，他都要在避暑山庄设宴款待，设置多处大黄幄宝殿，可容纳上千人，宗室王公、贝勒和各少数民族首领都要与会，俗称"大蒙古包宴"。银花火树，万盏齐明，亮同白昼。乾隆帝曾咏诗以纪其盛：

> 西陲平定已多年，宴赉频施毕后先。
> 孰意新归额济勒，山庄重看设灯筵。

乾隆帝在山庄的生活，可说是穷奢极侈。这里只说一件事：他听说泉水分量越轻，水的质量便越好，于是便把全国各地的名泉统统收集起来进行比较，其中有无锡的惠山泉、杭州的虎跑泉、济南的趵突泉、北京的玉泉山水，经过用戥子分别称量，认定北京玉泉山的水最好。可是，这时又有专家说了，泉水不仅要"轻"，还必须"清"。那么，比玉泉山水更清的是什么呢？唯有荷花上面的露珠了。这样，他就要喝露水，要用露珠来烧水泡茶。结果，避暑山庄里每天都要出动很多人划着船去荷塘中收集露珠。他所享用的水果也必须是最新鲜的，要用驿站快马不分昼夜地从福建运送鲜荔枝过来，像当年的杨贵妃那样："一骑红尘妃子笑，无人知是荔枝来。"

到了晚年，乾隆皇帝对于这种奢侈无度的生活，也曾有所悔悟。在《避暑山庄后序》中，他写道：

若图己乐而忘人苦，亦非仁人之所为也。若夫崇山峻岭，水态林姿，鹤鹿之游，鸢鱼之乐，加之岩斋溪阁，芳草古木，物有天然之趣，人忘尘世之怀，较之汉、唐离宫别苑，有过之而无不及也。若耽此而忘一切，则予之所为膻芗山庄者，是设陷阱，而予为得罪祖宗之人矣。此意蓄之久而不忍言。今老矣，终不可不言，故书之，既以自戒，仍警告我后人。若后人忘予此言，则与国休戚相关之大臣，以及骨鲠忠直之言官，执予此言以谏之可也。设谏而不从，或且罪之者，则是天不佑我国家，朕亦无如之何也，已矣。

尽管这种悔悟为时已晚，但其恳挚的态度、沉痛的话语，仍然发人深省，令后世感怀无限。当然，即使他逐渐形成了忧患意识，但也没有觉察到，实际上，这个天朝帝国已经危机四伏，种种盛极而衰的气象已经显露出来。听听外方人士的说法，也许要较为清醒与客观一些。乾隆五十八年（1793 年）七月下旬，由马戛尔尼率领的多达六百人的英国外交使团，经海道至天津大沽口岸，然后赴承德避暑山庄，以为皇帝祝寿名义，被恩准觐见乾隆皇帝。在接受了一大笔十分贵重、当时比较罕见的祝寿礼品之后，大清皇帝给予使团以很高的接待规格，招待费每天为银币五千两，但对使团所提出的通商、建交及一些具有殖民主义性质的无理要求一一加以回绝。最后，为了显示天朝的富庶与强大，安排他们纵穿中国本土，一路南下，取道海上回归。然而，这一切恰恰给予马戛尔尼广泛接触社会、客观了解中国的绝好机会，他没有为豪华的排场、纷繁的表象所迷惑，当乾隆皇帝大肆夸耀其"十全武功"，沉醉在盛世狂欢中的时候，他却敏锐地发现：不管英国人进攻与否，"中华帝国只是一艘破败不堪的旧船，只是幸运地有了几位谨慎的船长，才使它在近一百五十年期间没有沉没。它那巨大的躯壳使周围的邻国见了害怕。假如来了个无能之辈掌舵，那船上的纪律与安全就都完了"。船"将不会立刻沉没。它将像一个残骸那样到处漂流，然后在海岸上撞得粉碎"，而且"将永远不能修复"。马戛尔尼对清王朝的印象，遂成为英国制定以后对中国外交政策的主要参考依据。

三

"人事有代谢，往来成古今。"大清王朝这一艘"躯壳巨大"的航船，终于更换了掌舵者。继康熙、乾隆帝这对祖孙之后，紧接着，山庄又迎来了嘉庆、咸丰帝这一对祖孙。

嘉庆帝的才华不及他的父亲乾隆皇帝，但素质差强人意。他不像乃父那样爱炫耀，尚虚荣，喜奉承，游山玩水，征歌选色，登基以后，在修身、用人、节用、奖廉方面，都做出了积极努力，并取得了一定成果。但是，封建社会的末日和清王朝的没落，两者重叠在一起，实实地压在他的身上，这注定了他难以有所作为，只能以悲剧收场。嘉庆一朝，可说是与变乱相终始，一波未平，一波又起，确是没有一天宁静过。

乾隆朝后期，社会矛盾日益滋长，灾患频仍。嘉庆帝一登上龙墩，就赶上了湖北、四川的白莲教徒武装起义；接着，又遇到东南沿海所谓"海贼"的骚动和几乎酿成大乱子的接连三次发生在陕西宁陕、西乡和四川绥定的兵变；尔后，便是直隶、河南、山东的天理教徒起义；并且在十年间，先后发生了刺客闯劫御轿和农民起义军冲进紫禁城的险情，使他精神上受到了强烈的刺激。当时官贪，兵疲，民乱，河决，财困，整个社会千疮百孔。在位二十五年，他曾跑到避暑山庄来十七八次，主要目的已经不同于先祖的尚武、筹边，甚至连乾隆时期那种歌舞升平、强化统治、宣扬国威的气象也不见了。虽然也曾举行过秋猎活动，但已经不具备往昔那种浩荡的气派和声势了。结果，就在这次"秋狝"中病倒了，回到避暑山庄后，即"觉痰气上壅，至夕益盛"，最后于烟波致爽殿"龙驭宾天"。其死因，可能是年逾花甲，身体肥胖，天气暑热，旅途劳顿，诱发心脑血管病而猝死。

四十年后，他的嫡孙咸丰皇帝遭遇到比他更为惨淡的结局。他在位十一年，虽然也有锐意图治之举，但其自身纵情声色，宴安怠惰之行愈益发展。同他的祖父一样，咸丰朝同样一直处于多事之秋，内忧外患，如影随形。内忧是洪秀全领导的太平天国革命，遍布几十个州的捻军，以"按三尺剑以开基，重见汉高事业；着一戎衣而戡乱，依然周武功勋"为号召的杜文秀率领的云南回民等反清势力。贪官污吏的勒索和水灾旱灾造成的饥馑，迫使农民大批离开土地，加入这些造反队伍；外患是，英国人占广州，英法联军占京城，俄国人占伊犁和黑龙江流域大片地区，举凡"亚罗号"事件、第二次鸦片战争、圆明园被焚、《北京条约》的签订，都给他以沉重的打击。自从《天津条约》签订之后，咸丰帝就整天忧思抑郁，更加寄情文酒，贪恋女色。鉴于宫中行止有节，诸多不便，因而"尤喜园居"。整天蜗居在圆明园里，又是制曲，又是排戏，有时还去如意洲看戏，恣意享乐。直到英法联军北犯通州，他就再也稳不住神了，当即打算逃遁到热河行宫躲起来，一时京城上下惶恐万分，纷纷迁徙。清军八里桥败退之后，他更是丧魂落魄，紧急任命奕䜣为钦差大臣，督办和局，自己则于次日凌晨，带卜皇后、宠妃等十三名妃嫔及五岁的小皇子载淳逃往避暑山庄，变"避暑"为"避难"。由于没有足够的准备，一路上，又饥又渴，又惊又累。出发不久，就紧急发谕，让奕䜣等留京官员设法牵制英法联军，防止他们再向热河进逼。

尽管奕䜣等多次请求圣驾回銮，但咸丰帝由于害怕回京后遭到外国侵略者的挟制，硬是在山庄里躲避了十一个月，这是他以皇帝身份"北巡"山庄的第一次，也是他的最后一次，同时也是清朝最后一位走进山庄大门的最高统治者。这样，北京城则完全处于失去任何抵抗的状态。很快，英法侵略军就闯进了圆明园，先是抢劫园内珍宝，最后放火焚烧，使中国珍宝荟萃的皇家宫苑化为灰烬。而他则躲在烟波致爽殿里，整天贪恋女色、美酒，丝竹皮黄，过万寿庆典，赏"有功"群臣；再就是屈辱含愤地"御批"几个丧权失地的卖国条约，其他没有任何堪足载记的修为，最后也是在这里黯然辞世。

比起康熙帝的雄才大略，乾隆帝已经差逊一筹；但这对祖孙毕竟还是有所作为的。而嘉庆、咸丰帝这一对祖孙，就只剩下丧权辱国、丧魂失魄、窝囊晦气了。除了称之为"龙头鼠尾"、一代不如一代，夫复何言！